大地山河

茅盾◎著

地震出版社
Seismological Press

图书在版编目（CIP）数据

大地山河/茅盾著．—北京：地震出版社，2014.7（2023.9重印）
（大家/钟桂松，郭亦飞编）
ISBN 978-7-5028-4416-5

Ⅰ.①大… Ⅱ.①茅… Ⅲ.①散文集－中国－现代
②散文集－中国－当代 Ⅳ.①I266

中国版本图书馆 CIP 数据核字（2014）第 057992 号

地震版 XM3183

大地山河

茅 盾 著

钟桂松 郭亦飞 编

责任编辑：范静泊
责任校对：孔景宽 凌 樱

出版发行：地 震 出 版 社
北京民族学院南路 9 号 邮编：100081
发行部：68423031 68467993
总编室：68462709 68423029
http://seismologicalpress.com
经销：全国各地新华书店
印刷：河北盛世彩捷印刷有限公司

版（印）次：2014 年 7 月第一版 2023 年 9 月第二次印刷
开本：787×1092 1/16
字数：279 千字
印张：19
书号：ISBN 978-7-5028-4416-5/I（5106）
定价：43.00 元

编　者　语

　　茅盾（1896～1981）是我国20世纪著名的文学家，是我国现代进步文化的先驱者，是中国共产党最早的党员之一。

　　茅盾的一生，几乎经历了20世纪所有的重大历史事件，清王朝的覆灭，辛亥革命的爆发，五四运动，亲历和见证了中国共产党的建立，五卅运动，大革命的兴起与失败，世界经济危机，一·二八事变，抗日战争，新中国的建立以及解放后的各种政治运动，包括"文化大革命"、拨乱反正，等等。在20世纪这个波澜壮阔的时代风云里，茅盾创作了大量紧扣时代风云的史诗性作品，包括他创作的大量散文，都是20世纪留下的时代和岁月的印痕，成为茅盾文学宝库里的巨大的精神财富。

　　在20世纪漫长岁月里，茅盾从东方大都市上海出发，足迹遍及全国大江南北——这不是当今的旅游概念，而是民族苦难给茅盾出的题目。大革命失败后，茅盾一度流亡日本避难。抗日战争爆发后，茅盾经长沙、武汉到达香港，一年后又远赴新疆。在新疆度日如年的日子里，茅盾与军阀盛世才斗智斗勇。1940年春天，茅盾率领全家逃离新疆，经兰州、西安到达革命圣地延安。在经历了延安别样的风景之后，茅盾写出了《风景谈》《白杨礼赞》《大地山河》等散文名篇，之后又在重庆、香港、桂林奔波。新中国成立后，年过半百的茅盾定居北京，担任文化部长和中国作家协会主席。"文革"前夕，茅盾担任全国政协副主席。茅盾丰富的阅历和经历，注定了他的散文和他的小说一样，都是中国现代文学史上的宝贵财富。

本书选取茅盾在抗日战争前后创作的一些散文作品，也少量地选了几篇茅盾晚年的回忆文章。这些散文勾勒出抗战前后及抗战期间茅盾奋力前行并战斗思考的形象。从这些散文作品背后，我们还可以看到一个民族的苦难和民族先进分子的境界，看到一个世纪行者茅盾的情感历程。

在这里，我们要特别提示的，是"生活之一页"的感情故事。这组散文，是茅盾为去世的女儿沈霞写的，寄托了一个老父亲对女儿的痛彻心扉的思念。1945 年 8 月 20 日，茅盾的爱女沈霞在延安因人流手术不慎感染而去世，年仅 24 岁。后来茅盾在翻检女儿给自己的信时，发现自己曾经忽略了女儿生前信中对茅盾在香港生活情况迫切了解的要求，但此时发现，为时已晚，女儿已经不在人间。作为父亲的茅盾，怀着深深的歉疚和思念，他用一周的时间写了这组"生活之一页"，以告女儿的在天之灵！从这组散文中，我们不仅看到了茅盾第二次客居香港的生活的同时，还看到了茅盾情深意切的亲情！

茅盾散文是茅盾文学宝库里的重要一部分，相信在茅盾的散文里，读者在得到艺术美的享受的同时，也能认识到历史中的茅盾形象，感受到上个世纪的时代风云变幻中的大家——茅盾的丰富情感。

目　录

第一辑　街头一瞥

第二辑　旅途见闻

第一辑　街头一瞥

上　海

一　我的二房东

在旅馆里只住了一夜，我的朋友就同我去"看房子"。

真是意外，沿马路的电灯柱上、里门口，都有些红纸小方块；烂疮膏药似的，歪七竖八贴着。这是我昨天所不曾看到的，而这些就是"余屋分租"的告白。

我们沿着步行道慢慢地走去，就细读那些"召租文学"。这是非常公式主义的，"自来水电灯齐全，客堂灶披公用，租价从廉"云云。不进去看是无所适从的，于是我们当当地叩着一家石库门上的铜环了。我敢赌咒说，这一家石库门的两扇乌油大门着实漂亮，铜环也是擦得晶亮耀目，因而我就料想这一家大约是当真人少房子多，即所谓有"余屋"了。但是大门一开，我就怔住了：原来"天井"里堆满了破旧用具，已经颇无"余"地。进到客堂，那就更加体面了；旧式的桌椅像"八卦阵"似的摆列着。要是近视眼，一定得迷路。因为是"很早"的早上九点钟，客堂里两张方桌构成的给"车夫"睡的临时床铺还没拆卸。厢房门口悬一幅古铜色的门帘，一位蓬松头发的尖脸少妇露出半截身子和我们打招呼。我们知道她就是"二房东"太太。

她唤一个四十来岁的女仆引我们上楼去看房间。在半楼梯，我第二次怔住了：原来这里有一个箱子形的阁楼，上海人所谓"假二层"，箱子口爬出来一位赤脚大丫头。于是我就有点感到这份人家的"屋"并不怎样"余"了。

客堂楼和厢房楼本不是我的目标。但听那里边的咳嗽声和小孩子的哭闹也就知道是装满了人。我的目标是后厢房。这是空的，即所谓"余屋"。然而这里也有临时阁楼，一伸手就碰到了那阁楼的板壁。

"这也在内么？"

我的朋友指着阁楼说。

二房东的女仆笑了一笑，就说明这阁楼，所谓"假三层"，还是归二房东保留着，并且她，这女仆，就宿在这阁楼上。

我再也忍不住了，连说"房子不合适"，就同我的朋友逃下楼去。这回却要请我们走后门了。穿过那灶间的时候，我瞥眼看见这不满方丈的灶间里至少摆着五副煤球炉。

"那人家，其实并没有余屋呀！"

到了马路上的时候，我就对我的朋友说。

但是马路旁电灯柱上和里门口，有的是数不清的"余屋分租"告白。我们又接连看了几家，那并不是真"余"的现象到处一样。我觉得头痛了。而我的朋友仍旧耐心地陪了我一家一家看过去。他说：

"上海人口据说有三百万啦，除了极少数人住高大洋房，那是真正有余屋，而且余得太多，可是决不分租，其余百分之九十的上海人还不是这样装沙丁鱼似的装起来么？这是因为房租太贵，而一般上海人就顶不讲究这一个住字。还有，你没看见闸北的贫民窟呢！"

我的朋友是老上海，他的议论，我只好接受。并且我想：在现社会制度下，世界大都市的居民在住这方面，大概都跟上海人同一境地。

最后，我"看"定了一家了。那是在一条新旧交替的马路旁的一个什么胡同内。这一簇房屋的年龄恐怕至少有二十多岁。左右全是簇新的三层楼新式住宅，有"卫生设备"，房租是以"两"计的。可是这些新房子总有大半空着，而这卑谦的龌龊的旧胡同却像装沙丁鱼的罐头。上海的畸形的"住宅荒"，在这里也就表现得非常显明。

这些老式房子全是单幢的，上海人所谓"一楼一底"。然而据说每幢房子至少住三家，分占了客堂、客堂楼和灶披楼。多的是五家，那就是客堂背后以及客堂楼背后那么只够一只床位的地方，也成立了小家庭。我住的一幢里，布置得更奇：二房东自己住了统客堂，楼上是，一家住了统客堂楼，又一家则高高在上，住了晒台改造成的三层楼，我住的是灶披楼，底下的灶披也住了一家。

同是沙丁鱼那样紧装着，然而我的这位二房东以及邻居们在经济地位上就比我第一次"看"的那份人家要低得多又多呢！但是对于我，这里的灶披楼并不比那边的后厢房差些，租钱却比那边便宜。

二房东是电车公司里的查票员，四十多岁的矮胖子。他在住的问题上虽然很精明，然而穿吃玩都讲究。他那包含一切的统客堂里，常常挤着许多朋友，在那里打牌、哄饮。

然而他对于"住"的问题，也发表过意见；那是我搬了去的第二天早上：

"朋友！这么大一个灶披楼租你十块钱，天理良心，我并没多要你的！有些人家靠做二房东吃饭的，顶少也要你十四块。我这房子是搬进来顶费大了，嘿，他妈的，四百块！我只好到三房客身上找点补贴，对不对？"

"哦，哦，好大的顶费！有多少装修呢？"

"有个屁的装修，就只那晒台上的假三层，按月拿八块钱连电灯的房租。我是借了红头阿三的皮球钱来顶这房子的，我有什么好处？"

我好奇地问他为什么要顶下来呢。我替他大略一算，他借了高利贷花那么大本钱做二房东，似乎当真没有多大好处。

"一个人总得住房子呀！我本来住在那边××里，"他随便地举手向西指了一指，"自己住客堂楼，灶披楼，租出了底下，灶披公用，那不是比这里写意得多？可是大房东要拆造了，翻造新式房子，就是那边高高的三层楼，我只好搬走。上海地方房子一翻造，租钱就要涨上一倍。我住不起，只好顶了这幢来，自家也马马虎虎挤紧些。"

我相信二房东这番话有一部分的真理。在上海，新房子愈多造，则人们愈加挤得紧些。那天我和朋友"看"房子的时候，也因好奇心的驱使，敲过几家新式房子的大门。这些住了三层楼"卫生设备"的人家竟有把浴间改造成住人的房间来"分租"的。我当时觉得很诧异，以为既然不要浴间，何必住新式房子。可是我的朋友也说是房钱太贵了，人们负担不起，而又找不到比较便宜的旧式房子，就只好"分租"出去，甚至于算盘打到浴室上头。

由此可知我的这位二房东查票员毅然借了高利贷顶下这房子来，也是再三筹画的结果。

二 我的邻居

到上海来，本要找职业。一连跑了几处，都是"撞木钟"。不知不觉住上了一星期，虽然"大上海"的三百万人怎样生活，我不很了了，——甚至同里内左右邻人的生活，我也不知道，可是同一后门进出的三位邻居终于混熟了。

先是跟住在灶披里的一家做了"朋友"。这是很自然的。因为我每天总得经过他们的"大门"。第一次见面的仪式是点头，各人脸上似笑非笑地，喉管里咕噜了一声；后来就渐渐谈话。这位三房客，——就称他为"下邻"罢，大约三十开外，尖下巴，老鼠眼睛，好像有老婆，又好像没有老婆。职业呢，也好像有，也好像没有。每天总有几个人，长衫的或短衫的，到他"家"里唧唧哝哝好半天才走。有一次，我经过他"家"，刚好那"大门"开了一条缝，我瞥眼看见里头有黄豆样的灯火，一个人横在旁边捧着竹节短枪。这是抽鸦片烟，我知道。我笑了笑，也就走过了。但是回来的时候却碰到那位"下邻"站在他自家门口，我们照例把嘴唇皮皱成个笑样，就算打过招呼，不料我的这位"下邻"忽然请我"进去坐坐"。

屋子里只有他一人，倒收拾得干干净净，黄豆大的灯火和短枪都不见了。他很关心似的问我"寻着生意"没有，听说了还没有，他就侧着脸，搔头皮，又说他认识一个朋友，"人头很熟"，他愿意同我介绍。我自然"感谢"。末了，他拿出一个纸包来，说是朋友寄存在他那里的，可是他"家"里门户不谨慎，想寄到我房里去，"明后天就来拿去"。

纸包不大，却很有点分量。我当即猜到是"土"，我老实不很愿意招惹这些闲事，但因为面皮嫩，又想到鸦片已经公卖，在上海地方"家"里有"土"并不犯法，我也就接收了。这就是所谓"出门人大家帮忙"。

回到房里我偷偷地挑开纸包角一看，才知道不是"土"，而是些小小的红色丸子。我直觉到这一定是报上常见的什么"红丸"了。红丸在上海是查禁的，我真糟了！然而我既答应代保管，我就不好意思送回去，结果我把它藏在床下。

幸而当天晚上我的"下邻"就来取他的宝贝了。我装出了开玩笑的样子对他说道："喂，朋友！你有这号货色，也没请我尝尝，多么小气呀！再者，你为什么不老实告诉我呢？我可以藏得好些。"

那"下邻"只是闪着老鼠眼睛笑。

从这一回以后，我和他算是有了特别交情。渐渐我知道他的职业是：贩卖红丸，以及让人到他"家"来过瘾，一种最简陋的"私灯"。他自己也抽几口，可是不多。

"现在，卖鸦片是当官，卖红丸就算犯法，他妈的，要说到害人，还不是一样！不过人家本钱大，就卖鸦片，我是吃亏本钱太小罢了！"有一天，他忽然发牢骚；他说这番话时，一对老鼠眼睛闪闪的就像要咬人，于是，又像看透了什么似的，他摸着尖下巴，很有自信地接着说下去："鸦片不能禁，不敢禁，为的一禁了，上海地面就出乱子，可是你瞧着罢，将来总有一天红丸也要当官！你说，上海是有钱人多呢，还是穷人多？"

"自然是穷人多啦！可是怎么鸦片一禁就得出乱子？"

我热心地反问，近来我觉得这位不正当职业的"下邻"颇有意思了。

这可打开了这位"下邻"的话匣子。他很"义愤"似的骂那些贩卖黑货的，他把贩卖黑货的内幕说了出来，——自然一半是他们中间的"传说"，然而又一半大概是真的，末了，他看定了我问道：

"你想想，要是当真禁鸦片，这一班人哪里来饭吃？他们砸了饭碗，还不惹事么？我们贩红丸的，抢了他们的生意，就说红丸顶毒，要禁了；可是，朋友，上海人一年一年穷下去了，吃不起鸦片，只好拿红丸来过瘾，我们这项生意是一年年做大。将来总有一天，红丸也要当官，哈哈！"

这位"下邻"是老门槛，他的议论，我不能赞一词。他以为无论什么"生意"，一有了势力，——能够养活一帮人，而这一帮人吃不饱时便能捣乱，那就只好让这项"生意"当官：他这"当官哲学"也许是对的。可是他忘记了一点：无论什么"生意"，既当官了，本钱大的，就可以垄断。我立刻将这意思对他说了。他好像很扫兴，又侧着脸搔头皮，勉强干笑着说道；

"保不定下次航空奖券就有我的头彩呀！"

后来我知道这位"下邻"原先也是斯文一脉，是教书的，不知道怎样一来就混到了这条"红路"上去了。这话是住在统客堂楼的邻居告诉我的。

这位"前邻"，是个有职业的人了。有老婆，也有孩子，本人不过三十岁左右，眼前的职业是交易所经纪人的助手。我同他是在扶梯上认识起来的。全幢房子里要算他最有"长衫朋友"的气味。而我也是还没脱下"祖传"的长衫，所以很快地我们俩也成为"朋友"了。

不用说，我们俩朋友之轧成，是我一方主动的。因为我妄想着，或者他有门路给我介绍一个职业。

我忘记不了我讲起找职业时他的一番谈话。当他知道了我的经济情形，并且知道我是挟着怎样的指望到上海来的，他就很恳切地说；

"你不要见怪，照我看来，你还是回乡下去想法子罢！"

"哦，哦？"我苦闷地喊出了这疑问的声音来。

"你现在是屋漏碰到连夜雨，"他接着说，"你到上海来托朋友寻事体，刚刚你的朋友自己也没事体，你的运气也太坏！可是你就算找到了事，照你说的一个月三四十元，眼前想想倒不错，混下去才知道苦了。"

"哎，哎！我只要够开销呀！"

"哈哈，要是够开销，倒好了，就为的不够呀！你一个月拿三十多元，今年是够开销了，明年就不够。"他提高了嗓子，眼睛看着我的脸，"照你所说，你的事情只有硬薪水，没有'外快'，在上海地面靠硬板板的薪水过日子，准要饿死的。"

"哦，哦！"

"你想，住在上海，开销定规是一年大一年，你的薪水却不能一年加一年，那不是今年够开销，明年就不够了么？所以我们在上海混饭吃，全靠'外快'来补贴。正薪水是看得见的，'外快'就大有上落。顶少也得个一底一面。譬如我们的二房东，他要是单靠正薪水，哪里会吃得这么胖胖的？"

我用心听着，在心里咀嚼着，不知不觉怔住了。过一会儿，我鼓起了勇气问道：

"那么，你看我能不能改行呢？我这本行生意只有正薪水，我想来一定得改行了。"

谈到这里，我的"前邻"就笑而不答。但好像不叫我绝望，他迟疑了半响，这才回答道：

"人是活的，立定主意要改，也就改了。譬如我，从前也不是吃交易所的饭，也是混不过去才改了行的。"

我觉得是"机会"来了，就立刻倾吐了求他帮忙介绍的意思。他出惊地朝着我看，好像我这希望太僭妄。但他到底是"好人"，并没挖苦我，只说：

"你既然想进这一行，就先留心这一行里的门槛罢。"

我自然遵教。以后碰到他在"家"时，我就常常去找他闲谈，希望得点交易所的知识。但是"知识"一丰富，我就立刻断定这一行我进不去。因为第一须有脚力很大的保人。我这希望诚然是太僭妄了呵！

在我热心于这项幻想的时候，因为闷在"家"里无聊，就时常到北京路、宁波路、汉口路一带观光。这里是华商银行和钱庄的区域。我记不清那许多大大小小的银行名字，只觉得其多出乎我意料之外；这些银行的名字，乡下人都不知道，然而有钱的乡下人带了钱到上海来"避难"，可就和这些银行发生关系了。银行的储蓄部尽量吸收这些乡下逃来的金钱。

我的"前邻"的上司——交易所第×号经纪人，据说就"代表"了好几家银行，有一天，我跟我的"前邻"到交易所去看过。这位经纪人手下有六七个"助手"，而我的"前邻"夹在中间好像异常渺小。他只听从另一助手的指挥，伸出手掌去，胀破了喉管似的叫，——据说这就是"做买卖"。可是后来回"家"后我的"前邻"问起我"好不好玩"的时候，他蓦地正色庄容卖弄他的"本领"道：

"你不要看得伸手叫叫是轻便的差使，责任可重要得很呢！公债的涨跌，都从我的伸手叫叫定局的哪！几万人的发财破产都要看我这伸手叫叫！"

听了这样的话，我只有肃然起敬的份儿。而且我相信他的话并不
是吹牛。虽则他的"伸手"和"叫叫"就同傀儡戏中的木偶一样全听
命于他的上级同事——另一助手，可是我仍旧原谅他的自豪，因为那
另一助手也是同样的木偶，听命于更上级的那个经纪人，而经纪人的
背后牵线者则是那几个银行。

三　二房东的小少爷

我的朋友答应再等一星期就有确定的消息。我算算袋里的家财，
还可以混上两星期，于是我就安心再等他几天。

出门去，多少得花几个钱，我整天守在"家"里，有时闲气不过，
就到里门口看街景。这样，我就同二房东的小少爷发生交情了。他是
在小学校念书的，可是下午三点以后就看见他挟了书包在弄堂里或是
马路旁呼朋引友玩耍。

我去参观过那个小学校。这是上海所谓"弄堂小学"，差不多每一
弄堂里总有这么一两所。校舍就是"一楼一底"的房子，我所参观的
那个小学校同普通人家一样，也是"后门进出"。灶披作了办公室兼号
房，还兼了"学校商店"，楼上楼下是两个课堂，"天井"里搭了亮棚，
却是校长太太的香房了。校门外的弄堂就是上体操课的操场。

这些"弄堂小学"实在就是私塾，然而到底比私塾"高明"些罢，
二房东的小少爷在"弄堂小学"里四年，居然便能看"小书"了。所
谓"小书"，是半图半字的小说，名为"连环图画小说"。《三国志》
《封神传》《水浒》《七侠五义》，差不多所有的旧小说，都有简易的
"连环图画"本。我第一次看见二房东的小少爷拿着这种"小书"一面
走一面看的时候，我很惊奇。我拉住了他问道：

"什么书，给我看一看！"

这位小朋友于是得意洋洋地对我夸说剑仙如何如何，侠客如何如
何，——许多剑仙的名儿，我都不曾听见过。他看见我对答不来，更
加得意了，哈哈哈笑了一阵，就拍着我的口袋问道：

"你有铜子么？有，我就领你去看去。真多！"

我还有点迟疑，可是这位小朋友拉着我就走。出了里门不多几步，就是一所"公厕"，在那"公厕"的墙边，有几个孩子围住了什么东西，热心地一面看，一面议论。我们也是朝那里走去。于是我猛然想起往常见过一个老头子守着两扇门似的东西站在那"公厕"的旁边，而那门样的板上花花绿绿有些像是书。要不是二房东的小少爷今回引我去，我是万万想不到"公厕"旁边就有书摊的。

到了那摊儿跟前，我又看见还有短衫朋友坐在板凳上也在看这些小书。我的小朋友又拍着我的衣袋问道：

"铜板多不多？"

"六七个是有的。"我回答，一面仰脸看那花花绿绿的两扇板门的书架子。

"六个就够了！喂，老头子，《侠盗花蝴蝶》！"

我的小朋友很内行似的支配了我和那摆书摊的老头子。于是一部什么"侠盗"，大约是薄薄的小册子二十多本，到了我们手里。我约略翻了一翻，方才知道所谓"连环图画小说"者，不只是改编几本旧小说，简直还有"创作"，只要有剑仙，有侠盗，有飞剑，有机关埋伏，便有人欢迎。

并且我又知道这书摊上的书只出租，不出卖，租回家去看的，固然也有，但大多数是当场看了一套再换一套。我的小朋友门槛精得很，他和这老头子有不成文契约，六个铜子当场租看两套。

于是我觉得这"公厕"旁边的尺寸地简直是图书馆，称之曰书摊，还是太失敬了！

这一次以后，我每逢在马路上走，便看见到处有这些"街头图书馆"，差不多每一街角，每一里门口，每一工厂附近，都有这些两扇板门的"图书馆"，而所有的书也同样是那几种"武侠"连环图画。看书的不尽是小孩子，也有大人，不过穿长衫的大人很少很少。

我知道上海并没有完备的公共图书馆，现在我更知道上海却有此种"通俗"的街头图书馆，并且还撒下了异常精密的"阅览网"呵！

一个星期的期间过后，我的职业还是没有找到。我的朋友劝我再等一星期，再去碰碰门路，可是我觉得已经够了。"住"的问题，"外快"的问题，"红丸"的问题，内地银子跑到上海变成公债的问题，已经叫我了解上海是怎样一个地方，而上海生活又是怎样一种生活了。尤其那些"弄堂小学"和"街头图书馆"在我脑子里留下了一个深刻的印象。

我很怀疑，世界上找得出第二个像上海那样的大都市否？

（原载《中学生》第 41 号，1934 年 1 月 1 日出版）

一个译人的梦

我们的"卡通"是这样开场的：

说是有一位 X 先生罢。X 先生的职业是翻译，文艺作品的翻译者。倘使援"报人""影人"之例，我们老老实实就称他为译人罢。

怎样一来就把翻译当作了固定的职业，X 先生自己也想不起来了。他只记得自己职业的最初记录是"教书匠"，洋文教员。不知是哪一项的"灵感"来了，于是某一年的暑假里，他翻译了几篇西洋小说。这是"爱美的"翻译，完全干着好玩的。

可是"翻译菩萨"就此看中了他。记不清是哪一年的内战，学校关门，我们这位 X 先生也逃难逃来了上海。老婆等着米下锅，孩子们鞋子也张开嘴来；在这当儿，X 先生从前的"爱美的"产物可就显了神通了。从此以后，他丢开教鞭，拿起译笔。他是"职业的"译人了。

民国十年，代价是千字二元。

民国十五年，涨价了，千字三元。

然而房租也跟着涨了，日用品也跟着涨价了，比 X 先生每千字的代价还要涨得快。孩子们也大了，飞快地大了，超过了 X 先生的预定计划。

在这当儿，X 先生每天非干两千字，简直过不活。是"干"么？谁说不是"干"呢！从前暑假里"爱美的"弄弄译笔，往往为了一个字踱这么半天方步，查了两天的大字典，——这才不是"干"。然而于今回望，那只是一个梦了。

接着是大水灾，"沈阳事件"，终之以上海的"抗日"恶战。

闸北无屋可住了，租界里的房租又飞涨起来，生活必需品赶快也跟着涨上来。标金破了八百两大关，洋文书薄薄的一本，也得四块钱；X 先生的"翻译材料费"也今非昔比了。

然而 X 先生还只得"干，干，干！"然而他的千字代价却涨不起来。

鸡年的除夕，X 先生到他的"买主"那里领译费，那位矮胖胖的经理先生对他说："市场不景气，千字三元是行不下去了，以后是千字二元；我们这里还收得有一元主义的译稿呢！"

X 先生呆了半晌，没奈何只好做个"二元主义"者。

走回家去的时候，他脑子里只有一个念头在：从此每天非得"干上"三千字不可了！不错，他的算法是对的，硬是三千字一天！他现在不复是"干"，简直是"赶"了。每天非得"赶上"三千字不能过活。

他想起了"生活老爷"给他开的玩笑。二元仍是二元，可是现在是民国二十三年，各项生活费都标着民国二十三年的价格，并不肯为了他 X 先生而回到民国十五年。

每天要"赶上"三千字呢！一个译人兴奋起来时，一天干上这么三千字，原也不是什么奇迹，但是每天板定了要三千，一年三百六十日少不得半个，这可不是人干的活。

可是他只好咬紧了牙齿干。从前的"二元主义"时代，他开始译一本新书以前，他还"有闲"，还可以先把这书从头读了一遍，读到高兴时，他脸上喜洋洋地觉得"介绍"这项工作似乎也还"神圣"似的。读过后，他又揣摹全书的神韵，细味全书的脉络最后是兴兴头头提起笔来在原稿纸上写了第一个字。但现在，他要是先来通读一遍，化了两三天，读过后细细辨悟，又化上一二天，请问这首尾一星期光景的全家口粮谁来认账？书店老板只算白纸上的黑字，不满一千的零数还得几角几分照扣，书店老板怎么肯认账 X 先生"预备工作"的代价？

碰到书里有什么新流行的名词，X 先生左看好像有点懂，右看又好像很陌生，他的字典还是三十年前的老家伙，告诉他的等于零；于是 X 先生就记起前年有过某某大字典的新版，可抽不出那笔钱去买了来；于是硬一硬头皮，望文生义地"赶下去"了。书中也许用了典故。往常，X 先生总得查查《Reader's Hand Book》一类的书，有时格外巴结，还要去问问朋友，但现在，查书呢，固然会耽误这么千把字，请教朋友呢，更是谈也不用谈。于是再一次硬头皮，又"赶下去"了。

"一分钱一分货！而今简直是商品了！"

X先生"赶"得苦了的时候，心里就这么叹息。

从前"爱美的"译书时代的兴趣，现在没有了，在"干"的时代开始时，X先生还常常回想从前那种味儿；而今又从"干"的时代堕落到"赶"的时代，X先生简直不敢回想从前那种乐趣了，他只有痛苦，——有时在"硬一硬头皮"以后，那就痛苦中夹着点儿惶悚不安。

于是某一天他走过书店街，猛然看见了《文学》的翻译号。呀！翻译号呀！因为关系着自己的职业，X先生就省下车钱买了一本回家。

他读到了"翻译号"中几篇批评的短论了。

啪的一声，把杂志掼在地上，X先生气得定了眼睛。X夫人以为又是书店老板要扣译费，要实行"一元主义"了，也吓得心头卜卜地跳。

过了一会儿，X先生这才转过一口气来叫道：

"他们倒说得好漂亮话！精译，精译，十五年以前，我才是精译过来的！现在，不错，我是粗制滥造了，可是王八才喜欢这么办！我不负这个责任！该咒诅的，是二元主义一元主义的书店老板！"

X夫人一半懂，一半不懂，却也明白丈夫是看了人家的文章生气，她心里放宽了一大半。

发过牢骚后，X先生又提起译笔来。可不是，他今天还只"赶上"了一千字挂点儿零呢！然而他提起笔，只管呆呆地出神了。久已不在他心上打磨旋的从前翻译的乐趣这时又涌上来，涌上来，赖着不肯去了。他眼前的苦工相形得更加难堪，非但对不起读者，也对不起他自己呀！

忽而他自言自语地说道：

"再要有那一天，不必'赶'，而是'干'，不错，像从前那样，暑假时那样；不错，精译，精译……话是对的？然而——除非是世界翻个身，再不然，中了个航空奖券头彩！唉！唉！"

"莫说头彩，二彩、三彩、四彩，也好得多了！"

X夫人忽然在那边屋角里插嘴说。她只听得了丈夫的后半段话。

（原载《文学》月刊第2卷第3号，
1934年3月1日出版）

小　三

　　谁要是在马路旁边碰到小三，不把他当作绅士看，——哦，倘使你以为绅士也者，一定得手拿司的克，那么，就把他当作公子身份的挂名大学生也好。总而言之，谁要是瞥眼一看就知道这小三者不过是黄公馆的所谓"三小子"，这才怪了！

　　喏，喏，喏，那边他来了：小巧的圆圆的元宝脸，亮晃晃一头黑发从中间分开，就同黄公馆里的叭儿狗阿花的"博士头"差不多；阿花这头，据黄公馆的清客胡某的考证，是少见的，从狗鼻子朝上，到狗头项，那么一道白线，笔直笔直，两边伏伏贴贴朝左右分开的两片儿黑毛，顶高明的理发匠恐怕也妆扮不出这样一个名贵的头罢，然而小三居然像得差不多了，何况他还穿了黄少爷上身过一次的洋服，还登着旧货铺里买来的来路货皮靴。

　　这当儿，请你千万不要忘记看表；也许你没有表，请你千万辛苦些，赶快跑到近旁的铺子里看看挂在那里的钟。约莫是八点三十分罢？不错，一定是八点三十分或四十分。小三出现在这条街上，一定是这个时辰。这是个好时辰：吃公事饭的上衙门，康白度上写字间，或者，少爷上学堂，都是差不多这个时辰。

　　从前，就是三个月以前，你想在这时辰发见小三挺胸凸肚囊囊地从那边走来，那也是怪事。从前，要是你定想看看他那跟阿花差不多的"博士头"，你得走到那边黄公馆的大铁门口。乌油的铁门很高很大，一点缝都没有，你只能看见门下离地一寸光景那扁长的空间不时有两只老牛皮的黑靴子移来移去；你认得这老牛皮的黑靴子同马路上巡捕脚上的，是堂兄弟，你知道这不是小三的；但是，你从铁门面前走了过去，你看看门下的老牛皮黑靴子，你再走回来，猛一抬头，吓——你会吓了一跳，铁门旁边石头墙上有这个尺把来长，半尺阔的小洞儿，嵌在这洞里的，是一个人头，两只乌溜溜的眼睛盯住你！

这人头，就是著名的小三的。它老是嵌在那长方形的小小的墙洞里。他有一只比猎狗还灵些的耳朵，墙外的脚步声刚刚近来，他那跟阿花差不多的头就立刻嵌在那岗位里，瞪大了乌溜溜的眼珠儿。那时候，他的职衔是号房里的"三小子"。

那时候，这左近一带的人们从没见过整个的小三，除了他那阿花式的头。因而最近这个头忽然装在脖子上出来走走，而且还有挺起的胸脯，凸出的肚子，你想，这一带的人们该是如何惊奇？他们指指点点悄悄地议论道。

"嘿嘿！小三发迹了！我跟你赌，他要不是什么科员，定是什么委！"

有时小三也听到，就回头去看看自己的脚跟，也看看地上的自己的影子，然后眼朝着天，橐橐橐地走了去。

过了十点钟，这一带的马路上就不会再看见这个"新发迹"的人了。他在那里办公了。他的办公处就是黄公馆的大厨房。他这时也换了工作衣。大司务刚刚从小菜场回来，把两条大鲫鱼扔在小三跟前，嘴里含着一个铜钱似的喊道：

"小三！今天仔细点！昨天那鱼里还有这么个把刺，害得我吃排头呢！今天是晚饭才用到，你慢慢地用心拔，剩一根，仔细你的皮！"

小三是照例侧着头听，像阿花似的。他先刮去了鱼鳞，很小心地从鱼背上剖开，摘去了肚杂，再使出软硬功来，把鱼身剖成两半爿，可以平摊在盘子里，却又不能将鱼肚皮割断。都弄好了，就放到蒸笼里去蒸。小三知道应该蒸多少时候。他这算法才发明了不多几天。他用一块布揩擦那大大小小六七把镊子，擦完了，鱼也蒸得恰到好处。

怎么一来，这差使会派到小三头上呢？这在黄公馆的"家乘"上也是值得大书特书的。三个月前，卫生顾问葛大夫说黄老爷和黄太太还有少爷小姐们都应得常吃鲫鱼。呵，鲫鱼是卫生的么？叫大司务餐餐饭得用鲫鱼。然而糟极，小少爷怕刺，老爷太太也以为鱼有刺是太那个的。太太身边的老妈子上了个条陈，叫大司务拔掉了鱼刺再做上来。

大司务可为难了。不敢说办不到，只好请老爷派一个人专管拔刺。老爷摸着胡子，心里想派谁好呢，这倒要个有耐心的人才行。忽然老爷看见了那阿花了，从阿花那出色的头就想到了老是嵌在大门边墙洞里的小三的头，老爷拍一下大腿叫道：

"得了！就派号房里的小三！他倒像是还有点耐心。"

是老爷亲口派的，小三觉得很有面子。

但是老爷又吩咐：不准把鱼皮弄破，叫人看得出拔过刺，老爷这道卫生菜也要请请客人。而且要是鱼皮弄碎了。像猫嚼过似的，老爷看着也要作呕，吃不下嘴。

这，你可就明白了，为什么小三有大大小小六七把镊子。

擦过了最后一把弯头的镊子，小三就把鱼取出蒸笼，从鱼的剖面小心地拔出一根一根的刺。现在他接手这新差使已经三个多月了，他已经有把握，不留一根顶细的隐在鱼尾部的刺。

大司务很巧妙地把鱼翻一个身，浇上了鲜汤，端到席面，果然是好好一盘鱼，一点破相都没有。

所以现在上午八点三十分或四十分光景，老爷太太还在床上的时候，你可以看见小三打扮得很整齐在这一带的马路上挺起了胸脯凸出了肚子。谁要是猜到他是黄公馆大厨房里的助手。那才是怪事！

喂喂喂，你看他从那里回来了，他走过那长方形的墙洞时，还忍不住瞧了一眼呢！洞里现在是换了一个头了，而我们的小三却大大方方掀了电铃，让巡捕开门放他进去当他的新差使。

1934 年 10 月 19 日

（原载《水星》月刊第 1 卷第 3 期，

1934 年 12 月 10 日出版）

第二天

　　虽然医生叮嘱我晚上不宜看书，可是那一夜的十二点左右，我尚在阅读寇丁氏英译的波兰作家显克微支的历史小说《杀人放火》(With Fire and Sword)。突然，轰轰地两声，冲破了午夜的寂静。全神都贯注在书上的"杀人放火"的我，略旋起眼睛看一下那紧闭的玻璃窗，便又再看书。早几天，我就听说闸北形势紧张，中日两方面的士兵隔沙袋铁丝网布防，并且当天傍晚我也看见了租界当局临时戒严的布告；但听得了不很分明的轰轰两声的那时，我当真没有转念到这便是中日两方军队开火。然而轰轰声音又接连而起。我放下手里的书了。辨认出这就是炮声。我开了玻璃窗，又开了玻璃窗外面的百页窗，夜的冷气使我微微一噤。我看天空。没有什么异样。但炮声是更加清晰，还夹杂着机关枪的声音。无疑的是打仗，而且无疑的是中日军队。一种异样的兴奋就布满了我全身；我心里说：

　　"呵，到底来了！可惜外边戒严，禁止通行！"

　　书是不看了，我在房里踱着，设想那开火的结果。平常在街上看见的喂得很壮健的小腿肚就像太阳啤酒瓶粗的日本海军陆战队的形象，对照着那些瘦黄短小的我们的"粤军"都一齐在我眼前出现了。"不抵抗主义"又在旁边冷笑。我几乎要断定那轰轰的炮声以及卜卜的机关枪声只是单方面的进攻——日本军过阴历年"送灶"。到一点钟左右，枪炮声已经沉寂，我就简直断定"送灶"已完，我非常失望了。

　　第二天早上九点钟方才醒来，就听得飞机的声音在天空中响。"还没么？"我一面这样想，就抓起了本天的报纸来看，一行大标题：昨晚日军犯闸北失败！我急急吞完了那密排的详细报告，方才知道我昨晚上的假定是不对了；原来上海毕竟不同于东北，而且瘦小的广东兵也毕竟和关外大汉是两个爷娘养的！

于是接连地来了许多十口相传的"战报"。日本海军司令部已经被我方占领了，上海义勇军下紧急命令了，上海全市罢市了，罢工了，闸北大火烧……记也记不清的许多可信可疑的消息。只有一件事是无可置疑的，在我们头上飞翔示威的五六架飞机全有红圈儿的太阳记号。有了海陆空军总司令又有海陆空军副司令的我们中国，光景只有十九路军还"抵抗"一下。

非出去看一下不可了。午后一时我跳上了公共汽车。说是"站数"已经缩短，只能开到四川路桥邮政总局门口了。我大为惊愕。设想到四川路桥以北大概是巷战的战场了，我忍不住笑起来。然而却又意外：邮政总局以北，居然如平常一样；只不过商店都关上了排门，行人道上有许多人无目的地走着看着，马路上拥挤着装满箱笼包裹的各式车子，疾驰而来的卡车满载日本兵，都挺着枪，似乎在战场上冲锋，而日本飞机的响声又在我头上来了；一架，两架，三架，尽在那里兜圈子。

到了蓬路，只有朝南走的人，我一个人朝北走，人家都注目。到海宁路转角，瞥见沿马路的一堵墙上有手写的"大日本海军陆战队"的布告。几十人站在海宁路转角处朝北张望。我也挤了进去。前面马路上静荡荡地只有几个便衣的西洋人在那里来回地踱。我们前面也有几个便衣的西洋人阻止任何人朝北再走一步。附近时时传来劈拍劈拍的声响。一个西洋人对我们挥手，说了一个字：Danger①！我不相信日本的枪弹有眼睛，会刚刚找到了我；但是那几位好像是便衣巡捕的西洋人却真有眼睛，不放任何中国人再往北一步。

我只能转入海宁路的西段了。这时我方才觉得有些小小的东西在空中飞。有一片飞到我身上了。是纸灰。海宁路上有一堆一堆的人都仰脸看着。我也学他们。正北天空，冲起三处黑烟，袅袅地在扩大。日本飞机钻进了那烟阵，又飞出来，只在那里循环地绕圈子。旁边有一个愤愤地说：

"又在那里掷炸弹了！东洋赤佬的飞机！"

我问明白了那三处黑烟是北站、商务印书馆等三处大建筑的火烧，我也就明白了为什么天空中满是小小的黑色的纸灰。我想了许多方法，走了许多路，企图从海宁路的每一通到华界的街道走进闸北区；可是各处全被阻止，不是租界上的巡捕或万国商团，就是中国兵。同样的理由是："危险！不能过去！"

天渐渐黑下来了，三处的黑烟却越见红！我只好回去。到南京路浙江路转角看见《生活周刊》的号外，大书：张某某率义勇军尚在北车站抗战！下关日本军舰炮轰南京！商务印书馆全部烧毁！而日本飞机又是三架一队地在租界"领空"盘旋示威。

《大美晚报》跟着万家灯火一齐来了。有一点似乎无可置疑：日本军的进攻遇着了抵抗，而且大败，但没有被追；租界的尊严的"中立性"使得打败的日本陆战队能够回去吃饭睡觉休息，准备今天晚上再动手。可是晚上"休息"着的日本飞机今天却放硫磺弹烧了闸北最繁盛的宝山路！这回中国兵是抵抗了，但只是"抵抗"而已！我觉得一般小市民的忧愤的脸色似乎都透露了这样的失望与忿忿。

可是他们只能忿忿一下儿。新历史的舞台上，他们早不是主角儿；呀，背里咒诅公婆而又死心塌地看着公婆脸色的童养媳似的他们！

（原载《文学月报》第 1 卷第 2 期，
1932 年 7 月 10 日出版）

①Danger：英语，意即"危险"。

上海大年夜

在上海混了十多年，总没见识过阴历大年夜的上海风光。什么缘故，我自己也想不起来了；大概不外乎"天下雨""人懒""事忙"，这三桩。

去年，——民国二十二年，岁在癸酉，公历一千九百三十三年，恰逢到我"有闲"而又"天好"，而又是小病了一星期后想走动，于是在"大年夜"的前三天就时常说"今年一定要出去看看了"。

天气是上好的。自从十八日（当然是废历）夜里落过几点雨，一直就晴了下来。是所谓"废历"的十八日，我担保不会弄错。因为就在这一天，我到一个亲戚家里去"吃年夜饭"。这天很暖和，我料不到亲戚家里还开着"水汀"，毫无准备地就去了，结果是脱下皮袍尚且满头大汗。当时有一位乡亲对我说："天气太暖和了，冬行春令，——春令！总得下一场腊雪才好！"

似乎天从人愿，第二天当真冷了些。可是这以后，每天一个好太阳把这"上海市"晒得一天暖似一天；到"废历"的"大年夜"的"前夕"，简直是"上坟时节"的气候了。

而这几天里，公债库券的市价也在天天涨上去，正和寒暑表的水银柱一般。

"大年夜"那天的上午，听得生意场中一个朋友说："南京路的商店，至少有四五十家过不了年关，单是房租，就欠了半年多，房东方面要求巡捕房发封，还没解决。"

"这就是报纸上常见的所谓'市面衰落'那一句话的实例么？"我心里这样想。然而翻开"停刊期内"各报的"号外"来看，只有满幅的电影院大广告搜尽了所有的夸大、刺激、诱惑的字眼在那里斗法。

从前见过店铺倒闭的景象也在我眼前闪了一闪。肩挨着肩的商店的行列中忽然有一家紧闭着栅门，就像那多眼的大街上瞎了一只眼；小红纸写着八个字的，是"清理账目，暂停营业"；密密麻麻横七竖八贴满了的，是客户的"飞票"；而最最触目的是地方官厅的封条，一个很大的横十字。

难道繁华的南京路上就将出现四五十只这么怪相的瞎眼？于是我更加觉得应该去看看"大年夜"的上海。

晚上九点钟，我们一行五个人出发了。天气可真是"理想的"。虽然天快黑的时候落过几点牛毛雨，此时可就连风也没有，不怕冷的人简直可以穿夹。

刚刚走出弄堂门，三四辆人力率就包围了来，每个车夫都像老主顾似的把车杠一放，拍了拍车上坐垫，乱嚷着"这里来呀！"我们倒犹豫起来了。我们本来不打算坐人力车。可是人力车的后备队又早闻声来了，又是三四辆飞到了我们跟前。而且似乎每一个暗角里都有人力车埋伏着，都在急急出动了。人力车的圆阵老老实实将我们一行五个包围了！

"先坐了黄包车，穿过××街，到××路口再坐电车，怎样？"

我向同伴们提议了。

"××路口么？一只八开^①！"车夫之一说。

"两百钱！"我们一面说，一面准备"突围"。

"一只八开！年三十，马马虎虎罢。"

这是所谓"情商"的口吻了。而且双方的距离不过三四个铜子。于是在双方的"马马虎虎"的声音中，坐的坐上，拉的也就开步。

拉我的那个车夫例外地不是江北口音。他一面跑，一面说道：

"年景不好……往年的大年夜，你要雇车也雇不到。……哪里会像今年那样转弯角上总有几部空车子等生意呢。"

说着就到了个转角，我留神细看，果然有几辆空车子，车夫们都伸长了"觅食"的颈脖。

"往年年底一天做多少生意？"我大声问了。其实我很不必大声。因为这条××街的进口冷清清的并没为的是"大年夜"而特别热闹。

"哦——打仗的上一年么？随便拉拉，也有个块把钱进账……"

"那么，今年呢？"

"运气好，还有块把钱；不好，五六毛。……五六毛钱，派什么用场？……你看，年底了，洋价倒涨到二千八百呀！"

"哦——"我应了这么一声，眼看着路旁的一家烟兑店，心里却想起邻舍的X太太来了。这位太太万事都精明，一个月前，洋价二千七的时候，她就兑进了大批的铜子，因为经验告诉她，每逢年底，洋价一定要缩；可是今年她这小小的"投机事业"失败了，今天早上我还听得她在那里骂烟兑店"混账"。

"年景不好！"拉我的车夫又叹气似的说，"一天拉五六毛，净剩下来一双空手，过年东西只好一点也不买。……不像是过年了！"

××路已经在前面了。我们一行五人的当先第一辆车子已经停下来了。我付钱的时候，留神看了看拉我的那车夫一眼。他是二十多岁精壮的小伙子，并不是那些拉不动的"老枪"，然而他在这年底一天也只拉得五六毛钱么？

站在××路口，我又回望那短短的××街。一家剃头店似乎生意还好。我立刻想到我已经有二十多天没曾理发。可是我的眼光随即被剃头店间壁的南货店吸住了。天哪，"大年夜"南货店不出生意，真怪！然而也不足怪。像这样小小的南货店，自然只能伺候中下级社会的主顾，可是刚才拉我的车夫不是说"过年东西只好一点也不买"么？

"总而言之，××街里没有大年夜。"

坐在电车里，我这样想。同时我又盼望"大年夜"是在南京路、福州路一带。

十字路口，电车停住了。交通灯的红光射在我们脸上。这里不是站头，然而电车例外的停得很长久。

"一部汽车，两部汽车，……电车，三部汽车，四部，五部，……"

我身边的两个孩子，脸贴在车窗玻璃上，这样数着横在前面的马路上经过的车辆。

我也转脸望着窗外，然而交通灯光转了绿色，我们坐的电车动了。啵！啵！从我们的电车身边有一辆汽车"突进"了，接着又是一辆，接着是一串，威风凛凛地追逐前进，我们的电车落后了。我凝眸远眺。

前面半空中是三公司大厦高塔上的霓虹电光，是戳破了黑暗天空的三个尖角，而那长蛇形的汽车阵，正向那尖角里钻。然而这样的景象只保留了一刹那。三公司大厦渐曳渐近了。血管一样的霓虹电管把那庞大建筑的轮廓描画出来了。

"你数清么？几部？"

孩子的声音在我耳边响了起来。这不是问我，然而我转眼看着这两个争论中的孩子了。忽然有一条原则被我发现了：今夜所见坐车的人好像只有两个阶级，不是挤在电车或公共汽车里，就是舒舒服服坐了黑牌或白牌的汽车，很少人力车！也许不独今夜如此罢？在"车"字门中，这个中间的小布尔乔亚气味的人力车的命运大概是向着没落的罢？

我们在南京路浙江路口下了电车。

于是在"水门汀"上，红色的自来水龙头旁边，我们开了小小的会议。

"到哪里去好？四马路怎样？"

这是两位太太的提议。她们要到四马路的目的是看野鸡；因为好像听得一位老上海说过，"大年夜"里，妓女们都装扮了陈列在马路口。至于四马路之必有野鸡，而且其数很多，却是太太们从小在乡下听熟了的。

可是两个孩子却坚持要去看电影。

这当儿，我的一票可以决定局势。我主张先看电影后看野鸡。因为电影院"大年夜"最后一次的开映是十一点钟。看过了电影大概四马路之类还有野鸡。

于是我们就走贵州路，打算到新光大戏院去。

我不能不说所谓"大年夜"者也许就在这条短短的狭狭的贵州路上；而且以后觉得确是在这里。人是拥挤的，有戴了鸭舌头帽子的男人，更有许多穿着绯色的廉价人造丝织品的年青女子；也有汽车开过，慢慢地爬似的，啵啵地好像哀求。两个孩子拖着我快跑（恐怕赶不上影戏），可是两位太太只在后边叫"慢走"。原来她们发现了这条路上走的或是站着的浓妆年青女子就是野鸡。

也许是的。因为鸭舌头帽子的男人掷了许多的"掼炮"，拍拍拍地都在那些浓妆的青年女子的脚边响出来，而她们并不生气。不但不生气，还是欢迎的。"愈响愈发"：是她们的迷信。

我们终于到了新光大戏院的门口。上一场还没散，戏院门里门外挤满了人。

而且这些人大都手里有票子。

两位太太站在马路旁边望着那戏院门口皱眉头。就是那勇敢的男孩子（他在学校里"打强盗山"是出名勇敢的，）也把疑问的眼光看着我的面孔。

"就近还有几家影戏院，也许不很挤。"

我这样说着，征求伙伴们的同意。

但是假使片子不好呢？大些的孩子，一个很像大人的女孩子，眼光里有了这样的迟疑。"不管它！反正我们是来趁热闹的。借电影院坐坐，混到一点多钟，好到泥城桥一带去看兜喜神方的时髦女人。"

又是我的意见。然而两个孩子大大反对。不过这一回，他们是少数了，而且他们又怕多延捱了时间，"两头勿着实"，于是只好跟着我走。

到了北京大戏院。照样密的人层。而且似乎比新光大戏院的现象更加汹汹然可畏。转到那新开幕的金城。隔着马路一望，我们中间那位男孩子先叫起"好了"来了。走到戏院门口，我们都忍不住一股的高兴。这戏院还是"平时状态"。但是，一问，可糟了！原来这金城大戏院没有"大年夜"的，夜戏就只九点半那一场，此时已经闭幕。

看表上是十一点差十分。

"到哪里去好呢？"——大家脸上又是这个问号了。也许新光今夜最后一场是十一点半开映罢？那么，还赶得及。新光近！

真不知道那时候为什么定要看影戏。孩子们是当真要看的，而我们三个大人呢，还是想借此混过一两个钟点，预备看看"大年夜"的上海后半夜的风光而已。

然而又到了新光了。十一点正，前场还没散，门里门外依然挤满了人，也许多了些。这次我们是奋勇进攻。五个人是一个长蛇阵。

好容易挤了进去，望得见卖票处了，忽然又有些绅士太太们却往外边挤，一面喊道："票子卖完了。卖完了！"我疑心这是骗人的。为什么戏院当局不挂"客满"的牌子？我不能再"绅士气"了。我挤开了几位拦路的时髦女郎，直到卖票处前面。我们的长蛇阵也中断了。卖票员只对我摇手。

好容易又挤了出来，到得马路上时，我忍不住叹口气说：

"虽然'大年夜'不在××街的小小南货店里，可确是在每家影戏院里！"

以后我们的行程是四马路了。意外地不是"大年夜"样的。也没看见多少艳妆的野鸡之类。"掼炮"声音更少。

两个孩子是非常扫兴了。于是"打吗啡针"：每人三个气球。

我们最后的希望是看看南京路上有没有封皮的怪相"瞎眼睛"。

然而也没有。

十二点光景挤进了南京路的虹庙。这是我的主张。可是逛过了浴佛节的静安寺的两个孩子大大不满意。"没有静安寺那样大"，是他们的批评。他们怎么会知道我是出来找"大年夜"的，而"大年夜"确也是在这座庙里！

后来我知道过不了年关的商店有五百多家。债权人请法院去封门。要是一封，那未免有碍"大上海"的观瞻，所以法院倒做了和事佬。然而调解也等不及，干脆关上大门贴出"清理账目"的铺子也就有二百几十家了。南京路上有一家六十多年的老店也是其中之一。

"你猜猜。南京路的铺子有几家是赚钱的？——哈哈，说是只有两家半！那两家是三阳南货店和五芳斋糕团点心店。那半家呢，听说是冠生园。"

回家的路上碰见一位乡亲，他这样对我说。

乡亲这番话，我怎么能够不相信？并且我敢断定复杂的"大上海"市面无论怎样"不景气"，但有几项生意是不受影响的，例如我们刚去随喜了来的虹庙。并且我又确实知道沪西某大佛寺的大小厅堂乃至"方丈室"早已被施主们排日定完；这半年里头，想在那大佛寺里"做道场"，简直非有大面子不行的！

到家的时候，里内一个广东人家正放鞭炮，那是很长的一串，挑在竹竿上。我们站在里门口看去，只见一条火龙，渐缩渐短。等放过了我们走进去，依旧是冷清清的弄堂，不过满地碎红，堆得有寸许厚。

1934 年 2 月 28 日

（原载《文学季刊》第 2 期，1934 年 4 月 1 日出版）

①一只八开：沪语，一角银毫的意思。

全运会印象

据报上说，全运会十一天内售出门票总价计银（法币）十一万元左右。算个整数十一万元罢，那么我也居然是报效过十一万分之四的一个看客。

我和运动会什么的，向来缘分不大好，第一次看到运动会，是在杭州，那还是刚刚"光复"以后。是师范学堂一家的运动会，门票由师范学堂的一个朋友送来，一个钱也没有花（师范学堂运动会的门票本来也不卖钱的）。第二次在北京看了，时在民国三年或四年，好像是什么华北运动大会，门票是卖钱的，可是我去看了一天，也没有花钱。因为同校的选手例可"介绍"——或者是"夹带"罢，我可弄不清楚了，——若干学生进场，既然是"夹带"进去的，当然坐不到"看台"，只混在芦席搭的本校选手休息处，结果是看"休息"多于看"运动"。

第三次就是这一回的全运会。这一次不但花钱坐"看台"是有生以来的"新纪录"，并且前后共去看了两天，也是"新纪录"。谁要说我不给"全运会"捧场，那真是冤枉。

然而"捧场"之功，还得归之于舍下的少爷和小姐，第一次是少爷要去看，我当然应得勉强做一回"慈父"。第二次是小姐要看了，那我自然义不容辞自居为"识途之老马"。

我相信，我虽然只去了两次，却也等于和大会共终始。因为一次是最不热闹的一天（十二日），又一次便是最热闹的（十九日）。我凭良心说：这两天都使我"印象甚佳"。

首先，我得赞美那直达全运会场的华商公共汽车的卖票人实在太客气了，隔着老远一段路，他就来招呼。殷勤到叫人过意不去，看惯了卖票人推"土老儿"下车不管他跌不跌交的我，真感到一百二十分的意外。这是"去"，哪里知道"回来"的时候，几路车的卖票人一齐动员作"招呼"的竞赛，那一份"热心"恐怕只有车站轮埠上各旅馆的接客方才够得上。自然，这是"最不热闹"的十二日的景象。至于最热闹的十九日呢，理合例外，下文再表。

好，买得门票，就应当进场了，不知道为什么，左一个"门"不能进去，右一个"门"也不能进去。于是沿着"铁丝网"跑了半个圈子，居然让我见识了一番会场外的景致。会场的"四至"全是新开的马路（恕我记不得这些马路的大名），而在这些马路一边排排坐的，全是芦席搭成的临时商店，水果铺和饭馆最多。也有例外，那就是联华影片公司的"样子间"，棚顶上有两个很大的电灯字——"天伦"。对不起，我把联华的临时的宣传棚称为"样子间"，实在因为它不像商务印书馆和中华书局的临时宣传棚似的既有人"招待"又可"休憩"，并且恭送茶水。

一看见有那么多的临时芦棚饮食店，我忽然想起这会场外的景致实在太像我们家乡的"香市"。说是"太像"决不是指两者的形貌，而是指两者的"氛围"。同样的，"田径场"可就"太像"上海的三等影戏院。我赴会以前，把我二十年前看过华北运动会的宝贵经验运用起来，随身带了些干粮（我想我应当表明一句，我是单拣那没有核也没有皮壳的东西），还带了一瓶葡萄汁、一瓶冷开水，然而一进了田径场的"看台"我就晓得我的"细心"原来半个钱也不值。这里什么都有，点饥的解渴的，甚至于消闲的，各种各样饮食的贩卖员赶来落去比三等戏院还要热闹些；栗子壳和香蕉皮、梨子皮到处有的是，这样的舒服"自由"我自然应当尽量享受，于是把葡萄汁喝了，冷开水用来洗手，空瓶子随便一丢，而肚子尚有余勇则尽力报答各式贩卖员劝进的盛意。至于带去的干粮呢，原封带回。

"田径场"像一个圆城，看台就是城墙，不过当然是斜坡形，我不知道从最低到最高共有几级，只觉得"仰之弥高"而已。我们站在最高的一级，那就是站在城墙顶上了，看着城圈子里。

那时"城圈子"里，就是"田径场"上，好像只有一项比赛：足球。广东对山东罢？当然是广东队的"守门"，清闲得无事可做，我真替他感到寂寞，我听得那播音喇叭老是说"请注意广东又胜一球"。真觉得单调，我热心地盼望山东大汉们运气好些，每逢那球到了广东队界内时，我便在心里代山东大汉们出一把力。我这动机，也许并不光明，因为广东队的球门离我近，我可以更加看得明白。

忽然有一个声音在我前面说："怎么球总在那边呢！"

我留心去找那说话的人，原来是一位穿得很体面的中年太太，撑着一把绸洋伞，有一位也很漂亮的年青人坐在旁边，光景是她的令郎。

"因为这一边的人本事好。"那位"令郎"回答。接着他就说明了许多足球比赛的规则。凭我的武断，这位中年太太对于足球——或者甚至运动会之类，常识很缺乏，要不是足球而是回力球，那她一定头头是道，然而她居然来了，坐在代价高可是不舒服的水泥"看台"上，她也带着她的"令郎"，可一定不是她在尽"慈道"而是她的"令郎"在尽"孝道"。谁要说她不给"全运会"捧场，那也真是冤枉。

这时，太阳的威力越来越大，那位"热心"的中年太太撑伞撑得手酸了。而且就在头顶那香炉式的烟囱口里，老是喷着煤灰像下雨一般往我们这些看客身上洒——如果跟雨一样重倒也好了，偏偏又比雨点轻，会转弯。中年太太虽然有伞，却也完全没用。于是我听得"热心"的她第一次出怨声道："怎么没有个布篷遮遮呢！不及海京伯！"

哦，哦！海京伯！那不是曾经在"一•二八"以后的上海赚过大钱的德国马戏班吗！哦哦，我懂得这位中年太太心中的"全运会"了。

我忽然觉得"看运动会"也不过如此，然而看运动会的各色人等却大有意思。我坐不定了，我也开始"运动"。在那斜坡形的"城墙"上来来去去跑，我在多数看客的脸上看见了这样的意思：比不上海京伯或是大世界的大杂耍。有些穿了制服排队来的学生看客自然是例外，可是他们"嘴巴的运动"似乎比"眼睛的运动"忙得多了。他们谈天，吃零食，宛然是 picnic① 的风度；这也怪不得，那天上午的"运动"实在不多。

下午，我的"活动范围"就扩大了，我的活动地盘仍旧是"田径场"，因为我觉得如果要看看"运动会"的各色人等，再没有比"田径场"好了。下午这里的节目很多。除了跳远、赛跑、掷铁饼，那边的"国术场"还有一个老头子（也许不老）穿了长衫舞刀，这在中年太太之流看来，还不是名符其实的"大杂耍"么？

而且下午看客也多些了，我如果死守在一个"看台"上未免太傻，于是我第一步按照"门票"给我的"资格"进了两处"看台"，第二步是做蚀本生意，"降格"以求进，门警先生很热心地告诉我"走错了"。但因我自愿错到底，他也就笑笑。第三步我打算"翻本"，然而两条腿不愿意，只好作罢。

老实说，我近来好多时候没有这样"运动"过，所以即使看不到人家的运动，我已经很满意了。我相信这一个下午比一服安眠药有效得多。但是，事后我才知道我这回的能够给我自己"运动"，还得感谢那天的看客少最不热闹。

下午，除了更加证实我上午的"发见"而外，还得了个新的"不解"；有一群穿一色的青白芦席纹布长衫的小学生每人都拿了铅笔和拍纸簿，很用心地记录着各项比赛结果的报告，中间有几位偶尔错过了播音喇叭的半句话就赶忙问同伴道："喂，你抄了吗？百米低栏第二名是多少号？"似乎这是他们出来一趟的"成绩"，回头先生要考查。

我不能不说我实在"不解"这群小学生眼目中的"全运会"到底是个什么。

还有一个"不解"，那却轮到我的少爷身上。当我们互相得到同意离开了运动场的时候，就问他："看得满意吗？"他照例不表示。我又问："足球好不好？你是喜欢看足球的呀。""虹口公园的还要好。""那么你不满意了？"回答是，"也不。""哦——那么你还赞成些别的罢？"我的少爷却笑了笑说："我记不清楚！"凭经验我知道他所谓"记不清楚"就是拒绝表示意见的"外交辞令"，我只好不再追问下去了，其实他的运动会常识比我高，例如赛跑起步时枪声连连两响，就是有人"偷步"，我不知道，而他知道，所以他对于"全运会"的拒绝表示意见，我真是不解。

在我呢，当真没有理由不满意；我自己"运动"过了，而且还看了"看运动会"的人们。然而过了几天以后，我知道我的少爷那天也"看"了一点回来，而且也许他还"赞成"的，那就是会场的建筑。

因为第一次看了"满意"，所以十九那天又去，各报的"全运会特刊"，早已预测这天一定很热闹，我也以为"很热闹"者不过水泥看台上不留空白罢了。哪里知道我这"以为"离事实远得很呢！

到运动场时，不过十点钟。这次我有"经验"了，几座卖"门票"的亭子一找就得，怪得很，"售票亭"前一点也不"闹"，上去一问，才知道好一些的座位都已经卖完了（后来我知道"热心"的朋友们都是早两天在中国旅行社买好了的），然而篮球场的门票居然还有，至于"田径场"只剩起码的二角票。好，二角的就是二角的罢，反正我看"看运动会"的人也就满意了。我买了票后，不到十五分钟，"田径场"门票亭就宣告"满座"。

那天"田径场"只有两场足球决赛，时间是下午一点和三点。篮球场也有两场决赛，时间是下午一点到三点。我以为（又是"以为"了）看过前一场的篮球再到"田径场"应卯，一定是从容的。我决定了这办法时，大约是十点半，离下午一点还有三小时光景。不免先上"城头"去逛逛。一进去，才知道这个十万人座位的"田径场"看台已经上座上到八分了！然而，此时"场"中并无什么可看，只远远望见那边"国术场"里有一位上身西装衬衫，下身马裤马靴、方脸儿、老大一块秃顶的"名家"在郑重其事地表演"太极拳"。他双手摸鱼似的在那里掏摸，他前面有一架"开末啦"，大概也在拍罢！

我相信那时田径场的八万看客未必是为了那太极拳而来的，我也不相信他们全是我的"同志"——为了看"看运动会"的人而坐在硬水泥地上晒太阳。他们大部分是所谓"球迷"罢！然而不是来得太早了吗？（后来我知道他们并不太早，他们的"经验"是可靠的。）照我的估计，他们中间的大部分一定是十点以前就坐守在这里了！这一份"热心"真可怕！

并且他们一定决心坐守到下午一点钟，不见他们差不多全带着干粮么？后来我又知道他们的"经验"在这上头也丰富得不得了。因为不久以后不但"满座"而且"挤座"的时候，各种食品的贩卖员都给"肃清"出去，你不自带干粮，只有对不起肚子了。

然而我根据了上次我的"经验"这回是空手来的，所以"看人"——带便也看"摸鱼"，看到十一点过些儿，就"挤"出（这时已经十足可用一个"挤"字了）那"城墙"来打算吃了饭再说。

吃过饭，我还是按照我的预定步骤先到篮球场。因为小姐是喜欢篮球的。而我也觉得篮球比足球更近于真正的"体育"。篮球是刚柔相济的运动，演来是一段妩媚。

在体育馆门口，我经验了第一次的"夺门"就知道那里边一定也在"挤座"了。幸而还有座可"挤"。

这里的"看客"大部分是来看"运动"的。并且（也许）大多数是来看选手们的"技巧"——借用小姐的一句话。于是我也只好正正经经恭观北平队和上海队的"技巧"。

好容易到了一点钟，"看台"上挤得几乎要炸了，两队的球员上场来了。却又走马灯似的各自练一趟腿——好像打拳头的上场来先要"踢飞脚"，那时就听得看客们私下里说"北平队手段好些"。

果然开始比赛的十分钟，北平队占着优势。后来上海队赶上来了。分数一样，而且超过北平队了；但北平队又连胜数球，又占了上风。这样互有进退，到一小时完时，两边还是个平手，于是延长时间再比赛，在延长时间又快要完的一二分钟以前，上海队比北平队略多几分。这时上海队的球员似乎颇倦了，而且也不无保守之心，得到了球并不马上发出或攻篮，却总挨这么二三秒钟。每逢上海球员这样"迟疑"似的不"快干"的当儿，看客中间便有人在"嘘"，老实说，我是外行，不懂这样"不快干"有什么"不合"之处。然而我身旁有一位看客却涨红了脸啐道："延挨时间真丢人！"

哦，我明白了，原来篮球规则虽然已颇周密，可是对于"延挨时间"以图保守胜利这巧法儿，也还是无法"取缔"。

锣声响了，比赛告终。上海以略多几分占了胜利，"延宕政策"居然克奏了肤功。北平队先离球场，这时候我忽然听得"看台"的一角发出了几声鼓掌，似乎在宣称北平队的虽败犹荣，而同时在上海队将离球场的时候，忽然那"嘘嘘"声又来了，而且我对面那"看台"上掷下了许多栗子壳和香蕉皮，这个我很懂得是有些"义愤"的"看客"在执行"舆论的道德的制裁"了。而且这些执行者大概不是上海人。

自然，同时也有一些（不多）鼓掌声欢送得胜者，然而"舆论的道德的制裁"的执行者们，因为显然是集中一处的，所以声势颇为汹汹。

在先我知道了上海队是取"延宕政策"的当儿，也觉得他们何必把第三名看得这么重，但后来栗子壳和香蕉皮纷纷而下，我倒又觉得上海队的重视第三名并不特别比人家过份，如果栗子壳和香蕉皮之类等于北平的"啦啦队"，那么，未免多此一举，如或不然而是表示了"舆论"对于"非法胜利者"的唾弃，那么，也是"舆论"一份子的我对于失败者固然有敬意而对于胜利者也毫无唾弃之意，比了一小时而不分胜负，总可证明两边的手段其实没有多大高低。所以上海队的"延宕政策"的成功未必算是"丢人"的"胜利"，要是它不能在延长时间内多得几分，即使它"延宕"也不中用，而这"最后的多得几分"显然不是靠了"延宕"得来的。"上海真运气"——在"延宕政策"开始时，我后边的一位看客说。对了，我也庆幸上海队的好运气，同时也可惜北平队的运气差些。

第二场篮球是河北队和南京队争夺冠军，我们看了一半就走，同时有许多"看"客也纷纷出去。并不是篮球不好看，我知道他们和我一样还有别的节目要看呢。我是按照预定计划直奔田径场去。

然而糟了，每个看台的入口都已拉了铁门，而且每个紧闭的铁栅门前都有一大堆人在和门替争论。

"里边满了，没有法子！"门警只是这八个字。

我相信里边是满了，因为上午十一点左右我就看见"里边"是装得满满的。然而因为打算看"看运动会而不得"的人，我就历试各个"铁门"沿着那"圆城"走了半个圈子。忽然看见有一道铁门前的人堆例外地发生变动，——半堆在外面的人被铁门吞了进去，我和小姐赶快跑过去，可是那铁嘴巴又已闭得紧紧的了。于是我就得了个确信，里边虽然满了，尚非绝对没有法子，不过"法子"何时可有，那是守门警察"自有权衡"了。我们一伙人就在那里等。

可是隔不了多久，却远远地望见右边另一个铁门也在吞进人去了，这离我站的地方约有三丈路，我招呼小姐一声立刻就往右边跑，同时也有许多人"舍此而就彼"。我们跑到了那边时，那铁门还在吞人，我当然是有资格的了，可是回头一看没有小姐，只好赶快跑回去找她，半路碰到她时，再回头一望，那铁门早又闭得紧紧了，我埋怨小姐，小姐也埋怨我，说是我跑了以后，原先我们在等的那个铁门放了许多人进去。

"他们看见了门前人少了，就开门。"小姐说。

哈哈，守门警察的"自有权衡"的原则被我们发现了，我们得用点技术来抢门。那也简单得很，我们站在两度铁门的半路，要是看见右首的铁门在"通融"而左手铁门前等候的人们蜂拥而右的时候，我们就赶快奔左边的那道门。这"策略"一试就成功，门警连票子也没来得及看，因为这当儿是"看客"在表演"夺门"运动。

里边满得可怕！但是我们居然挤了进去而且也还看得见"运动"。刚刚占定了一个地方，就听得播音喇叭叫道："你们好好看踢球不要打架！"接着（过不了五分钟）又是"不要打架，你们是来看足球的"。那时，场中是香港对广东，那时满场十万的看客，大概至少有一半以上是真正热心在看"运动"——不是"球迷"们在看"球王"。

我看了十多分钟实在挨不下去了，太阳是那么热，人是那么挤，想看"看运动的人"也不成。而我于足球也还够不上"迷"的程度。

我只好亏本一回，把花了半小时功夫，运用了"策略"或"技术"抢门而得的权利，仅仅享用了十多分钟。

慢慢地走出运动场的时候，已经四点十几分。我忽然感到不满意了。论理我不应当不满意，因为我确乎很正经地看完了一场篮球。然而我总觉得未尽所欲似的。

因为有点不满意，就只想赶快回家，可是呵！有多少人在等车！而且还有多少人陆续从运动场里出来！我到了公共汽车停车处时，刚刚有一串的公共汽车远远驶来，那是回来的空车，我知道。但是人们像暴动似的一哄而上，半路里就把空车截住，我也不由得往前跑了一段路，我看见车子仍在走，不过慢些，车门是紧闭着的，人们却一边跟着车跑，一边就往车窗里爬；一转眼已满满一车子人。我虽然并不"安分"，可是这样的"暴动"只好敬谢不敏！

各路公共汽车的空车不断地长蛇似的来，其中央着搬场汽车和货车（当然此时全要载人了），但是没有一次没有一辆不是被半路截住，而且被"非法"爬窗而满了座。搬场汽车和货车没有窗，人们便吊住了那车尾的临时活动木梯，一边跟着车子跑，一边爬上那摇来摇去的梯子。

我一算不对，十五六万的看客，差不多同时要回去，就算是五万人要坐公共汽车，而公共汽车连临时的搬场汽车货车也在内一共是一百辆（后来我知道估计差不多），每车载四十人，二十分钟打个来回，那么要搬运完那五万人该得多少小时？我如果不取"非常手段"也许要等到八点钟罢？这未免太那个了。

然而我终于安心等着，而且我愿意。因为想不到运动会散场以后，居然还可以看到一种"运动"——五六万看客们表演"抢车"那种拼命的精神，比广东足球队还要强些。

这第二次的去看，我终于满意而归。我看了两种并非"选手"的而是群众的"运动"——夺门和抢车。

全运会闭幕后第九日写完

（原载《文学》月刊第 5 卷第 6 号，

1935 年 12 月 1 日出版）

①picnic：英语，意即野餐。

车中一瞥

挤上了车门，只觉得眼前一片黑；我几乎以为误入铁闷车了。我是提着一口小皮箱的，忽然我和小皮箱之间塞进一个大屁股来，此时要是我一松手，那自然什么都解决，或者我的臂膊是橡皮做的，那也好办；但不幸都不是，我只好叫道："朋友，慢点！臂膊要轧断了！"

我想我一定是用足了力气喊的，因为挡在我前面的那些人头都向后转了；有一位热心人还帮着我叫道：

"不好了！轧坏了小孩子了！"

"什么！小孩子？"大屁股的主人似乎也颇吃惊地在我耳边喊起来了。同时他那有弹性的屁股似乎也缩小了一点。

"幸而只是一口小皮箱。"我笑了笑回答。乘那大屁股还没回复原状的机会，我的小皮箱就度过了这一关；也不再提在手里了，我抱它在胸前，当真就像抱一个小孩子似的。

自家一双腿已经没有自动运用的可能，我让人家推着挤着，进了车厢。自然这不是铁闷车，可是每个窗口都塞足了人头，——电烫的摩登女性头，光滑油亮的绅士头，……而特别多的，是戴着制帽的学生头，这一切的头攒在每个窗口，显然不是无所为的。可是这一份闲事，我只好不管了；从强光的月台到这车厢里，暂时我的眼睛不肯听我指挥。

那位大屁股依然在我背后。单是他老人家一个，也很够将我从车厢的这一端推到那一端去。而况他背后还有许多别人也在推。然而在我前面的人忽然停止了，因为更前面来了一股相反的推和挤。两股既经会合，大家倒似乎死了心了；反正没有座位，谁也犯不着白费力气。

于是在挤足了人的两排座位之间的狭小走路中，人们（连同他们的手携行李）就各自找寻他们的"自由"。

我将小皮箱放在"路"边，下意识地回头去望那车门，可是我的眼光不能望到三尺以外去。挡在我眼前的第一堵墙就是那位大屁股。他这时正也在朝我看呢。

"幸而只是一口小皮箱，我们还可以当作凳子用。"

我笑着对"大屁股"说，自己先坐了下去。

"大屁股"用点头来代替回答，朝我的小皮箱角打量了一眼，也很费力地坐了。

喇叭声从月台上来了。

这是孤独的喇叭。可怜的音调生涩的喇叭。

"车要开了！"大屁股朋友松了一口气似的说。

这位朋友有一张胖脸和一对细眼睛，可是这对细眼睛很能观察人家的表情。他知道我在怀疑喇叭声和"车要开了"的关系，就热心地解释道：

"是那些保安队吹喇叭，——他们是欢送分队长的，所以车要开了。"

"哦，哦。"我应着，同时也就恍然于为什么车窗里都攒满了人头朝外边看了。他们自然是看月台上的保安队。"但是不靠月台那边的车窗为什么也攒满了人头呢？"——我心里这样想，就转眼过去望了一下。

还有人在看，而且一边看，一边发议论。可惜听不清。我就问我的胖朋友："那边还有什么？"

"兵——不知道是哪里开来的兵，屯在这里有好几天了。"胖朋友回答，忽然他的细眼睛射出愤慨的光芒。我正想再问，前面那些安静地站着的人们忽然又扰动起来了。一只大网篮和一个大铺盖在人丛里挤过来，离我和胖朋友二尺多远，赫然站住了；接着是铺盖在下，网篮在上，在这狭小的走路的正中，形成了一座"碉楼"。

同时在相反的方向也有扰动。一位戎装的大汉勇敢地挤过来，忽地直扑一个窗洞，靠窗的座位上有一位太太和两个十来岁的孩子，戎装大汉就站上凳子，将一个孩子的上半身逼在他马裤的裤裆中，他自己的头和肩膀都塞在窗洞里，但是赶快又缩进半个肩膀，伸出一只手去，这手上有他的军帽，这手在挥动他的军帽。

喇叭声又孤独地生涩地响了。

车窗外的月台等等也向后移动了。

我知道这戎装大汉就是被欢送的什么分队长。

车窗外的月台过完了。分队长也者，已经镇守在他那铺盖网篮构成的"碉楼"前，他的背对着我和胖朋友。

"碉楼"的网眼里突出一个炮口——一个大号的热水瓶，瓶壳上彩绘着"美女"的半身像，捧一束花，在对分队长媚笑。

我的视线把那"碉楼"作为中心点，向四面扫射一下。倒有半车子的学生。从他们的制服看起来，他们是属于三个不同的学校。我的两邻全是学生。

隆隆隆，车子是开快了。汽笛胜利地叫着。

"放心罢！这一趟车是有司机人的，沿路也有岔道夫，而且没有铁轨被掘掉。"

一个男学生对他的女同学说，惨然一笑。

"刚才车站上那些兵也不是来'护送'的宪兵……"说的又是一个男学生。

"可是他们在这里干么?"女学生睁大了眼睛问。我觉得她的眼神是沉着的，可又同时含着悲怆。

"鬼知道!"

两个男学生好像约齐了似的同声回答。

于是三张脸都转向窗那边了，望着天空的白云。白云很快地在飞。汽笛忽然又叫了，颤抖似的叫着。听车轮的声音，知道我们正在过一条小河了。

"贵处是哪里?"胖朋友看着我的面孔说。

"××。"

"有兵么?"

"也许有。——我一向在外边，不甚明白。"

"一定有的。敝处是××，跟贵乡近得很。我们那里有兵。"胖朋友的细眼睛紧盯住了我的面孔，声音变得严肃。"纪律坏得很！"

"哦！八年前我也见过纪律很坏的兵——"

"是呀，可是他们不同。买东西不规矩，那只好不算一回事；他们一到，就要地方上供给鸦片，喂，朋友，全是老枪呢！见不得女人。在大街上见了女人就追，人家躲在家里，他们还去打门。"

胖朋友的脸全红了，他那双细眼睛骨碌碌地溜动。

忽然他放低了声音，可是很坚决地说："这种兵，不能打日本人！"

"你以为他们是开来防备日本人么？"

"我不知道他们来干么。可是，如果不打日本人，他们又来干么呢？我们那里是小地方，向来不驻兵。"

我看见他的眉毛皱起来了，我看出他大概也觉得自己的解答不甚可信，然而他又想不出别的原因；"鬼知道罢哩！"——我忽然记起刚才那两个男学生的话了。胸中横着这样一个疑团的，不只是这位胖朋友。

"你说是应该和日本人打呢还是不打呢？"我换了题目问他了。

"不打，那是等死。"他干脆地回答。他这话是平平淡淡说了出来的，然而我觉得这比"出师表"式的播音要诚恳到万分。

我们都肃然静默了。我看着他的胖身体，我相信他虽然胖得也许过分一点，然而没有心脏病。

离厕所不远，站着两三个奇装异服的青年。似乎有男的，也有女的；他们带得有一种怪样的家伙，隔得远，又被人们的身体遮住，看不明白，只仿佛看见一束细棒儿——比筷子粗不了多少的，顶端都装饰着白的羽毛。

也不知是好奇呢，或是当真尿急，我费了好大力量爬过了那位分队长的铺盖网篮的"碉楼"，居然到了厕所前。呵，看明白了！原来那怪样的家伙是几张弓和一束箭。弓是直竖着，比持弓的人还长些。箭是刚和用箭的人一般高。

厕所的门推不开，我也忘记了远道艰苦而来的目的，就混在那几位"射手"的中间看着听着。

有一位五十来岁的好像半儒半商的先生，用半只屁股挨在已经坐了三个人的凳子角上，从洋瓶里倒出些黄褐色的酒到一个热水瓶的盖子里，翘起极文雅的"兰花式"的手指，举到嘴唇边呷了一口，就精神百倍地说道：

"射，御，书，……嗯，射是第一位，风雅，风雅，……"

他是对那几位带弓箭的青年说的。

青年的"射手"们似乎不很了然于老先生的富有东方文化精神的 remark，然而他们笔直站在那里，态度很严肃。其中有一位女的，——刚好她是抱着那束长箭的，轻轻地用箭上的羽毛给耳根搔痒，她的眼光却注在那位老先生的"兰花式"的手指上；她的眼光是天真的。

我对于那位老先生的"兰花式"手指的姿势和他的东方文化精神的议论一样不感兴味，我倒仔细打量那几张弓和那一束箭。

弓是白木做的，看去那木质也未必坚硬；箭是竹的杆，因为只是平常的毛竹，似乎也并不能直；箭羽大概是鹅毛，三棱式，上海北京路的旧货店老板或许会错认是制得拙劣的洗瓶的刷子；箭镞因为挂着地，看不见，然而我从人们的腿缝间也看了个大概；这是铁铸的，似乎很薄，苏帮裁缝见了是要拿去当作刮浆糊的家伙用的。

老实说，我对于这弓这箭没有敬意，然而我不愿菲薄那几位持弓箭的青年。他们的神情那样天真而严肃；他们对于弓箭的观念也许在我看来是错误的，然而他们本心是纯良的，他们不想骗人，他们倒是受了人家的欺骗。

但是这当儿，那位用了"兰花式"手指擎着热水瓶盖代用酒杯的老先生，却发表他的大议论了。他从东方文化精神的宣扬转到"救亡大计"的播音了：

"……现在壮丁要受训练了，通国要皆兵了，这是百年大计，百年大计；早五十年就办，岂不好呢？——你们年青人是这样想的。然而现在还不迟，不迟。不要性急！同日本人打仗，性急不来。要慢慢地……"

"慢慢地准备起来罢？可惜敌人却不肯慢慢地等着我们准备齐全！"

一个声音从老先生的背后出来。

老先生吃惊似的回过脸去，刚好接受了一个鄙夷的睨视。说这话的，是一个小学教员模样的人物。

老先生赶快呷一口酒，就不慌不忙说道：

"咳，性急，性急，……要慢慢地等机会呀！凡事总有个数的。天数难逃，是么？"

这时厕所的门开了。我猛又想起要撒尿来。但是那位老先生的议论忽然又从神秘的"天数"转到"世界大势"了，我又舍不得走开。

"中国是弱的。学几拳在这里，等机会，等机会，打几下冷拳头，日本人就吃不消了。中国不出手打，美国人俄国人迟早要和日本人打起来，等日本人打得半死不活，我们偷打几记冷拳头，——此之谓慢慢地等机会呀！性急是要误事的。"

别人我不知道，至于我呢，听了这样的宏论，不禁皮肤上起了疙瘩。料不到这位兰花指头的老先生竟颇有深谋远虑的政治家的风度呢！然而也不足怪。我相信他是熟读报纸的，——熟读报纸上的播音讲演的。

可惜竟没有人注意他的宏论。他背后他旁边的人们都在嘈嘈杂杂说他们自己的话。

只有带了箭的几位青年因为和他面对面，似乎是俨然在静听的。这时那位女"射手"又用那束箭杆上的羽毛轻轻地在耳根上搔痒了。她的天真的眼光现在是注在那位老先生的酒糟鼻子上了，有一只苍蝇在这鼻子上吮吸。

白的羽毛在女"射手"的耳根边轻轻磨擦。

"要是耳朵或什么别的地方有点轻痒，用这家伙来擦擦，大概是极好的。"——我不禁这样想。忽然我又想到此时不去撒尿，更待何时。可是慢了！一位黄呢军衣、黑皮马靴的人物，挤过来，直走到厕所门前。他的腰间挂着一柄短剑，大概是绿皮的剑鞘，剑柄上好像还刻着字。

他在开那厕所的门时还回头一望。是保养得很体面的一张脸，只是眼睛上有两圈黑晕，叫人联想到电影里的神秘女郎。

绿皮鞘的短剑晃了一晃，砰的一声，人物不见了，厕所门关得紧紧的。

一个人在车子里如果没有座位，会不知不觉移动他的"岗位"的。我等着那挂剑的人物办他的"公"事的当儿，忽然已经和那些"射手"们离得远些，又混在另一个小圈子里了。

这是学生。胸前的证章是什么乡村师范。他们全是坐在那里的。

两人座位的相对两个凳子里是四个女的。两位用大衣蒙了头打瞌睡，一位看着窗外，一位读小说。我不知道那是什么小说，但知道一定是小说。

隔了走路——就是隔了站着的我，她们的男同学占据了很大的地盘；在我近身处，有一位看《申报》上的"通俗讲座"《苏武牧羊》，另外对面的两位都在读一部什么《公民训练》。

忽然打瞌睡的一个女生掀开了大衣尖声叫道："到了什么地方了？已经是 C 省了罢？"

"呵呵，"一个头从《公民训练》上抬起来，"刚才过了××站，不知是不是 C 省地界。"

"嗨！看你的公民常识多差！要到了 K 站才是 C 省地界呢！"对面的男生说。

我知道他们两位都弄错了，但那位发问的女生似乎是相信后一说的。有一位站在我前面的商人模样的汉子忽然自言自语发感慨道："真不知道学堂的先生教些什么！"

这句话大概落进那位女生的耳朵了；而且，误以为这是我说的，她盯了我一眼。

我觉得无聊，正想自动地换地位，忽然那位女生一伸手就要抢那男生的什么《公民训练》，佯怒说："省界也不明白，看这书干么？"

"嗨嗨，你们女人只知道看小说，恋爱呀，自杀呀，国要亡了，也不管。"

"谁要听这些话！还我的书来，还我的书来！"

这时另一个打瞌睡的女生也过来了，乘那男生正和那女生在斗嘴，就从男生的背后抽出一本书来递给了她的同伴，她们都胜利地笑着。

这书是一本小说。我看见封面上五个大字：《梦里的微笑》。

得了书的女生于是翻开书，看了几行，就朝那边的男生说：

"你懂得什么！小说里充满了优美的感情。人没有感情，能不能生活？"

于是又看了几行，自言自语地说："这首诗，这首诗，多优美呀！"她翻过书面来，又自言自语道："周全平！这名儿倒不大听得。"

我觉得看够了，要撒尿的意识又强烈起来，于是再挤向厕所那边去。

（原载《文学》月刊第 6 卷第 6 号，

1936 年 6 月 1 日出版）

鞭炮声中

"耶稣圣诞"那晚上，我从一个朋友家里出来，街头鞭炮声尚在辟辟拍拍；一个卖报的孩子缩头扛肩站在冷风里，喊着"号外！号外！"我到街角一家烟纸店换零钱，听得两位国民在大发议论；一位面团团凸肚子的说：

"不是我猜对了么？前几天财神飞去，我就知道事情快要讲好了！"

"究竟化了多少？"

"三千万罢——金洋！"

面团团凸肚子的忽然转过脸来，眼光望到我，似乎十分遗憾于听见他这话的人太少。

这一类的谣言，三两天前早就喧腾众口，拜金主义的人们自然觉得这是最"合理"的解释，然而这个面团团凸肚子的家伙说来却好像亲眼看见。可是也怪不得他呵，大报上从没透露一点怎样解决的消息。老百姓虽然"蠢"，官样文章却也不能相信的。

在鞭炮辟拍声中，我忽然感到了寂寞。

时间还早，我顺便又到了一个同乡家里。这家的老爷因为尊足不便，正在家里纳闷，哈哈笑着对我说：

"刚才隔壁朱公馆放了半天鞭炮，当差的打听了来说，委员长坐飞机出来了，就在朱家；出来了大概是真的，就在朱家可是瞎说了，哈哈！"

我再走到街上时，果然看见一座很神气的洋房门前鞭炮的碎红足有半寸厚。阳台上似乎还有一面国旗迎风飘扬。一二个肮脏的孩子蹲在地下捡寻还没放出的鞭炮。两个闲人在那里研究"朱公馆"和委员长的关系。一个说：

"是亲戚呢！你怎么不晓得？"

"瞎说！不过是阿拉同乡罢哩！"另一个回驳。

我无心管这闲事，然而我忍不住笑了。

在冷静的马路上走着，蓦地——砰，啪！高升的双响从前面来了。马路如砥，两旁的店铺和人家如死，路灯放着寒光；却有一辆祥生汽车不快不慢朝我开来。刚过去了，我又忽听得脑后一声：砰——啪！我回头去看，捏着一根线香的手臂还伸出在不快不慢开着的祥生汽车的车窗外，我分明看见这手臂是穿了制服的。

我恍然了，但这一次我感到的却是无聊。

我又到了一家，——二十年前的一个老同学，却是"主耶稣"新收不满三年的信徒。客厅里一棵圣诞树，不大不小；挂着红绿小电球，也不多不少；摆着些这家的老爷太太赠给少爷小姐们的"礼物"，也是不奢不俭；——这都像这"可敬"的一家，不高不低，不上不下。

那位太太热心地告诉我："委员长果然今天出来了，我们祷告了三天，主耶稣应许了我们的祈祷。"她拱手放在胸前，挺起眼珠望着头顶。

然而那位老爷却激昂地说：

"路透社消息，说委员长自由后第一行动是下令撤兵，这是谣言罢！必须讨伐！毒瓦斯早已准备好了！"

"哦！可是那就成为内战，那不是给敌人的侵略造机会么？你不是常说给敌人造机会的，禽兽都不如么？"

"不然，此一时，彼一时，为了国法，顾不了那些了！"

这个老爷近来常说什么"法"，我老实听厌了，我们有"法"么？但我不是和他辩论来的，我轻轻一笑，就把口气变成了诙谐：

"对了，朋友，你是有一个上帝的，但这也是上帝的意旨么？"

不料那位老爷竟毅然宣言：

"主耶稣虽然还没昭告我们，然而我相信主耶稣一定嘉纳！"

我还想"诙谐"一下，可是被那位太太拦住了，说是时候到了，他们合家得唱赞美诗，为了感谢，也为了新的祈求。

我在赞美歌声中又走到街头，对于那一对夫妇觉得可笑，也觉得更加可厌。

1937 年 1 月 9 日

〔附记〕此篇写于"西安事变"之后，当时被国民党检查官抽去，未能刊出。现在找出原稿，编入本集。

茅盾 1979 年 9 月，于北京

炮火的洗礼

我遇到了许多的眼睛，都异样地睁得很大：

这里虽然有悲痛，但也有钢铁似的冷光；有忿怒，但也有成仁取义的圣哲的坚强；有憎恨，有焦灼，然而也有"余及汝偕亡"的激昂。

这都是十天的恶战，三昼夜沪东区的大火，在中国儿女的灵魂上留着的烙印，在酝酿，在锻炼，在净化而产生一个至大至刚、认定目标、不计成败——配担当这大时代的使命的气魄！

惋惜着悲痛着沪东区的精华付之一炬么？不错，那边有我们同胞血汗的结晶，有我们民族工业的堡寨，我们不能不悲痛。但是敌人的一把火烧得了我们的庐舍和厂房，却烧不了我们举国一致的抗战的力量！不，敌人这一把火，将我们万万千千颗心熔成一个至大无比的铁心了！

不错，那边有我们同胞血汗的结晶，有我们民族工业的堡寨，然而那边也正是敌人的巢，也正是敌人经济侵略的触角！三日三夜的赤焰是敌人的毒火，然而也是我们出地狱升天堂的净火！在炮火的洗礼中，中国民族就更生了！让不断的炮火洗净了我们民族数千年来专制政治下所造成的缺点，也让不断的炮火洗净了我们民族百年来所受帝国主义的侮辱。

古老的伟大的中华民族，需要在炮火里洗一个澡！

大炮对大炮，飞机对飞机，我们有我们抵抗侵略的爪，抵抗侵略的牙！尤其因为我们有炮火锻炼出来的决心和气魄！

四万万人坚决地沉着地接受炮火的洗礼了！四万万人的热血，在写出东亚历史最伟大的一页了！无所谓悲观或乐观，无所谓沮丧或痛快，我们以殉道者的精神，负起我们应负的十字架！

1937 年 8 月 23 日

（原载《救亡日报》第 1 号，1937 年 8 月 24 日出版）

街头一瞥

市商会通告各商店即日开市。

哦，开市了。然而南京路以及其他各路却活现着一副尴尬的"市容"。大多数商店的大玻璃橱窗，平常是争奇斗艳的，此时却都钉上了毛坯白木板，咳，甚至还用了杂色的不知从什么地方拆下来的旧料，好像一些披着麻布袋的叫化子。

究竟四大公司以及其他头等商号还识体，没有背上那倒楣的"麻布袋"，只不过少开了几个门。

干么要钉上那些木板呢？有人告诉我；防流弹。然而当真来了流弹的话，我很疑心那些薄脆木板未必能挡得住。

又有一说：恐防难民抢劫。这话也许道着了钉木板者的心理。可是我一听这话，忍不住打了个冷噤。难道那些自庆托庇于"安全地带"的商人竟能设想到我们的遭难的同胞会如此糊涂？

我憎恨这样的钉木板的动机！

然而钉木板的传染病却在蔓延，甚至一家小小的理发铺也不三不四背着几根木条子。

党政机关、地方团体、工部局、备日报都已经再三警告市民们：切莫拥集在街头看飞机。然而各马路旁依然挤满了看热闹的游手好闲之徒。

是的，我要直呼他们是游手好闲之徒！从他们那无目的的彳亍上，从他们那嘻嘻哈哈的嘴脸上，从他们那看跑马似的望着敌人的高射炮的烟圈的神情中，我要直斥他们是游手好闲之徒！然而他们也是我们的同胞呢，我想着真难过。

突然他们又都纷纷乱窜了，像一群受了惊的麻雀。谁也不知道为什么。跑了一阵又立定了，依然又像散兵线似的占领了人行道。刚才为什么乱跑，已经忘记了，好像刚才跑得那么慌张的，并不是他们自家。

然而有时候他们跑的原因却也容易明白；那是因为实在拥挤得过分了，有巡捕作势扬着木棍来了。

一辆黑牌汽车啵啵地驶过。啊，一块钢板护在车顶上，四角用绳扎住。只是普通的麻绳，显见这样的装置是急就章。"一定是什么办大事的人坐着到前线去的罢？"——我这么想，想从那车的后窗望一下。看得清清楚楚，车中是两位女同胞，烫得极讲究的头发，颊上胭脂，其色火黄。而乌黑闪光的车身也丝毫没有风尘之状。

啊啊！漂亮的太太、小姐！您既然怕吃流弹，何不"无事家中静坐"啊！

这两位坐在钢板护顶的汽车里的女同胞，大概设想那所谓"华界"者要不是荒凉若墟墓，就一定是纷乱惊慌如失火之戏场罢？可是我已经亲眼见了不是这样。"市面"自然冷静些，但街上并没有那么多看飞机大战的闲人；你也许感到悲凉，但更多的味儿是镇静严肃！有一位今天到上海的朋友说："在霞飞路上，感不到战时的气氛；在南京路上，感到确是不平常了，但又不像战时应有的气氛；只有在所谓华界内，这才有了正常的战时景象。"这话，值得我们想一想。

沪东大火两日两夜，战士们出生入死，喋血市街；然而在苏州河以南的特一区特二区的中国同胞们大多数又是那样。我们怎能禁得住不伤心？然而失望么，决不，这只使我们更认清了一点：民众的组织和教育工作实在不够，非赶快努力不可！

生聚长养，啼笑歌哭于特区的一般市民，在性格上大概也有点"特"了罢？但愿漫天的炮火能够烧净了这"特"，从而锻炼出当此大时代中做一个中国人应有的胆识气魄！

（原载《国闻周报》第 14 卷战时特刊第 33～35 期合刊，
1937 年 10 月 4 日出版）

不是恐怖手段所能慑伏的

近来每天清晨便听得敌人的飞机在屋顶的上空嗡嗡地回旋。我准知道这样回旋的，是敌人的飞机。因为这里离战区颇远，而且是属于英军防守区域的，而且尊重"租界安全"的我国的空军听说早已避免飞行在租界上空了；而嗡嗡地回旋者则是侦察或伺隙一击，这在既离战区颇远而又属于租界上空的此地，当然不会是我国的空军。

事实证明我这推想并没错，嗡嗡地几圈以后就惨厉地像受伤之狗叫起来，——这是敌人的飞机自以为觅得了目标疾如鹰隼地向下急降；接着，轰的一声炸弹。

听炸声，知道是在西方，——也许是真茹一带罢。后来看晚报果然是真茹无线电台受了点损失，暨南大学的校舍遭了灾。

哼！敌人的堂堂的空军原来只向没有武装的交通机关和文化机关施威么！

我这里门前常有乡下人种了青菜来卖。他们大都来自真茹一带。我偶然和他们闲谈。我知道他们这些青菜正是每天清晨在敌人飞机追逐威胁之下一直挑负了来的，这样的青菜，本来值十文钱的，就是卖二十文，也不算多吧？然而他们并不肯抬价。

"日本飞机天天来轰炸，不怕么？"我冒冒失失问了。

可是那些紫铜色的脸儿却笑了笑回答：

"怕么？要怕的话，就不能做乡下人了！"

呵呵！这是多么隽永的一句话！我于是更觉得敌人这种"威胁后方"的飞机战略不但卑劣而且无聊。

前昨两天敌人飞机照例的"早课"更做得俨然了。这两天秋老虎又颇厉害，我要写点文章多半是趁早凉时间。心神一有所注嗡嗡声或轰轰声都听而不见了。然而我开始觉得敌人这种卑劣的战略妨碍了我的工作了。我那间卧室兼书室的天花板曾经粉刷过，大概那位粉刷匠用了不行的东洋货吧，只两年功夫，那一层粉便像风干的橘子皮似的皱缩起来，上次风暴，忘记关了一扇窗，——仅仅一扇，天花板上那白粉竟像雪片似的掉下来；此番，趁早凉我正在写作，那雪片样的东西忽又连续而下，原稿纸上都洒满了。我不得不停笔，抬头朝上看，而恰在此时照例的轰轰似乎比以前近些，房子也有点震动，呸！原来那白粉作雪花舞，也是敌人飞机作的怪！听声音又在西方，或许偏北。我拂去了纸上的粉屑，陡然又想起几天前那几位真茹来的农民回答我的那一句掷地作金石声的名言，我忍不住微笑了。对于敌人飞机此种徒然的而又无聊的威胁或破坏手段，我老老实实引不起正常的愤忿或憎恨，只能作轻蔑的微笑，我相信敌人中间的所谓"支那通"一辈子也不会了解大中华民族的农民的虽似麻木然而坚凝的性质！

可是待到我知道这回是敌人空军在北新泾等处轰炸徒手的民众而且连续轰炸至数小时之久，我的血便沸腾了！世界上会有这样卑劣无耻的军人么？

当然，他们这卑劣无耻的举动有其目的：想要在我们后方民众中间撒布恐怖，动摇人心。但是农民子孙的我敢于回答道：不能——绝对不能！中国农民的神经诚然有些迟钝，然而血，血淋淋的屠杀，可正是刺激他们奋起而坚决了复仇的意志！"民不畏死奈何以死惧之"，这是我们古代哲人的金言。中国民众决不是什么恐怖手段所能吓倒的！

敌人以为轰毁了几个乡镇，就能动摇我们民众的抵抗的决心么？那是梦想！中国农民诚然富于保守性的多，诚然感觉是迟钝的；一个老实的农民当他还有一间破屋可蔽风雨，三餐薄粥可喂饿肚子的时候，诚然是恋家惜命的，但当他什么都没有了时，他会像一头发怒的狮子一样勇敢！中国民族绝不是暴力所能慑伏的！

中国民众所受的政治训练诚然还不大够，但是敌人的疯狂的轰炸屠杀恰就加强了我们民众的政治意识。

现在敌人的飞机天天在我们各地的和平的城镇施行海盗式的袭击。

这是撒布恐怖么？不错，诚然有一点是恐怖的，但恐怖之心只是一刹那，在这以后是加倍的决心和更深刻的认识，认识了侵略者的疯狂和残酷，决心拼性命来保卫祖国！

1937 年 9 月 6 日

（原载《救亡日报》第 10 号，1937 年 9 月 8 日出版）

无　题

秋凉了，天也夜得快些。七点钟的静安寺路，并不比平时冷静，但似乎总带点肃杀的气氛；霓虹招牌血也似的强光，高耀在钉了木板的橱窗上，刺得眼睛不好受；各色的汽车像两条对面奔来的长蛇，似乎比平时匆忙紧张些。

我看见有大卡车，满插着作为掩护用的竹枝，四五位黄制服的——大概是童子军，蹲在车里。在漂亮的轿车队中，这卡车是惹眼的，正像少爷小姐队里夹着个粗朴的大汉，然而它是多么威武，它越过了漂亮小巧的轿车们，直向西去。

我知道这是到前线去救护伤兵的。敌人的飞机见了投有武装的救护车就要来施威，我们勇敢的童子军已经牺牲了几位，幸而天公也还照例的有昼有夜，"太阳"有没落的时候。

我目送着这勇敢的大卡车，我想，此时它疾驰于平坦的柏油路上，但不久它将在满布着敌人飞机轰炸出来的弹穴的路上，关了车灯，摸盲似的走；也许天空，忽然亮起了敌人的照明弹，继之以机关枪扫射，二百五十磅的炸弹落在它前后，然而它一定勇敢地走，它冲过弹雨，不到目的地不休。

我并不能看清车上那几位黄制服的，可是我知道他们的年纪都不过十八九。在别的国家，即使在战时罢，这么一点年龄的嫩芽大概是不让他们去冒危险，大概是在安全的后方上着"最后的一课"的；但我们这里是无可奈何的。而也正惟有这，以及无数同类的"无可奈何"，我们现代这一页历史是空前的伟大、壮烈，同时我们确信了自己的最后胜利。

在我们这非生即死的时代，一个人如果处处以"西方标准"来看来想，一定会落到悲观而自馁。有些人们，满脑子的"西方标准"，而又稍知自己这面的"现实"，便觉得我们是"战必败，而且败必亡国"的。"那么，依你说，怎么办呢?"他们的回答是："日苏战争终必爆发。那时候，我乘其敝。"但是敌人并非笨伯，不让我们安坐而得这巧宗儿，宛平城外的炮声打破了这种"渔翁主义"。直至"八一三"民族抗战的号炮响了，而且证明了我们在各方面的力量虽未达"理想的"或"西方的"标准，但也颇足与敌人相周旋了，"西方标准"先生们还是惶惶不自安，眼巴巴望着英国的态度、美国的表示、苏联的举动……

（原载《文学》第 9 卷第 3 号，
1937 年 10 月 10 日出版）

记"孩子剧团"

"孩子剧团"是抗战的血泊中产生的一朵奇花。

他们一共二十五个。他们来自不同的家庭，不同的省区。他们原来在上海时，只有二十二位，但是从失陷后的上海偷走南通，又历尽千辛万苦，迂回陇海、平汉两线而到了汉口，非但原班一个不缺，反倒增加了三位！

二十五个中，最大的十九岁，最小的九岁。大多数本来在学校里读书，日本帝国主义侵略的炮火毁灭了他们的学校、他们的"温暖的窝"——家庭，他们成为收容所中小小的难民。他们父母兄弟姊妹都离散了，但他们在收容所中结成了比自家兄弟姊妹还亲爱些的一个团体。日本帝国主义残凶的炮火摧毁得了中国成千成万孩子们的家庭，但是摧毁不了中华民族的儿女们从血的教训中觉醒了的团结精神。二十二个小小的灵魂开始明确地认清了他们那小小国民的责任，开始坚强地要在这大时代中成长，开始以铁的纪律锻炼自己，大踏步地走上救亡的岗位。

他们觉得收容所中那种"吃了睡，睡了吃"的生活，没有意思；他们组织了这个团，加入救亡的洪流；在洪流中，他们这小小的单位跳跃着、滚腾着，他们的天真、坚决、勇敢、青春的吼声，报告了民族前途的光明！看呀，日本帝国主义残杀了我们民族千万的男女，然而我们民族复兴的后备军已经在炮火中长成！

从上海到南通，迂回陇海、平汉路而至汉口，少说也有三千里路程；他们逃过敌人的虎口，越过兵荒马乱的火线，在敌人的机关枪火网下钻过，他们沿路缺乏招呼，也没有人领路，然而凭着他们的勇敢和坚决，居然到了目的地。他们此后还要继续他们的流亡的救亡运动！

我去参观的那一天，他们正在排练他们自编的话剧《咱们帮助游击队》。这是一个集体的刨作。这虽然是一个短短的独幕剧，但故事是又天真而又严肃。排练的地点就是他们的卧室（本是一间课堂），高桌上躺着全团最年幼的小弟弟，被窝盖得好好的，另一位小朋友在旁边照料他。全室中只有他睡高铺，因为他病了。

我走近去抚着他的秀发，问他道："吃过药么？想家不想？"

"吃过了。不想家。"他回答，他的漆黑的眸子朝我紧紧地看着，他的神情多么凝重而又怡然。可爱的灵魂！

"孩子剧团"是抗战的血泊中产生的一朵奇花！

1938 年 2 月 17 日于武汉

（原载《少年先锋》半月刊第 1 卷第 2 期，

1938 年 3 月 5 日出版）

追记一页

八月十二那天，中国大军已经开到上海郊外；五十多小时内，京沪、沪杭两路几乎是完全供给军运的。十二日一早，江湾区的几个大学枝仓皇搬移"校产"。它们应当再早一点搬的，可是据说因为在租界这一时找不到房子。

上海战争一定要爆发，到这时已经没有疑问了。

我住的地方是沪西越界筑路地段，离开有中国警察站岗的地方不过"百步之远"；里门以内就是"中国管"，只里门前那一条柏油路的"警权"是属于租界的，——这是上海一般越界筑路地段的通常的情形，但我住的这一段所不同者就是离开完完全全的中国地界太近，望也望得见，因此有人以为这虽在沪西，可是"危险性"不亚于北区的越界筑路地段。十二那天，闸北和虹口区能搬走的人家都已搬了，这就轮到我住的这一带居民搬家了。先是更西更北些的人家搬，立刻就同传染病似的蔓延到我所住的那个"村"了。"村"是小"村"，二十多户，第一个搬的，记得是搬来不满两月的一对年青摩登夫妇，——好像有一辆自备汽车；他们是很"彻底的搬"，即从此一去不回。其余人家，大都把衣箱之类寄出去，人呢，晚上也许不在"家"。

我那时正想把寄放在开明书店总厂里的中西书籍搬回家来。开明总厂在虹口区，上海开战，必无幸免之理。但是十二那天我并没搬成；一则缺乏交通工具，一二千本书倘装大木箱也不过四五箱罢，但人力车是不能负荷的，何况那时人力车也不容易雇到；二则搬了来也没地方放；三则好像那天很忙，无暇去开明总厂把那些书装箱。

十三日上午，首先是得到银行停业二天的消息，其次便是闸北已经开火，虽然只是步哨冲突的性质，又次是国民政府已经封锁了长江和南黄浦。大家都知道大时代来了，这次跟"一·二八"完全不同了！

这天上午，杨树浦区及虹口区的几条马路还可以通行，中国厂家几乎雇尽了上海市的卡车在搬运货物和原料。上天夜间我还想搬出我的书来，这天上午也就不去想它了。这天大概在马路上的时间很多罢，我要探一探北四川路到底还剩多少中国居民，但在海宁路口被阻止了，看见良友公司正在搬运货物。下午，同一个孩子在沪西劳勃生路一带的日本纱厂区域走，看见租界商团和水兵正在架设军用电话，——这条路也是越界筑的。觉得很奇怪，日本纱厂门口还有日本陆战队。就在劳勃生路上，听见第一次的炮声。呀，"喜炮"响了，时间是午后四点多罢。

那天晚上，我住的那个"村"里有点冷清清。几个朋友到我家里来闲谈。我说，住下去罢，老母早在内地老家，自己只有四个人，孩子大了，到紧急时候拔脚便可以走，更多的书已经在火线内了，身边这一小部分随它去罢。我们开了无线电听"战报"。

十四日上午有一个聚餐会，未终席即得我空军轰炸出云舰的消息；而且远远地传来密密的高射炮声音。在菜馆的露台上看见三架一队的飞机朝东北去，"哈，这是我们的空军!"

到外滩去看时，约莫是两点钟。外白渡桥这时暂时"开放"，救济杨树浦区及虹口区老百姓出来的卡车潮水似的过来。卡车上全插了小白旗，上书某某同乡会或某某慈善机关。外滩到处坐满了难民。汇丰银行门前那两只铜狮子上也坐了人。到现在还是印象非常鲜明的是一辆难民车驶过桥来时，车上人山的尖儿是一个六七岁的小孩子，地位正中，天真地笑着。

1938 年 8 月 7 日

（原载《炮火的洗礼》，1939 年 4 月出版）

第二辑　旅途见闻

兰州杂碎

南方人一到兰州，这才觉得生活的味儿大不相同。

一九三九年的正月，兰州还没有遭过轰炸，唯一漂亮的旅馆是中国旅行社办的"兰州招待所"。三星期之内，"招待所"的大厅内，有过七八次的大宴会，做过五次的喜事，其中最热闹的一次喜事，还把"招待所"的空客房全部租下。新郎是一个空军将士，据说是请准了三天假来办这场喜事，假期一满，就要出发，于是"招待所"的一间最大的客房，就权充作三天的洞房。

"招待所"是旧式房屋，可是有新式门窗，绿油的窗，红油的柱子，真辉煌！有一口自流井，抽水筒成天 ka—ta—ka—ta 地叫着。

在上海受过训练的南方籍茶房，给旅客端进了洗脸水和茶水来了：嘿，清的倒是洗脸的，浑的倒是喝的么？不错！清的是井水，是苦水，别说喝，光是洗脸也叫你的皮肤涩巴巴地难受；不用肥皂倒还好，一用了肥皂，你脸上的尘土就腻住了毛孔，越发弄不下。这是含有多量硷质的苦水，虽清，却不中使。

浑的却是河水。那是甜水。一玻璃杯的水，回头沉淀下来，倒有小半杯的泥浆，然而这是"甜"水，这是花五毛钱一担从城外黄河里挑来的。

不过苦水也还是水。甘肃省有许多地方，据说，连苦水也是宝贝，一个人独用一盆洗脸水，那简直是"骇人听闻"的奢侈！吃完了面条，伸出舌头来舐干那碗上的浓厚的浆汁算是懂得礼节。用水洗碗——这是从来没有的。老百姓生平只洗两次身：出世一次，去世一次。呜呼，生在水乡的人们哪里想得到水竟是这样宝贵？正如不自由的人，才知道自由之可贵。

然而在洪荒之世，甘肃省大部分恐怕还是一个内海呢！今之高原，昔为海底。单看兰州附近一带山壁的断面，像夹肉面包似的一层夹着一层的，隐约还见有贝壳的残余。但也许是古代河床的遗迹，因为黄河就在兰州身边过去。

正当腊月，黄河有半边是冻结的，人、牲畜、车子，在覆盖着一层薄雪的冰上走。但那半边，滔滔滚滚的急流，从不知何处的远远的上游，挟了无数大大小小的冰块，作雷鸣而去，日夜不休。冰块都戴着雪帽，浩浩荡荡下来，经过黄河铁桥时互相碰击，也碰着桥磁，于是隆隆之中杂以訇豁的尖音。这里的河面不算仄，十丈宽是有的，站在铁桥上遥望上游，冰块拥挤而来，那上面的积雪反映日光，耀眩夺目，实在奇伟。但可惜，黄河铁桥上是不许站立的，因为是"非常时期"，因为黄河铁桥是有关国防的。

兰州城外的河水就是那样湍急，所以没有鱼。不过，在冬天兰州人也可以吃到鱼，那是青海湟水的产物，冰冻如石。三九年的正月，兰州的生活程度在全国说来，算是高的，这样的"湟鱼"，较大者约三块钱一尾。

三九年三月以前，兰州虽常有警报，却未被炸，兰州城不大，城内防空洞不多，城垣下则所在有之。但入口奇窄而向下，俯瞰宛如鼠穴。警报来时，居民大都跑避城外；城外群山环绕，但皆童山，人们坐山坡下，蚂蚁似的一堆一堆，老远就看见。旧历除夕前一日，城外飞机场被炸，投弹百余，但据说仅死一狗。这是兰州的"处女炸"。越三日，是为旧历新年初二，日机又来"拜年"，这回在城内投弹了，可是空战结果，被我方击落七架（或云九架），这是"新年的礼物"。从此以后，老羞成怒的滥炸便开始了，几乎每一条街，每一条巷，都中过炸弹。四〇年春季的一个旅客，在浮土寸许厚，软如地毯的兰州城内关外走一趟，便往往看见有许多房子，大门还好好的，从门隙窥视，内部却是一片瓦砾。

但是，请你千万不要误会兰州就此荒凉了。依着"中国人自有办法"的规律，四〇年春季的兰州比一年前更加"繁荣"，更加飘飘然。不说俏皮话，经过多次滥炸后的兰州，确有了若干"建设"：物证就是有几条烂马路是放宽了，铺平了，路两旁排列着簇新的平房，等候商人们去繁荣市面；而尤其令人感谢的，电灯也居然像"电"灯了。

但所谓"繁荣"，却也有它的另一方面。比方说，三九年的春天，要买一块肥皂、一条毛巾，或者其他的化装品，当然不是"踏破铁鞋无觅处"，可是货色之缺乏，却也显而易见。至于其他"洋货"，凡是带点奢侈性的，只有几家"百货店"方有存储，而且你要是嫌他们"货色不齐全"时，店员就宣告道："再也没有了。这还是从前进来的货呢，新货不来了！"但是隔了一年功夫，景象完全不同，新开张的洋货铺子三三两两地在从前没有此类店铺的马路上出现了，新奇的美术字的招牌异常触目，货物的陈列式样也宛然是"上海气派"；陌生牌子的化装品、人造丝袜、棉毛衫裤、吊袜带、手帕、小镜子、西装领带，应有尽有，非常充足。特别是玻璃杯，一年以前几乎少见的，这时也每家杂货铺里都有了。而且还有步哨似的地摊，则洋货之中，间或也有些土货。手电筒和劣质的自来水笔，自动铅笔，在地摊上也常常看到。战争和封锁，并没有影响到西北大后方兰州的洋货商——不，他们的货物的来源，倒是愈"战"愈畅旺了！何以故？因为"中国人自有办法"。

一个在特种机关里混事的小家伙发牢骚说："这是一个极大的组织，有包运的，也有包销的。值一块钱的东西，脱出手去便成为十块二十块，真是国难财！然而，这是一种特权，差不多的人，休想染指。有些不知死活的老百姓，穷昏了，居然也走这一道，扁挑背驮的，老鼠似的抄小路硬走个十站八站路，居然也会弄进些来；可是，沿途哪一处能够白放过，总得点缀点缀。要是最后一关碰到正主儿的检查，那就完了蛋，货充公，人也押起来。前些时，查出一个巧法儿：女人们把洋布缠在身上，装作大肚子混进来。现在凡是大肚子女人，都要脱光了检验……嘿，你这该明白了罢，——一句话，一方面是大量的化公为私，又一方面则是涓滴归'公'呵！"

这问题，决非限于一隅，是有全国性的，不过，据说也划有势力范围，各守防地，不相侵犯。这也属于所谓"中国人自有办法"。

地大物博的中国，理应事事不会没有"办法"，而且打仗亦既三年多，有些事也应早有点"办法"。西北一带的根本问题是"水"。有一位水利专家指点那些秃顶的黄土山说："土质并不坏，只要有水！"又有一位农业家看中了兰州的水果，幻想着如何装罐头输出。皋兰县是出产好水果的，有名的"醉瓜"，甜而多汁，入口即化，又带着香蕉味一般的酒香。这种醉瓜，不知到底是哈密瓜的变种呢，或由它一变而为哈密瓜，但总之，并不比哈密瓜差。苹果、沙果、梨子，也都不坏。皋兰县是有发展果园的前途的。

（原载《见闻杂记》，1943 年 4 月出版）

旅途见闻

兰州在一年之内，似乎繁荣了些。去年初春，离开兰州的前夜，正值敌机第二次来袭，被我英勇空军击落了八九架，造成光荣的胜利。以后，知道兰州遭受过多次空袭，而且颇有损失。这次经过时，一年前认识的几位朋友告诉我："敌机无目标滥炸，城内城外几乎每一条街都被炸了！"可不是，招待所对面就有炸毁的房屋，虽则门面依然完整，"内容"确是一团糟。这样只炸剩了一个门面的房屋，在城内城外还有不少。但中山市场却连门面也炸了，真正的一片瓦砾。

然而在一年之内，兰州确实繁荣了些。过去窄狭的街道放宽了，商店也多了好些；特别是出售日用品的商店，在招待所那条街上，就有七八家，居然也有玻璃柜台，陈列着花花绿绿的日用品。五月的兰州，白天已经颇热，夏令用品早已上市，汗衫、花露水之类，在簇新门面的商店里摆得整整齐齐地；而各种什物的摊贩，也排开了密密的岗位。这都是一年以前所未见的。记得一年前经过时，兰州是缺乏玻璃的城市，这次却看见有好几家洋货铺里都陈列着玻璃的杯子，而玻璃的小镜子也到处有之。这些玻璃器皿并不精致，然而终是玻璃的。

一位久住兰州的朋友坦白地说："市上的洋货，不知怎么忽然多了起来，也许是工合的一部分成绩，但据说走私货也不少呢！"

我不是"货"的鉴别家，但直觉地感到那些花花绿绿的东西有"走私"的嫌疑。然而仍有疑问：关山万重，稽查严密，别的不说，单说那些玻璃家伙，居然无损通过，这不是容易的事罢？但立即我知道我真是井底之蛙。地大物博的中国，理合是无奇不有，何况又在"非常时期"？据说："走私"在目前，已经是一种无孔不入的严密组织，有许多"居间"的两栖动物在作他们的桥梁！不过也还有最可怜的"走私"者，那就是一些不识大体、不知爱国的小贩，他们凭着双肩两条腿，从"私货"的聚散据点，贩了可怜的小小一担，老鼠似的绕过关卡，好容易来到城市，博取蝇头之利——实在，他们所得，只是蝇头之剩，因为路上万一"遭遇"了时，规矩钱是不可不化的。至于大商店，并不依赖这些无知的"奸贩"，他们自有来源，但从那来源出门的，你如果看商标，那已经是国货了，已经"化私为公"。

不过无论如何，我所见的兰州，确实是市面繁荣了，同时物价亦与日俱进——自然，跟西南比，还觉不及。

更值得一提的，是有了几个剧团，这也是一年前所没有的。那时正在联合公演话剧，我也去观光了。演的是什么剧，已经忘记，但总之是抗战剧，而且是痛骂汉奸的，这很可喜。究竟剧中的汉奸是怎样一个脚色，也已经忘记；总之是该骂的汉奸，而且是在敌后方，因之，也就不是兰州市民所能亲闻灼见的。演员很卖力，观众也满意。如何能不满意？好比乡下佬看见了城里的人，新奇之感至少有之，而且汉奸既在敌后方，你身边没有，大可安心吃饭睡觉做生意。不过后来看见汽车站上检查员之十二分仔细，使我又杞忧于我的推论不正确，但这也许又是我的多虑。

西兰公路实在是漂亮的，虽则华家岭一带遇雨雪还有点麻烦。胶轮的骡马大车满载着在公路上踱方步，一天之内，不知会遇见多少。这有商车，也有载运公家东西的，都插上小小的布旗。这来来去去的都是些什么呢？有时我这样想。但是没有人回答我。

1940 年 12 月 4 日追记

（原载《全民抗战》第 150 期，1940 年 12 月 14 日出版）

风雪华家岭

"西兰公路"在一九三八年还是有名的"稀烂公路"。现在（一九四〇年）这一条七百多公里的汽车路，说一句公道话，实在不错。这是西北公路局的"德政"。现在，这叫做兰西公路。

在这条公路上，每天通过无数的客车、货车、军车，还有更多的胶皮轮的骡马大车。旧式的木轮大车，不许在公路上行走，到处有布告。这是为的保护路面。所谓胶皮轮的骡马大车，就是利用汽车的废胎，装在旧式大车上，二匹牲口拉，牲口有骡有马，也有骡马杂用，甚至两骡夹一牛。今天西北，汽油真好比血，有钱没买处；走了门路买到的话……六七十元一加仑。胶皮轮的骡马大车于是成为公路上的骄子。米、麦粉、布匹、盐……以及其他日用品，都赖它们转运。据说这样的胶皮轮大车，现在也得二千多块钱一乘，光是一对旧轮胎就去了八九百。公路上来回一趟，起码得一个月工夫，光是牲口的饲料，每头每天也得一块钱。如果依照迪化一般副官勤务们的"逻辑"，五匹马拉的大车，载重就是五千斤，那么，兰西公路上的骡马大车就该载重三千斤了。三乘大车就等于一辆载货汽车，牲口的饲料若以来回一趟三百元计算，再加车夫的食宿薪工共约计七百，差不多花了一千元就可以把三吨货物在兰西公路上来回运这么一趟，这比汽车实在便宜了六倍之多。

但是汽车夫却不大欢喜这些骡马大车，为的他们常常梗阻了道路，尤其是在翻过那高峻的六盘山的时候，要是在弯路上顶头碰到这么一长串的骡马大车，委实是"伤脑筋"的事。也许因为大多数的骡马是刚从田间来的"土包子"，它们见了汽车就惊骇，很费了手脚才能控制。

六盘山诚然险峻，可是未必麻烦；路基好，全段铺了碎石。一个规矩的汽车夫，晚上不赌、不嫖，不喝酒，睡一个好觉，再加几分把细，总能平安过去；倒是那华家岭，有点讨厌。这里没有弯弯曲曲的盘道，路面也平整宽阔，路基虽是黄土的，似乎也还结实，有坡，然而既不在弯道上，且不陡；倘在风和日丽之天，过华家岭原亦不难，然而正因为风和日丽不常有，于是成问题了。华家岭上是经常天气恶劣的。这是高原上一条山岗，拔海五六千尺，从兰州出发时人们穿夹衣，到这里就得穿棉衣，——不，简直得穿皮衣。六七月的时候，这里还常常下雪，有时，上午还是好太阳，下午突然雨雪霏霏了。下雪后，那黄土作基的公路，便给你颜色看，泞滑还是小事，最难对付的是"陷"——后轮陷下去，成了一条槽，开上"头挡排"，引擎是呜——胡胡地痛苦地呻吟，费油自不必说，但后轮切不着地面，只在悬空飞转。这时候，只有一个前途：进退两难。

四〇年的五月中旬，一个晴朗的早晨，天气颇热，人们都穿单衣，从兰州车站开出五辆客车，其中一辆是新的篷车，站役称之为"专车"；其实车固为某"专"人而开，车中客却也有够不上"专"的。条件优良，果然下午三时许就到了华家岭车站。这时岭上彤云密布，寒风刺骨，疏疏落落下着几点雨。因为这不是普通客车，该走呢，或停留，车中客可以自择。但是意见分歧起来了：主张赶路的，为的恐怕天变——由雨变成雪；主张停留过宿的，为的天已经下雨了，路上也许麻烦，而华家岭到底是个"宿站"。结果，留下来。那一天的雨，到黄昏时光果然大了些，有檐溜了。

天黑以前，另外的四辆客车也陆续到了，都停留下来。五辆车子一百多客人把一个华家岭招待所挤得满坑满谷，当天晚上就打饥荒，菜不够，米不够，甚至水也用完，险些儿开不出饭来。可是第二天早起一看，糟了，一个银白世界，雪有半尺厚，穿了皮衣还是发抖。旅客们都慌了，因为照例华家岭一下雪，三五天七八天能不能走，都没准儿，而问题还不在能不能走，却在有没有吃的喝的。华家岭车站与招待所孤悬岭上，离最近的小村有二十多里，柴呀，米呀，菜蔬呀，通常是往三十里以外去买的，甚至喝的用的水，也得走十多里路，在岭下山谷挑来。招待所已经宣告：今天午饭不一定能开，采办柴米蔬菜的人一早就出发了，目的地是那最近的小村，但什么时候能回来，回来时有没有东西，都毫无把握云云。

雪早停了，有风，却不怎样大。采办员并没空手回来，一点钟左右居然开饭。两点钟时，有人出去探了路，据说雪已消了一半，路还不见得怎样烂，于是"专车"的"专人"们就主张出发："要是明天再下雪，怎么办？"华家岭的天气是没有准儿的。司机没法，只得"同意"，三点钟光景，车出了站。

爬过了一个坡以后，天又飘起雪来。"怎么办呢？""还是赶路吧！新车，机器好，不怕！"于是再走。但是车轮打滑了。停车，带上链子，费去半小时。这其间，雪却下大了，本来已经斑驳的路面，这时又全白了。不过还希望冲出这风雪范围，——因为据说往往岭上是凄迷风雪，岭下却是炎炎烈日。然而带上链子的车轮还是打滑，而且又"陷"起来。雪愈来愈大，时光也已四点半；车像醉汉，而前面还有几个坡。司机宣告："不能走了，只有回去。"看路旁的里程碑，原来只走了十多公里。回去还赶得上吃夜饭。

可是车子在掉头的时候，不知怎样一滑，一对后轮搁浅在路沟里，再也不能动了，于是救济的程序一件一件开始：首先是旅客都下车，开上"头挡排"企图自力更生，这不成功；仍开"头挡排"，旅客帮着推，引擎呜呜地叫，后轮是动的，然而反把湿透的黄土搅成两道沟，轮子完全悬空起来，车子是纹丝儿也没动。路旁有预备改造路基用的碎石堆，于是大家抓起碎石来，拿到车下，企图填满那后轮搅起来的两道沟；有人又到两里路外的老百姓家里借来了两把铲，从车后钢板下一铲一铲去掘湿土，以便后轮可以着地；这也无效时，铲的工作转到前面来。司机和助理员（他是高中毕业生）都躺在地下，在泥泞里奋斗。旅客们身上全是雪，扑去又积厚，天却渐渐黑下来了，大家又冷又饿。最后，助理员和两个旅客出发，赶回站去呼救，其余的旅客们再上车，准备万一救济车不来时，就在车上过夜。

这时四野茫茫，没有一个人影，只见鹅毛似的雪片，漫天飞舞而已。华家岭的厉害，算是领教过了。全车从司机到旅客二十八人，自搁浅当时起，嚷着，跑着，推着，铲着，什么方法都想到，也都试了，结果还是风雪和黄土占了胜利。不过尚有一着，没人想到；原来车里有一位准"活佛"的大师，不知那顽强的自然和机械肯听他法力的指挥否。大师始终默坐在那里掐着数珠，态度是沉着而神妙的。

救济车终于来了，车上有工程师，有工人，名副其实的一支生力军。公路上扬起了更多的人声，工作开始。铲土，衬木板，带上铁丝缆，开足了引擎，拉，推，但是湿透了的黄土是顽强而带韧性的，依然无可奈何。最后的办法，人和行李都搬上了救济车，回了招待所。助理员带了铺盖来，他守在那搁浅的客车里过夜。

这一场大雪到第二天早晨还没停止，车站里接到情报，知道东西两路为了华家岭的风雪而压积的车辆不下四五十乘，静宁那边的客人也在着急，静宁站上不断地打电话问华家岭车站："你们这边路烂得怎样？明天好走么？……呀，雪还没停么？……"有经验的旅客估计这雪不会马上停止，困守在华家岭至少要一个星期。人们对招待所的职员打听："米够么？柴还够么？你们赶快去办呀！"有几个女客从箱子角里找出材料来缝小孩子的罩衫了。

但是当天下午雪停，太阳出来了。"明天能走么？"性急的旅客找到司机探询。司机冷然摇头："融雪啦！更糟！"不过有经验的旅客却又宽慰道："只要刮风。一天的风，路就燥了。"

果然天从人愿，第二天早上有太阳又有风，十点光景有人去探路，回来说："坡这边还好，坡那边，可不知道。"十一点半光景，搁浅在路旁的那辆"专车"居然开回来了，下午出发的声浪，激荡在招待所的每个角落。两点钟左右，居然又出发了。有人透了口气说："这回只住了三天，真是怪！"

沿途看见公路两旁斑斑驳驳，残雪未消；有些向阴的地方还是一片纯白。车行了一小时以后，车里的人把皮衣脱去，又一小时，连棉的也好像穿不住了。

（原载《青年文艺》月刊第 1 卷第 2 期，

1942 年 11 月 15 日出版）

西京插曲①

四〇年五月下旬，华侨慰劳团三十余人刚到了那赫赫有名的西京。就在他们到达的前一晚，这一座"现代化"的古城，受过一次空袭，繁盛的街市中，落弹数枚。炸飞了瓦面，震倒了墙壁和门窗的房屋，还没有着手清除，瓦砾堆中杂着衣服和用具；有一堵巍然独峙的断垣，还挑着一枝晾衣的竹竿，一件粉红色的女内衫尚在临风招展，但主人的存亡，已不可知。

街上时常抬过新丧的棺材，麻衣的家属跟着走；也还有用了三四个军乐队吹吹打打的。这一天，烈日当头，万里无云，人们的衣服都换了季。下午二时许，警报又响了，人和车子的奔流，以钟楼为中心点，像几道水渠似的向六个城门滚滚而去。但敌机并没进入市空。

华侨慰劳团被招待在一所有名的西京招待所。这是西安最漂亮的旅馆，道地的西式建筑，受过训练的侍役（有不少是从上海来的）。不过也只能说在目前西安，它是最漂亮的旅馆。可是那座大饭厅早已被炸一洞，至今未加修补。

炸后电灯尚未修好，那一晚西安市上烛光荧荧，人影幢幢，颇为别致。但月色却皎洁得很，西京招待所的院子里停着两部卡车和一二部小轿车，似乎料到今晚还要有一次警报。果然，七点钟左右，警报响了，招待所立刻混乱起来了。事实上那时候西京招待所的客人只有两大帮，一是华侨慰劳团，又一便是第二战区所属的什么队，院子里的两部卡车恰好一帮一部。然而那天招待所里却也有几位"散客"——也不妨说是一小帮，他们全是第一次到西安，什么都摸不着头绪。警报响过，茶房立刻来锁房门了，这几位"散客"莫明其妙地跑到大院子里，断定了这几辆汽车一定是招待所准备着给旅客们躲警报用的，于是便挤到车旁。这时候，突然发现了大批警察（后来知道他们是来保护那华侨慰劳团的），更有些穿便服的古怪角色，在院子里嚷嚷吵吵，似乎一面在等人催人，一面又在检点人数。卡车之一，已经站了许多人；另一部呢，却不断地有人上去，也有下来，好像互相寻找。那一帮"散客"是五个人，其中一位身材魁梧的C君，摇摇摆摆上了那已经站着许多人的卡车。其余的四位，S君夫妇及其子女，则向另一卡车进攻，可是那一对少爷小姐刚刚挤了上去，那车子就开走了。S夫妇立即转移目标到另一辆小包车，车门开着，里面有人向外招呼，他俩也没问一声，就进去了，他们绝没有想到，这是私人的车子；坐定以后，才看明白车中那人是一个军官模样的中年人，而军官模样的，也看清这上来的两位不是他所要招呼的人，可是这当儿，有一个带盒子炮的勤务兵跑到车门外说道："太太找她不到，光景是坐了那车子走了。"于是军官模样的，便叫开车。

车子出了城门，便开足速率；路旁很荒凉，仅见前面隐隐也有车。坐在车里的三个人都不说话。经过了一带树林以后，路旁已有一部卡车停着，小包车赶过去一箭之路，也停住了；军官模样的立即下车。S夫妇挂念着两个孩子，就问那个司机道："就在这里么？怎么不见那两部卡车？"

"什么，哪一部卡车？"

"就是一块儿停在招待所院子里的。"

"那可不知道。"

"哦——你们不是一起的么？"

"不是。"说完这句话，那司机开了车门下车去了。

S夫妇觉得不对，也下了车，原来路左就是一块高地，种着大麦，有好些人在这里，显然都是躲警报来的。S夫妇上了坡，走到麦田边，却见两个孩子坐在地上，原来他们的车先到，也正在望着人丛找他们的爸妈。

现在明白：他们四个人坐的车子都是私人的车。而且这里离城大概又不远，因为那不是西安市么，在月光下像一大堆烟雾。

夜气愈来愈凉，天宇澄清，麦田里有些草虫在叫。敌机到底来不来呢，毫无征兆。S夫妇他们四人拣一个幽静的地方坐下，耐心地等着。

这时听得坡下有人叫道："拉紧急警报了。不要站在路旁！上坡去，麦田里也好，那边树底下也好！"

S他们都蹲下。暂时大家都不作声。看天空，一色净蓝，什么也没有。

天空隐隐传来一片嗡嗡的声音，近处有人压低了嗓门叫："大家别动！飞机来了！"嗡嗡的声音似乎清晰些了，但一会以后，又听不见了。附近一带，却有人在说，"我看见的，两架！"也有人说"三架！"接着就有人站起来，而且轻快地招呼着他的同伴们道："下去罢！飞机已经过去了，快该解除警报了。"有些人影子在移动，都往坡下跑。

同时，坡下的人声忽然响亮起来，一迭声欢呼道："解除了，解除了，走罢！"汽车马达的声音也嘈然纷作。S君和夫人孩子们下坡去，到达公路上时，那些汽车都已开动了。他们顺步走回去，下到一箭之路，就雇到了人力车。看表，已经十二点了。

第一天上午S君去看了朋友回来，刚走进招待所的前厅，就有一个穿西装的人拦住他问道："找谁呀？"S君看了那人一眼。觉得此人既非侍役，亦非职员，好生古怪，当时就回答道："不找谁。我是住在这里的。"但此人却又问道："住在哪一号房间？"S君更觉得古怪了，还没回答，招待所的一个侍役却走过来向那人说道："他是×号的客人。另外的。"那人"哦"了一声，也就走开。S君看见他走到前厅的门边和一个宪兵说话去了，并且同时也看到从前厅到那边客房的甬道里还有五六个宪兵。

S君回到自己房里，刚刚坐下，同伴C君来了。C君一面拭着额角的汗球，一面说："好天气！说不定会有空袭罢。"于是拿起桌子上的水瓶倒了一杯水，喝了半口，又说："今天这里有宪兵又有便衣，你注意到没有？"

"刚才都看见了。似乎还盘问进出的人呢！"

"哦哦，你也碰到了么？我正在奇怪。"C君说着，把那一杯水都喝了。就在一张沙发里坐下。"听说是因为慰劳团住在这里，所以要——"

"要特别保护罢。"S君接口笑着说，向他夫人望了一眼。

C君托着下巴沉吟了一会儿，忽然他把声音放郑重了，转脸对着S君的孩子道："双双，不要一个人出去乱跑了，要到什么地方玩，我们一同去。——哦，有一个碑林，可以去看看。"

"一块儿去吃饭罢，快十二点了。"S君伸了一个懒腰站起来。

在附近的馆子里吃过了午饭，又在钟楼左近的热闹街道走了一转。这里是西京市的精华所在。敌机曾在这里下过弹，不过大体上这条街还整齐热闹。十分之六的店铺窗上都没有玻璃，钉上了薄纱。

下午三点多钟回到招待所，却见大院子里停着两三部卡车，一些夫役正把大批的床铺桌子椅子往车上装。招待所的一个职员满头大汗地走来走去指挥。"又是为什么呢？搬到安全的地方去么？"S夫人纳闷地说。后来问了侍役，才知道S夫人的猜度有一半是对的；原来当真为谋安全，不过不是那些家具，而是人，据说因为这几天常有警报，慰劳团住在这里大非安全之道，所以要请到华山去住了，床铺椅子桌子是向招待所借用的。

"华山在哪里？离这里有多远？"S夫人问。

"大概有几十里路罢。"C君回答，"没有什么人家，风景也许不差。"

（原载《见闻杂记》，1943 年 4 月出版）

〔附记〕此篇发表时被国民党的检查官删削了不少。原稿早已遗失，现在记不清那被删削的是些什么内容。只依稀记得，那是用讽刺的笔调，点明那华侨慰劳团之所以被"请"到华山去住，表面上为了安全，事实上是怕慰劳团和群众接触。慰劳团的团长是陈嘉庚先生。

1958 年 11 月 13 日作者补注

①西京：即西安；抗战时称为西京。

市　场

　　此所谓"菜场"，不是售卖鱼肉蔬菜的"菜场"，也不是专供推销洋货的什么"商场"；这是大圈子（城市）里的一个小圈子，形形色色，有具体而微之妙。

　　不知道是否也有规律，在西北大小的都市中，"市场"几乎成为必需品，市政当局的建筑计划中，必有开辟"几个市场"的"几年计划"。房子造好，铺户或摊户标租齐全，于是"市场"开幕了；人生所需的一切，在这里是大体都有——自然只是"平民生活"所需而已。当这样一个"市场"成为一个"社会单位"出现于热闹市街旁边的时候，它的性质委实耐人寻味：从商业的眼光看来，这古怪的东西颇像"集体的"平民化的百货公司，但是不那么简单，这里的铺户或摊户照例是"漫天讨价"的，而且照例玄虚百出，一把水壶当场试过很好，拿到家里仍然漏水，一顶皮帽子戴了两天，皮毛会片片飞去——诸如此类的欺诈行为，在这里是视为当然的。从这上头看，它又是一个"合法的""旧式商业恶习的保存所"，它依"市政计划"而产生，但是它在逐渐现代化的"大圈子"里面（而"现代化"正是市政计划的主眼呢），却以保存"旧习"而出现，成为一个特殊的"小圈子"。

　　然而倘从生活动态这方面去看，那么，这"小圈子"实在又是那"大圈子"的缩影，谁要明白那"大圈子"的真面目，逛一下这"小圈子"就可得十之七八。

　　我所见此类中最"完备"——简直可起"模范作用"的一个，便在鼎鼎大名、西北第一"现代化"都市的Ｓ市①。

　　这"市场"的大门就像一个城门。挨近门边是一个测字摊，破板桌前一幅肮脏的白布，写着两句道："唤醒潦倒名士，指点迷路英雄。"狭长脸，两撮鼠须，戴一顶猫皮四合帽的"赛神仙"，就坐在他那冷板凳上，眯细了一对昏沉的眼睛，端详着进出的人。他简直有"检查站"官吏那股气派。测字摊的旁边，一溜儿排着几副熟食担子，那是些膻羊肉、瘟猪脏腑、锅块——但花卷儿却是雪白；它们是不远的更多的面摊和饭店的"前卫"。一种浓郁的怪味儿，大盘熟肉上面放着些鲜红的辣椒，汤勺敲着锅边的声音。一个赤膊汉子左手捧一块白面，右手持刀飞快地削，匀称的"削面"条儿雪片也似，纷纷下落，忽然那汉子将刀抛向空中，反手接住，嘴里一声吆喝，便拿起笊篱往汤锅中一搅！

另外一个部门，那就文静得多了。两面都是洋杂货的铺户，花布、牙刷、牙粉、肥皂、胭脂、雪花膏、鞋帽、手电筒，……伙计们拿着鸡毛帚无聊地拍一下。有一块画得花花绿绿的招牌写着两行美术字：新法照相，西式镶牙。夹在两面对峙的店铺之中，就是书摊；一折八扣的武侠神怪小说和《曾文正公家书日记》《曾左兵法》之类，并排放着，也有《牙牌神数》《新达生篇》，甚至也有《麻将谱》。但"嫖经"的确没有，未便捏造。

然而这是因为"理论"究不如"实践"，在这"市场"的一角已有了"实践"之区。那是一排十多个"单位"，门前都有白布门帘，但并不垂下，门内是短短一条甬道有五六个房，也有门帘，这才是垂下的，有些姑娘们正在甬道上梳妆。

秦腔戏院的前面有一片空地，卖草药的地摊占了一角，余下一角则两位赤膊的好汉正在使枪弄棒，叫卖着"狗皮膏药"。最妙者，土墙上挂着一张石印的"委员长玉照"，下面倚着一张弓。卖艺（或是卖药）的那汉子拿起弓来作势要扳，但依然放下，却托着一叠膏药走到观众面前来了。原来那膏药上还印了字："提倡国术，保种强民。"

最后值得一说的，是戏院旁边一家贴着"出租新旧小说"纸条的旧书铺。那倒确是兼收并蓄，琳琅满目，所有书籍居然也分了类，从《三民主义》到零星不全的小学教科书，也有《诉讼须知》。小说是新旧都有。抗战小说却被归入"党义"一类。

这一个"小圈子"真不愧为"市场"；因为它比其他同类特出的，还居然有"人肉市场"，而且在"人肉市场"左近，还可以嗅到阿芙蓉香，这也是独立的"单位"，并且附属于娼寮。

出来时猛回头一看，原来还有一块牌子，斗大四字："民众市场"。哦！

（原载《创作月刊》第 3 卷第 1 期，

1942 年 12 月 15 日出版）

①S 市：即在 1940 年被称为"西京"的西安市。

"战时景气"的宠儿——宝鸡

宝鸡，陕西省的一个不甚重要的小县，战争使它崭露头角。人们称之为"战时景气"的宠儿。

陇海铁路、川陕大道，宝鸡的地位是枢纽。宝鸡的田野上，耸立了新式工厂的烟囱；宝鸡城外，新的市区迅速地发展，追求利润的商人、投机家，充满在这新市区的旅涫和酒楼；银行、仓库，水一样流转的通货，山一样堆积的商品和原料。这一切，便是今天宝鸡的"繁荣"的指标。人们说："宝鸡有前途！"

西京招待所的一个头等房间，弹簧双人床、沙发、衣橱、五斗橱、写字桌、浴间、抽水马桶、电铃——可称色色齐全了，房金呢，也不过十二元五角。宝鸡新市区的旅馆，一间双人房的房金也要这么多，然而它有什么？糊纸的矮窗，房里老是黄昏，按上手去就会吱吱叫的长方板桌，破缺的木椅，高脚木凳，一对条凳两副板的眠床，不平的楼板老叫你绊脚——这就是全部，再没有了。但是天天客满，有时你我不到半榻之地，着急得要哭。你看见旅馆的数目可真也不少，里把长的一条街上招牌相望，你一家一家进去看旅客牌，才知道长包的房间占了多数。为什么人们肯花这么多的冤枉钱？没有什么稀奇。人们在这里有生意，人们在这里挣钱也来得痛快，房金贵，不舒服，算得什么！

而且未必完全不舒服。土炕虽硬，光线虽暗，铺上几层毡，开一盏烟灯，叫这么三两个姑娘，京调、秦腔、大鼓，还不是照样乐！而且也还有好馆子，陇海路运来了海味，鱼翅、海参，要什么，有什么。华灯初上，在卡车的长阵构成的甬道中蹓跶，高跟鞋卷发长旗袍的艳影，不断地在前后左右晃；三言两语就混熟了，"上馆子小吃罢？"报你嫣然一笑。酒酣耳热的时候，你尽管放浪形骸，贴上你的发热的脸，会低声说："还不是好人家的小姐么，碰到这年头，咳，没什么好说啦！家在哪里么，爹做什么？不用说了，说起来太丢人呵！"于是土包子的暴发户嘻开嘴笑了，心头麻辣辣的别有一种神秘温馨的感觉。呵，宝鸡，这是一个不可思议的地方！

X旅馆的一位长客，别瞧他貌不惊人，手面可真不小。短短的牛皮大衣，青呢马裤，獭皮帽，老拿着一根又粗又短的手杖，脸上肉彩很厚，圆眼睛，浓眉毛。他的朋友什么都有：军，政，商，以至不军不政不商的弄不明白的脚色。说他手上有三万担棉花，现在棉花涨到三块多钱一斤了，可是他都不肯放。但这也许是"神话"罢，你算算，三块多一斤，三万担，该是多少？然而确是一个不可思议的人物。有一部商车的钢板断了，轮胎也坏了，找他罢，他会给你弄到；另一部商车已经装好了货，单缺汽油，"液体燃料管理委员会"统制汽油多么严格，希望很少。找他罢。"要多少？"三百加仑！"开支票来，七十块钱一加仑，明天就有了！"他什么都有办法。宝鸡这地方就有这样不可思议的"魔术家"！

但是这天天在膨胀的新市区还不能代表宝鸡的全貌。你试登高一看，呵，群山环抱，而山坳里还有些点点的村落。棉花已经收获，现在土地是暂时闲着；也有几片青绿色，那是菜，但还有这样充裕的"劳动力"的人家已经不多了，并且，一个"劳动力"从保长勒索的册子里解放出来，该付多少代价，恐怕你也无从想象。

离公路不过里把路，就有一个小小村庄，周围一二十家，房屋相当整齐，大都是自己有点土地的，从前当然是小康之家。单讲其中一家，一个院子，四间房，只夫妻两口带一个吃奶的婴孩，门窗都很好，住人的那房里还有一口红漆衣橱，屋檐下和不住人的房里都挂满了长串的包谷，麻布大袋里装着棉籽。院子里靠土墙立着几十把稻草，也有些还带着花的棉梗搁在那里晒。有一只四个月大的猪。看这景象，就知道这份人家以前很可以过得去。现在呢，自然也还"比下有余"。比方说，六个月前，保长要"抽"那丈夫的时候（他们不懂得什么兵役法，保长嘴里说的，就是王法），他们还能筹措四百多块钱交给保长，请他代找一个替身。虽然负了债，还不至于卖绝那仅存的五六亩地。然而，天气冷了，他们的婴孩没有棉衣，只好成天躺在土炕上那一堆破絮里，夫妇俩每天的食粮是包谷和咸菜辣椒末，油么，那是不敢想望的奢侈品。不错，他们还养得有一口猪，但这口猪身上就负担着丈夫的"免役费"的半数，而且他们又不得不从自己嘴里省下包谷来养猪。明年有没有力量再养一口，很成问题。人的脸色都像害了几年黄疸病似的，工作时候使不出劲。他们已经成为"人渣"，但他们却成就了新市区的豪华奢侈，他们给宝鸡赢得了"繁荣"！

（原载《见闻杂记》，1943 年 4 月出版）

"拉拉车"

从宝鸡到广元（四川），要经过那有名的秦岭，秦岭虽高，并不怎么险；公路盘旋而上，汽车要走一小时光景方到山顶。你如果不向车外望，只听那内燃机的沉浊而苦闷的喘息声，你知道车子是在往上爬，可不知道究竟爬了多少高，但你若向外一望，才知道秦岭之高是可惊的，再向远处看，你又知道秦岭之大也是惊人的。

然而这样高而且大的秦岭却没有树林，除了山沟里有些酸枣之类的灌木，它可说是一座童山。虽非终年积雪，但一年之中它的高峰不戴雪帽的时候，也很少了，往往岭下有雨，在岭上便是雪。不过空气依然干燥得很可爱。人们常说，过了秦岭，气候便突然不同，秦岭之南要暖和得多；其实这是岭上与岭下气温之差，倒不在乎南北。

村落之类，秦岭上是没有的。道旁偶有三数土屋，那是"小商店"，有货的时候是几包香烟，几张锅块，或者也有柿子、梨子和鸡蛋，至于缺货的时候简直可以什么都没有。秦岭之顶，却颇广阔，很可以容纳几个村庄，现在村庄似乎还没有产生，但由小饭店和杂货店凑合而成的十来户人家的小"镇"，确已有了。这是供过往人们打尖的，必要时，饭店和杂货店又可权充旅店。因为秦岭道上，现在也是一天一天繁荣起来了。

在这条路上，有一种特别的车子——一种特别的人力车，人们称之为"拉拉车"。这是两轮车，轮即普通人力车所用者，也有的是木制，极简陋，但仍用橡皮轮胎；座位不作椅形，而为榻形，故不能坐，只能卧——总之，这就是在轮轴上铺放宽约二尺许、长约五尺的几块板，极像运货的"塌车"，惟较小而已。川陕道中，尤其宝鸡至广元一段，客车不多，商车亦不愿载客，因其不如载货之利厚。向公路局登记挂号待车，往往候至一月之久尚无眉目，于是此等"拉拉车"应运而生，大行其时。

客人随身倘有两件行李，便可以把铺盖打开，拥被而卧，箱子可作靠枕，或可竖立，权作屏风。颠簸之苦是没有的，倘风和日丽，拥被倚箱，一壶茶，一支烟，赏览山川壮丽，实在非常"写意"。

缺点是太慢，自宝鸡到广元，通常要"拉"十多天，倘遇风雪，不得不在小村里"抛锚"，那就等上个三五天、七八天，都没准儿。然而通盘计算，坐"拉拉车"还是比汽车快："拉拉"算它二十天到广元，但倘无特别门路，则二十天之内你休想买到车票。这是指公路局的客车。至于商车（即主要是运货，而亦兼载客人），也得有熟门路方能买到票；价钱可不小，比公路客车票价贵了二三成，而且车子容易出毛病，往往半路"抛锚"，前不巴村，后不着店，如果修理无效，那简直叫天不应。那倒不如"拉拉车"按站而走，入暮投宿，虽系荒村，但总不会住在露天。

"拉拉车"的车费，据说从宝鸡到广元，单趟也得国币二百元左右。那跟公路局客车的票价也不相上下了，但在旅客方面，也还觉得合算，为的你如果在宝鸡或西安等车，一天房饭花上十块钱并不算阔。万一之虑是路上遇到土匪。去年冬，货车被劫也有过，但"拉拉车"被劫似乎尚未听说；现在的土匪，眼睛也看大了，单身客人值不了几百块的东西，不值他们一顾，他们是往大处着眼的。

来回一趟，车夫可有四百元左右的收入——到广元后如果拉不到人，可以拉货，所得亦不相上下。如果车是自己的，那么，除去路上走一个月的食宿等费（这条路上的伙食很贵，而车夫倘不吃得多点和好点，就拉不动车了），大约尚可剩余百数十元；如果是租车，则所余仅五六十元而已，养家活口还是困难。

一车连人带行李，少说也有一二百斤，要翻过秦岭，而且秦岭以外还有不少山，这一工作实在不轻便。现在川陕道上，这种"拉拉车"多如"过江之鲫"。看他们上坡时弯腰屈背，脑袋几乎碰到地面，那种死力挣扎的情形，真觉得凄惨；然而和农村里的他们的兄弟们相较，据说他们还是幸运儿呢！

（原载《见闻杂记》，1943 年 4 月出版）

秦岭之夜

　　下午三点钟出发，才开出十多公里，车就抛了锚。一个轮胎泄了气了。车上有二十三人。行李倒不多，但是装有商货（依照去年颁布的政令，凡南行的军车，必须携带货物，公家的或商家的，否则不准通行），两吨重的棉花。机器是好的，无奈载重逾额，轮胎又是旧的。

　　于是有组织的行动开始了。打千斤杠的，卸预备胎打气的，同时工作起来。泄气的轮胎从车上取下来了，可是要卸除那压住了橡皮外胎的钢箍可费了事了。绰号"黑人牙膏"的司机一手能举五百斤，是一条好汉，差不多二十分钟，才把那钢箍的倔强性克服下来。

　　车又开动了，上坡，"黑人牙膏"两只蒲扇手把得定定的，开上头挡排，汽车吱吱地苦呻，"黑人牙膏"操着不很圆润的国语说："车太重了呀！"秦岭上还有积雪，秦岭的层峦屏障像永无止境似的。车吱吱地急叫，在爬。然而暝色已经从山谷中上来。忽然车停了，"黑人牙膏"跳下车去，俯首听了听，又检查机器，糟糕，另一轮胎也在泄气了，机器又有点故障。"怎么了呀？"押车副官问，也跳了下来。"黑人牙膏"摇头道："不行呀！可是不要紧，勉强还能走，上了坡再说。""能修么？""能！"

　　挨到了秦岭最高处时，一轮满月，已经在头顶了。这里有两家面店，还有三五间未完工的草屋，好了，食宿都不成问题了，于是车就停下来。

　　第一件事是把全体的人，来一个临时部署：找宿处并加以分配——这是一班；卸行李——又一班；先去吃饭——那是第三班。

　　未完成的草房，作为临时旅馆，说不上有门窗，幸而屋顶已经盖了草。但地下潮而且冷，秦岭最高处已近雪线。幸而有草，那大概是盖房顶余下来的。于是垫起草来，再摊开铺盖。没有风，但冷空气刺在脸上，就像风似的。月光非常晶莹，远望群山骈列，都在脚下。

二十三人中，有六个女的。车得漏夜修，需要人帮忙。车停在这样的旷野，也需得有人彻夜放哨。于是再来一个临时部署。帮忙修车，五六个人尽够了；放哨每班二人，两小时一班，全夜共四班。都派定了，中间没有女同志。但是 W 和 H 要求加入。结果，加了一班哨。先去睡觉的人，把皮大衣借给放哨的。

跟小面店里买了两块钱的木柴，烧起一个大火堆。修车的工作就在火堆的光亮下开始了。原来的各组组长又分别通知："睡觉的尽管睡觉，可不要脱衣服！"但即使不是为了预防意外，在这秦岭顶上脱了衣服过夜，而且是在那样的草房里，也不是人人能够支持的；空气使人鼻子里老是作辣，温度无疑是在零下。

躺在草房里朝外看，月光落在公路上，跟霜一般，天空是一片深蓝，眨眼的星星，亮得奇怪。修车的同志们有说有笑，夹着工作的声音，隐隐传来。可不知什么时候了，公路上还有赶着大车和牲口的老百姓断断续续经过。鸣鞭的清脆声浪，有时简直像枪响。月光下有一个人影从草房前走过，一会儿，又走回来：这是放哨的。

"呵，自有秦岭以来，曾有过这样的一群人在这里过夜否？"思绪奔涌。万感交集，眼睛有点润湿了，——也许受了冷空气的刺激，脸上是堆着微笑的。

咚咚的声音。隐约可闻；这是把轮胎打了气，用锤子敲着，从声音去辨别气有没有足够。于是眼前又显现出两位短小精悍的青年——曾经是锦衣玉食的青年，不过一路上你看他们是那样活泼而快活！

朦胧中听得人声，猛睁眼，辨出草房外公路上已不是月光而是曙色的时候，便有女同志的清朗的笑声愈来愈近了。火堆旁围满了人，木柴还没有烧完。行李放上车了。司机座前的玻璃窗上，冰花结成了美丽的图案。火堆上正烧着一罐水。滚热的毛巾揩拭玻璃上的冰花，然而随揩随又冻结。"黑人牙膏"和押车副官交替着摇车，可是车不动，气油也冻了。

呵呵！秦岭之夜竟有这么冷呢！这时候，大家方始知道昨夜是在零下几度过去的。这发见似乎很有回味，于是在热闹的笑语中弄了草来烘汽车的引擎。

（原载《见闻杂记》，1943 年 4 月出版）

〔附记〕此篇所记，乃是一九四〇年初冬，作者从延安到西安，又在西安坐了八路军的军车经过秦岭时的事实。此篇发表时也被国民党的检查官删去了一些句子，现在既无底稿，也记不清，只好就这样罢。

1958 年 11 月 13 日作者补记

某　镇

反正在四川境内，这样的镇很多，我们就称它为某镇罢。这是位置在公路旁边的，而且地位适中，多数的车子都到这里过夜。这一点地利，使得某镇在其同辈中一天一天特异起来。

东西向的一条街，约有里把长，街两旁，不折不扣的住家房屋占十分之三，"营业性"的，占十分之七。这里用了"营业性"三字，略略费过一点斟酌：旅馆之类，诚然不妨称为商店，但住家其名而赌窟娼寮其实者，可就难以"正名"，故总称之曰"营业性"，以示概括。

全街——应该说就是全镇，约有茶馆二十余家，密度占第一。上茶馆，"摆龙门阵"，是这里的风尚。矮的竹椅子，矮的方桌（不过比凳子高这么一二寸罢），乃至同样矮的圆桌和大菜台式的长方桌，错综杂陈，室内既满，则跨槛而出，占领了街面一尺八。茶馆营业时间，从早上六点起，直至晚上九点、十点。穿了件蓝布长衫的茶客，早上泡一碗茶，可以喝到晚上——其间自然也有离开茶馆的时候，比方说，他总有点公事或私事，但他那一碗茶照例是保留的。这里说"穿蓝布长衫"，并无标示"身份"之意，因为在四川，长衫是非常普遍的，卖豆腐干的小贩穿它，摇船的也穿它，甚至挑粪的也穿，虽然褴褛到不成话。

但是同为"蓝布长衫"，却也可以从旁的方面看出"身份"的不同来。例如，悠然坐在矮竹椅上，长烟袋衔在嘴里，面前桌上摆这么几片烟叶，从容不迫地把烟叶展平，卷成"雪茄"——有这样"气派"的，便是高超的人物，至少是甲长之流。

旅馆的密度，要占第二了；这倒数过，共计十五家半。何以有"半"？需要小小的说明。有一家饭馆，亦兼营旅馆业，可是并没正式挂牌。而且又是"特种"旅馆，平常人畏其喧嚣，不大愿意进去。至于其他的旅馆，说一句良心话，确是十分规矩；虽则有些单身男客的房里到十点以后忽然会多出一个女的，但这是人家男女间的事，旅馆当然不便负责。又或另一方式，十点以前就有女的在了，那么在适当时光，茶房就来打招呼道："先生，查房间的快要来了。"于是女的飘然引退，男的正襟危坐，恭候查房。但这当然又是茶房与旅客间的事，与旅馆相应无涉。

旅馆规模大者，竟有三层楼，实在的三层，不过每层的高度只配五短身材的人们挺胸昂首而已。楼板有弹性，而且不知何故，上又覆以土货的"泥"，于是又像铺了"橡皮地毯"。床是固定的，竹条为垫，上加草荐，又宛然是钢丝弹簧的风格。板壁之薄，几与马粪纸媲美。但这样的旅馆确是抗战以后的新建设。是为了需要而产生的。

现在每月还有新房子加入这市镇的繁荣阵线。

饭店的数目，似乎太少了一点，全街只有十四家，因此异常拥挤。

理发店仅有两家，但居然时髦，能烫发成一团乱茅草，而且招牌上不曰"世界"，就是"亚美"，口气之大，和它的门面成为反比例。全镇上以本镇居民为营业对象的，恐怕只此两家理发店；而在本镇居民之中，成为这两家理发店之好主顾者，据说就是晚间常常忽然出现于单身男客房中的女子。

为了"生存竞争"的必要，这些神秘的女性当然不能不有章身文面之具，章身谈何容易，文面则比较好办；于是镇上卖香烟的杂货店里便又罗列着"廉价"的化妆品了。此中最"吃香"的一种便是所谓"雪花膏"。这装在粗瓷的瓮内，其白如石灰，其硬如土块，真不知是哪一等的技师，用了何等原料来"法制"的！

有一家专卖"大面"的酒店，居然也有玻璃瓶装的瓶头酒：老板娘在自制瓶塞。原料是去了米粒的玉米棒，以及包香烟的锡纸，但不知此种玉米是用手工剥掉的呢，还是用牙齿去咬的？一想到我们中国人最善于"人弃我取"，那么大概齿咬是更近于实际罢，而且这也或者合于"战时经济"的原则的。

最后，不得不请注意：这个随时势而繁荣的小镇，别的虽比不上重庆之类的大都市，但物价之昂贵却毫不落后。

（原载《见闻杂记》，1943 年 4 月出版）

"天府之国"的意义

　　从天空俯瞰，四川好像一块五色的地毯；黔、滇、陕等邻省，绿已经不多，黄色占了压倒的优势，然而尚有嫩黄与土黄之别。几乎纯一色土黄的，乃是甘肃；兰州以西，在千公尺的高空看来，宛像一笼挤得很紧的土面粉的馒头；然而土面粉的馒头，色虽焦黄，尚有光泽。武威、张掖一带，平畴万顷，而在冬季，亦复一望土黄，了无杂色。西北的房屋，一般都用土盖顶，墙垣亦无用白垩者，这也增加了漫漫一色的单调。

　　四川的大部分，尤其是成都平原，如果用一个烂熟的形容词，就是"锦绣"。这不是一片的绿色，这是一丛一丛色彩的集团，有圆形，也有椭圆，错综相联；每一集团，又是一层一层的，橙黄，翠绿，绀青，层层相间，好像是大小不等一套彩色的盘子堆叠了起来。在这之间，时时也有赭色的圆形隆起，那又似一张大花毯上撒了几堆牛粪，从"雅"这方面看，未免煞风景，然而因此却更显得色彩的繁复。

　　如果你来到地面，在一道高岗上纵目四望，那你就明白了空中所见的一丛一丛色彩的集团，实际上是怎么一回事了。从你脚下那一寸土地起，层层而下，如抱如偎，全是梯田，橙黄的告诉你，稻已经熟了，翠绿和绀青则是不同种类的蔬菜，而中间又有色彩较深的，那是一簇树木；你凝眸俯瞰，梯田的环形愈下愈小了，终于在谷底，旋结成为一点，而这一点就是空中所见几个色彩的集团边缘相切的所在。你看见白烟如雾，从这辐合处冉冉而升，这是炊烟，这里有一个村庄！你又看见半山一簇树的地方还隐隐有些黑点，这是人家。也许你还能看见梯田的多彩的带环中，有亮晶晶的圆点，那是水潭。

　　成都平原人口的密度，大概不下于扬子江三角洲罢。但有胜于扬子江三角洲者，即这里几乎没有让一寸土闲起来。稻、麦、甘蔗、菜蔬、竹林，接连着一片又一片。甚至公路路基的斜坡上也都种上菜蔬，黄花和蝶形的白花点缀得满满的。甚至田埂上两侧的斜面，也都挺立着一簇一簇的蚕豆。

泥片石的山坡，上面那已经风化成为土壤的一层，看来不过寸把厚罢，可是林林总总地挤满了农作物。被雨水浸蚀的石灰岩，在它那如枕的石骨上，但凡凹洼处有土，也都吐出新播下去的什么菜蔬的嫩苗来，这有点像是玩意儿了，但是在一块多钱一斤菜的战时物价的今日，这哪里是玩意儿呢？

地理书会告诉你，这"天府之国"出产些什么，它地下的蕴藏有些什么，有几多；这都不是我的事，我这里只不过随便描几笔"风景"，或者也可以看出一点这个"天府之国"的意义了罢？或者有人会觉得四川的农民是有福的——那我可不知道，我只记起了一件小事，一个抬"滑竿"的诉苦道："地里出的东西贵了么？哪里赶得上穿的用的！再说，押银也加了，租谷也加了，军粮该摊多少，还不是听凭保甲长随口乱说。剩下来的，自己吃也还不够呢！要是种地有好处，谁还来抬滑竿？"

谁有统计数字，知道四川的土地究竟有百分之几是在自耕农手里？

但是一个四川朋友却确实说过："这年头儿，连小地主也在破产，朝没落的方向走，更何论自耕农呢！"

（原载《见闻杂记》，1943 年 4 月出版）

成都——"民族形式"的大都会

未到成都以前，就有人对我说：如果重庆可以比拟从前的上海，成都倒可以比拟北平。比如：成都人家大都有一个院子，院子里大都有这么一两株树；成都生活便宜，小吃馆子尤其价廉物美；乃至成都小贩叫卖的调门也是那么抑扬顿挫，颇有点"北平味"。结论是住家以成都为合宜。

另一位朋友，同意于这样的"观察"，但对于那结论，不同意。他说：和平时期，成都住家确是又舒服又便宜，但现在则不然，因为现在是"非常时期"。从去年二三月起，物价已在步步高升（当然这不是说，以前就不升），生活已不便宜，不过，吃的方面，还有几种土货，和重庆比，仍然低廉些；可是最叫人头痛的，是"逃警报"。从十一月到四月，重庆是雾季，但重庆虽没有警报，成都却不一定没有；反之，四月以后，雾季过完，重庆一有警报，成都也一定有，重庆人逃警报，成都人得奉陪。成都城内没有什么防空洞，因为一则是平地，像西安那种马路旁的地下室，证明还不是百分之百安全的；二则成都平地掘下二三尺就有水，要筑地下室，很成问题；三则成都人口又是那么密，哪有许多钱来建造够用的防空洞呢？这几项理由，当然是无可争辩的，于是公共防空洞之类，城里就索性没有。警报一拉，成都人仓皇锁了大门，蜂拥出城而去。成都并不小，为了保证市民们有充分的出城时间，第一次拉警报表示敌机已经入川，市民们得赶快收拾细软准备走；判明了敌机是向重庆进袭时，成都就拉第二次警报了，市民们就扶老携幼，逃出城去。如果敌机在重庆轰炸了，那在成都就拉紧急警报，不到重庆解除警报，成都是不会先解除的。故曰：每逢重庆人逃警报，远在六百多里外的成都人就得奉陪。

成都市民逃警报时作风是如此：第一次警报拉过后，就带着包裹箱笼往城外去，经验告诉他们，既有第一次警报，必有第二次，晚去不如早走，而且离城十里外方为安全，这又怎能不早走呢？以后的事，你可以甩算术来推知：出城时间一小时，警报时间三—四小时，回城时间又是一小时。共计五小时至八小时。这还是最低的估计。

但除了逃警报这一点，在成都住家，大概是好的。一九三八年上季的长沙，曾有过这样的现象，长沙人往乡下搬，下江人则往长沙逃，租住了长沙人遗下来的空屋——这被幽默的长沙人称之为"换防"。相同的现象，似乎在成都也有。一些阀阅世家的高门大户内，往往租住了下江来的豪客。

成都洋房不多，除了那条春熙路，大部分的街道还保存了旧中国都市的风度，同类的商店聚在一条街上，这在成都是一个显著的现象。鞋帽铺和铜锡器铺的街道，都相当长；这些商铺，同时也是作场，铜锡制的用具，如茶壶、脸盆、灯台，都颇玲珑精致。还有仿造的洋式剪刀，也还不差。至于细木工，则雕镂的小摆设，很有些精雅的。在今天大后方的许多省会中，成都确有其特长，无论以市街的喧闹，土产的繁庶，手工艺之进步，各方面看来，成都是更其"中国的"，所谓五千年文物之精美，这里多少还具体而微保存着一些。

卷烟（即土制雪茄）大概是抗战后新兴的手工业，在成都异常活跃。现在西北的西安、西南的柳州，都有中国的雪茄工厂。这都是模仿洋式的，无论从形式，从香味而言，我不能说它们比四川的差。但是称为"卷烟"的四川土制品，例如中江的出产，却确是中国的"卷烟"，而不是仿造的"雪茄"。成都的，尤其如此。我曾经在兰州，乃至在新疆的哈密和迪化，见过四川中江的"卷烟"，如良心牌、日月牌（奇怪的是，西安与兰州交通甚便，却未见西安出的雪茄）。可是成都少见中江的货。成都卷烟品类之多，不胜指数，大概是每一烟店，同时便是作场。买了烟叶来自己卷制，已是一种风尚。所以成都的卷烟店一定挂着摆着大批的烟叶，包扎成棒棰状。而出售的制成品，单以外形而论，也就不少；圆形或方形而外，又有方形而四边起了棱线的一种，更有圆形而全身加以匀称之棱线者。尤其特别的，是在口衔的一端，附加了短短的鹅毛管或红色金色硬纸卷成的小管，作为卷烟的

"咬嘴"。装在烟斗里吸的"杂拌"的纸盒上，却只有牌子的名儿（例如鼎鼎大名的华福临），并无烟名。

大小菜馆和点心店之多，而且几乎没有"外江菜"立足之余地，也是成都一个特色。熏兔子，棒棒儿鸡，几乎到处可遇。所谓熏兔，实在已非全兔，而只是两条后腿，初看见时你不会想到这是兔子。点心方面有一家卖汤圆的，出名是"少奶奶汤圆"，据说不知有此者就不算是道地的成都人。

城外路灯较少，入晚常见行人手持火把，一路扑打，使其光亮。这又使我想起了兰州人的火把。兰州的火把是薄薄的木片，阔约二寸，长约尺许，一束一束出售。兰州有一句话："火把像朝笋。"

（原载《见闻杂记》，1943 年 4 月出版）

"雾重庆"拾零

二十九年（一九四○年）我到重庆刚赶上了雾季。然而居然也看见了几天的太阳，据说这是从来少有的。人们谈起去年的大轰炸，犹有余怖；我虽未曾亲身经历，但看了水潭（这是炸弹洞）那样多，以及没有一间屋子不是剥了皮——只这两点就够了，更不用说下城那几条全毁的街道，也就能够想象到过去的大轰炸比我所听见的，实际上要厉害得多。

然而"雾重庆"也比我所预料的更活跃，而且也更其莫明其妙。"雾重庆"据说是有"朦胧美"的，朦胧之下，不免有不美者在，但此处只能拾零而已。

重庆的雾季，自每年十一月开始，至翌年四月而终结，约有半年之久。但是十一月内，"逃炸"的人们尚未全归，炸余的房屋尚未修葺齐整，而在瓦砾堆上新建筑的"四川式"的急就的洋房也未必就能完工，所以这一个月还没活跃到顶点。至于四月呢，晴天渐多，人与"货"又须筹备疏散，一年内的兴隆，至此遂同"尾声"，故亦当别论。除去首尾两月，则雾重庆的全盛时代，不过四个月；可是三百六十行就全靠在这四个月内做大批的生意，捞进一年的衣食之资，享乐之费，乃至弥补意外的损失。

而且三百六十行上下人等，居然也各自达到了他们的大小不等的"生活"目的，只看他有没有"办法"！有办法，而且办法颇多的脚色，自可得心应手，扶摇直上；办法少的人呢，或可幸免于冻馁，但生活费用既因有些人们之颇多办法而突飞猛进，终至于少办法者变成一无办法，从生活的行列中掉了队。有人发财，亦不免有人破产；所以虽在雾重庆的全盛期，国府路公馆住宅区的一个公共防空洞中，确有一个饿殍搁在那里三天，我亲眼看见。

这里只讲一位比上不足、比下有余的人物。浙籍某，素业水木包工，差堪温饱，东战场大军西撤之际，此公到了汉口，其后再到重庆，忽然时来运来，门路既有，办法亦多，短短两年之间，俨然发了四五万，于是小老婆也有了，身上一皮袍数百元，一帽一鞋各数十元，一表又数百元，常常进出于戏院、酒楼、咖啡馆，居然阔客。他嗤笑那些叹穷的人们道："重庆满街都有元宝乱滚，只看你有没有本事去拾！"不用说，此公是有"本事"的，然而倘凭他那一点水木包工的看家本事，他如何能发小小的四五万？正如某一种机关的一位小老爷得意忘形时说过的一句话："单靠薪水，卖老婆当儿子也不能活！"

这些比上不足比下有余的小小暴发户，今天成为"繁荣"雾重庆的一份子。酒楼，戏院，咖啡馆，百货商店，旧货拍卖行，赖他们而兴隆；同时，酒楼，戏院，咖啡馆，百货商店，旧货拍卖行的老板们，也自然共同参加"繁荣市面"。

重庆市到处可见很大的标语："藏钞危险，储蓄安全。"不错，藏钞的确"危险"，昨天一块钱可以买一包二十枝装的"神童牌"，今天不行了，这"危险"之处，是连小孩子也懂得的；然而有办法的人们却并不相信"储蓄安全"，因为这是另一方式的"藏"。他们知道囤积最安全，而且这是由铁的事实证明了的。什么都囤，只要有办法；这是大后方一部分"经济战士"的大手笔。如果壮丁可以不吃饭，相信也有人囤积壮丁，以待善价的。据说有一个囤洋钉的佳话，在成都方面几乎无人不知：在二八年之夏，成都有某人以所有现款三四千元尽买洋钉，而向银行抵押，得款再买洋钉，再做抵押，如此反复数次，洋钉价大涨，此人遂成坐拥十余万元之富翁。这故事的真实性，我颇怀疑，然而由此可见一般人对于囤积之向往，也可见只要是商品，囤积了就一定发财。

重庆市大小饭店之多，实足惊人。花上三块钱聊可一饱的小饭店中，常见有短衫朋友高踞座头，居然大块吃肉大碗喝酒。中山装之公务员或烂洋服之文化人，则战战兢兢，猪油菜饭一客而已。诗人于是赞美道：劳力与劳心者生活之差数，渐见消灭了，劳力者的生活程度是提高了。但是，没"办法"之公务员与文化人固属可怜，而出卖劳力的短衫朋友亦未必可羡。一个光身子的车夫或其他劳力者每天拼命所得，或许是多于文化人或公务员，每星期来这么两次大块吃肉，大碗喝酒，也许是不成问题的；然而要是他有家有老有小，那他的"生活程度"恐怕还是提不高的。君不见熙熙攘攘于饭店之门者，短衫朋友究有若干？

"耶诞"前后，旧历新年首尾，风云变幻，疑雾漫漫，但满街红男绿女，娱乐场所斗奇竞艳，商场之类应节新开，胜利年的呼声嘈嘈盈耳，宛然一片太平景象。

拍卖行之多而且营业发达，表示了中产阶层部分的新陈代谢。究竟有多少拍卖？恐怕不容易回答。因为这一项"新兴事业"，天天在滋长。而且"两栖类"也应时而生了，一家卖文具什么的铺子可以加一块招牌"旧货寄售"，一家糖果店也可以来这么一套。而且堂堂的百货商店内也有所谓"旧货部"。所谓"拍卖行"者，其实也并不"拍"而卖之，只是旧货店而已，但因各物皆为"寄售"性质，标价由物主自定，店方仅取佣金百分之十五，故与"民族形式"之旧货店不同。此种没本钱的生意，自然容易经营，尤其是那些"两栖类"，连开销都可省。据说每家平均每日约有二千元的生意，倘以最低限度全市五十家计算，每天就有十万元的买卖，照重庆物价之高而言，十万元其实也没有几注生意好做。被卖的物品，形形色色都有，就只不曾见过下列三样：棺木、军火和文稿。也没有什么好东西，比方说，一件磨光了绒头的毛织的女大衣，标价一百四五十元，立刻就卖出了；这好像有点出奇，但再看一看，所谓"平民式"的棉织品（而且极劣）的女人大衣，在"牺牲"的名义下也要卖到一百九十九元一件，就知道旧货之吃香，正是理所当然了。旧货的物主，当然是生活天天下降的一部分中产阶层，可是买主是哪一路脚色呢？真正发国难财的阔佬们，甚至真阔佬们，对这些"破烂古董"连正眼也不会瞧一眼的，反之，三百元左右收入的薪水阶级，如果是五日之家，那他的所入，刚够吃饭，也没有余力上"拍卖行"。剩下来的一层，就是略有办法的小商人以及走运的汽车司机，乃至其他想也想不到的幸运的国难的产儿。这班小小的暴发户，除了吃喝女色之外，当然要打扮得"高贵些"，而他们的新宠或少爷小姐当然也要装饰一下，于是战前中产者的旧货就有了出路。

报上登过所谓"新生活维他命西餐"的餐单——据说这是最节俭且最富于营养的设计；兹照录该餐单如下：

一、汤：黄豆泥汤。

二、正菜：猪肝、洋葱、烘山芋、酱豆瓣、青菜。

三、点心：糖芋头。

四、副品：葱花"维他饼"、花生酱、乳腐、维他豆汁、川橘。

看了这餐单，谁要是还说不够节约，那他就算"没良心"；但是，如果懂得重庆粮价物价，不妨计算一下，这样一顿"新生活维他命西餐"，够一个平常人吃饱，谁要是说花不了一块五毛钱，那他也是"没良心"！一块五毛国币一市斤的米，一个没有胃病的人一个月光吃米就该多少？五口之家，丈夫有三百元的月入，两个儿女如果想进初中，那简直是很少办法；即退一步，不说读书，但求养活，则以每月三百元来养五口，实在无可再节约，而且也谈不到什么营养。

南温泉为名胜之区，虎啸尤为幽雅，某某别墅对峙于两峰之巅，万绿丛中，红楼一角，自是"不凡"。除此以外，属于所谓南泉市区者，无论山石水泉，都嫌纤巧不成格局——甚或有点俗气。花溪本来也还不差，可是西岸的陪衬太糟了，颇为减色。这一条水里，终天来往着渡船，渡费每人一毛，包船则为一元。据船夫说：四五年前，渡船一共仅六七只，渡费每人一分，每日每船可得三毛；现在呢，渡船之数为六十余，每船每日可得五元。去了船租二元，仅余三元。够一人伙食而已。今日之五元不及以前之三毛。然而出租渡船的老板们的收入，却是今胜于昔。据船夫说，他的老板就是南温泉一个地主，有渡船八只，每月可得租费四百八十元，一年为六千元强，去修理费每年约共二千元，尚可净余四千元。至于渡船的造价，现在每只约需六百元（从前仅四五十元），八只为四千八百元。一年之内，本钱都已捞回，第二年，所得已为纯利了。但这样的好生意还不算国难财，真怪！

（原载《见闻杂记》，1943 年 4 月出版）

最漂亮的生意

现在天字第一号的生意，该推运输业。这勾当是赚钱的，然而又妙在处处合法。走私，囤积，都能发大财，可是美中不足之点，——名气太坏。哪里能及运输业，既赚钱，又有贡献于抗战建国！

这样的好生意，自然不是人人可得而为之了。门路，后台，手腕，都不可缺，而资金尚属余事。此中翘楚，拥有卡车千余辆，雄视西南，俨然一"王国"。然而公私物资需要流通者太多了，运输工具总感觉不够，所以虽有"王国"在上，附庸仍可存在。最小者，有车一辆，身兼车主与司机，仆仆风尘，形同负贩，但也照样赚钱。据此道中人说，此中困难，不在得车，而在领照；不患无客，而患在缺油。照与油必如何而可得，那就要看各人的有没有"办法"了。如果你在这一门生意上站稳了，那么，财富逼人来，你即无意多赚，"时势"亦不许可。福特或道奇货车一辆，已经有了上万公里的记录，虽尚能服务，却已如肺病第三期的痨病鬼，可是你若"出让"，还可以收回买价四倍乃至六倍之多，而且包你没人敢说你一句"心黑"。

运输业对于抗建的贡献，早已赫赫在人耳目；毋庸我再表扬，但它在公路上的荒凉去处，往往蓦地创造出一个繁华的市镇，——这样的"功德"，却是不可不记的，这里便有一个标本。

地点，离重庆约十余公里。本来是连"村"也不够格的小地方，只看路旁一色的新房子，便可明白。但自从有了"站"，特别是有了某大运输公司的"厂"以后，便完全不同了。这里有一家旅馆，每天塞足了各省口音的旅客，军政商各界的人物。有大大小小的饭店十多家，招牌上不曰"天津"，即称"上海"。有理发馆，门面实在不坏。甚至也有专门的"汤圆大王"。而最足表示其特色的，还有游击式的擦皮鞋童子。除旅馆而外，一切的"物质设备"都是为了该运输公司的从业员。而从业员之中，什九是曾在上海居留过的江浙人，故满街吴侬软语，几令人忘记了这地方是四川。

在货车奔驰、黄尘如雾的路旁，时常见有装束入时的少妇，电烫的飞机头，高跟皮鞋，拿了手杖或不拿手杖，轻盈缓步，香气扑人，浑身是久惯都市生活的派头。她们大都是高级职员的姨太太或临时太太。但也有服装虽然摩登举止依旧不脱土气的少妇，那大概是司机先生们的"家里人"，——司机先生们是在沿线的大去处都有一个"家"的，此处是"起点"，自然应该有。卖笑生活的女子，又是另一种作风：花洋布的衣服，狼藉不匀的脂粉，短发打成两根小辫子，挂在颈边，辫梢是粉红色的大绸结。她们的来历，可就复杂了：有的是从敌人的炮火下逃得了性命，千里流亡，被生活的鞭子赶上了这条路的；也有的未尝流亡，丈夫或哥哥正在前线流血，她们在后方却不得不牺牲皮肉从那些"为抗建服务"的幸运儿手里乞取一点衣食的资料。

这里没有电灯。晚上用古式灯台，点胡麻子油，光昏烟重。但这并不妨碍了人们在室内的活动。当公路上车辆绝迹，饭店里酒阑人散的时候，卖笑女出动了，而雀战也开场了。几家杂货店的老板娘能够从洋烛的销售数目计算出当夜有几场麻将。到了第二天中午，在饭店里广播战绩了：输赢不大，某主任掏出了三百，某管理员进账五六百，某科员终场未得一和，也不过输了九百多元罢了！这个数目，差不多等于该科员全年的薪水，然而他在一夜之间就输去了，却毫不在意。

（原载《见闻杂记》，1943年4月出版）

司机生活片断

在西北公路上，对于司机的称呼，最好是这样四个字：司机同志。如果称他为"开车的"，那你便是不懂得"争取技术人员"的冒失鬼。我看见过西北公路局的"司机管理规章"之类的文件，知道对于司机的教育工作，的确下了相当的注意。而我所遇到的一位，也的确很规矩，颇知自爱自重，言谈行举都是受过点教育的派头，——虽然有人说，我所坐的那辆车是特别车，因而那司机也是特挑的司机，但无论如何，能有好的挑得出来，总是差堪满意的事罢。①

我不知道西南公路是否也有相同的"司机管理规章"之流的东西。想来是一定有的。因为半官的大公司的司机们是有一个管理员的。管理员之流，虽然每个晚上要来一场"阵地战"，而且他亦不否认有一妻一妾，但每天早上的训话（对司机们）确是未尝荒废。司机们不许酗酒宿娼，不过并无明文不许讨姨太太，因此，如果没有一两个姨太太，似乎便有损了司机身份似的；他们谈话中承认司机至少有两个家，分置在路线的起点与终点——比方说，重庆一个，贵阳一个。

因为认我是同乡，有一个司机告诉了我他们的一些职业上的特点。月薪都不大，四五十元而已，但"奖励金"却是一笔指望；所谓"奖励金"，便是开一趟车所节省下来的汽油回卖给公司所得的钱，这是百分之百合法的收入。如果天公作美，不下雨，则自重庆到贵阳一趟，大约可以节省十加仑的汽油，回卖给公司，便是四百元了。要是私下卖给别人，那就是"不合法"，便要受处分，因为汽油的"黑市"每加仑六十元七十元都不一定。"我们都不想占这一点小便宜，省下油来，总是规规矩矩回给公司。"我的司机朋友大义凛然地说，"可是公司方面还怕我们捣鬼，预先扣留四五加仑，叫做存油。这一项存油，大概可以不动用。"但是据说单靠这笔"奖励金"，还是不够生活，所以得随时"挂黄鱼"。这是被默认的"不合法"的行动，但仍须回避"检查站"的耳目，免得面子上难堪。有一次，十几条"黄鱼"争求搭载时，我的司机朋友只允许了五条："太重了，有危险！"他说，"我不能不顾到车子的安全！"这样，他表明了他不是一味贪钱，他倒是在"于人无损"的原则下与人以方便的。"黄鱼"的乘车费约为两块多钱五公里，比正式打票稍稍便宜些。

"那你一个月总有千把元的进账，一二年你就是个财主了！"

"哪里，哪里，刚够开销罢了。"他叫屈似的分辩。"我有两个家——两个老婆，四五个孩子，两处地方的吃用，你看，至少也要四五百元。再说，我们于这一行的，总要吃得好一点。每月花在吃喝上，也得二百元。你瞧，光是抽香烟，一天两包老刀牌，还不是三元多么？"

这位司机先生总算是个规矩人，不嫖不赌，仅仅有两个老婆，分放在两处，成立了两个家，而且每天要抽两包老刀牌——这在司机，也是最起码的消费了，但因他是规矩人，所以他倒安居乐业。另一个就不然了。这位司机先生，夹带了两个女子，似乎有满肚子的委屈，一路上老摆出一副"丧神脸"。他的委屈，由二女人之一说了出来时，大意是如此的：公司的算盘打得精，从前开一趟车，规定全程六十加仑汽油，现在改为四十九了，所以这方面的好处也就"看得见"，但尤其岂有此理的，一个月每个司机至多挨到开三次车。"公司里，车子不添，司机却天天有新来的，"少开一趟车，司机先生就少了三四百的收入，"那不是存心叫当司机的没饭吃。"因此，他的结论是："别看它是大公司呢，越是大公司的事越难做，倒不及小公司，譬如××汽车公司，它那边的司机一个号头做上来，谁不进账两三千！"

"丧神脸"的那位司机先生，其实是应该高高兴兴的，因为他所夹带的两个女人其中年青的一位便是他的新宠。这里有一段小小的秘密。开车的前夜，查房间的宪警在一家旅馆内发见一男一女同在一房，宪警们早就认识这女的，知道她干的是哪一项生意，现在她和一个男子在这里，不问而知是没有什么正经的；然而宪警们还是照例问了，先问那男子：

"你是干什么的?"

"司机。"男的回答,立刻拿出证章来给他过目。

"她是你的什么人?"宪警指一指女的,狡猾地笑了一笑。

不料那司机干脆地答道:"我的老婆!"

"呵,不是罢?"警察之一倒有点不知所措了,但突然把脸一沉,转向那女的喝道,"你说,你到底是干什么的? 你跟他有什么关系?"

"我和他是夫妻,我不干什么,我是他的老婆。"女的也不示弱。

这可激恼了另一位警察了,他上前一步,对那女的厉声说:"你不用嘴硬,我认识你的! 你天天在这条街上走,你几时嫁给他的? 哼,怎样会晚上忽然跑出一个老公来了!"

女的一看瞒不过,也就认了:"我自愿跟他,你们管不了! 我是今天嫁给他的!"

"呵呵! 可是你有丈夫没有? 你的丈夫在哪里?"

"我有丈夫!"那女的咆哮起来了。"可是和你们不相干。我的丈夫打仗去了,两年没有讯息了,谁知道他是死是活。我没法过日子,他要我,"女的指一下那司机,"我自愿跟他。谁也管不了我们俩的事!"

"那不成!"警察之一冷冷地说,却又转脸对他的同伴似乎征求他的同意道,"带她到局里去。"

"我不去! 你们给我找丈夫来,我就跟你们去! 去!"说着,就简直往床上一坐,摆出不再理会的姿势。

"瞧吧,你敢不去。"警察也当真生了气。"简直是蛮不讲理!"

"还我丈夫来,我就去!"女的声音忽然嘶哑了,却把脸背着人。"不让我跟他,谁来养活我? ……"

"算了罢,算了罢,"另一个警察从中转圜,"随他们去。"

一手拉住了他的同伴,便打算走。

可是那一个还回头对司机问道:"你抽不抽大烟?"

"不抽。"司机回答,讨厌地扁嘴。

于是查房间的走了,这一幕完毕。

第二天,车开出站约一公里,那女的上了车,她穿一件印花的人造丝旗袍,烫发,半高跟皮鞋,短裤子,露出两条大腿,身段倒还不差，脸庞儿略扁，两颧微突，一对眼睛却颇有点风骚。她爬上车和那另一女人（说是司机的亲戚），坐在货包上。那天是阴天，风吹来很冷，人家都穿了棉大衣，可是那女的只穿一身单。司机把自己的棉大衣丢给她，但仍冻得脸色发青。车走了一二小时以后，忽然停止了，司机探头叫道："下来，下来！"于是那女的爬了下来。司机要她挤在他那狭小的座位里（这一种新式福特货车，它那车头的司机座和另一个座是完全隔开的，简直没法通融），一条腿架在他身上，半个身子作为他的靠背，他的前胸紧压着驾驶盘，两只手扶在驾驶盘的最上端，转动都不大灵活，——就这样开车。

走过西南公路时，都知道那边是坡多弯多，司机的手脚经常不得闲空，"财神堂"（即车头）里多放了一点零星东西，司机还嫌碍手碍脚，一定不许可，何况司机座位上多挤上一个人呢！然而我们这位司机先生竟因舍不得他的新宠受冻而犯了行车的规章。

在车子要爬过一个山头的时候，那位司机到底觉得太冒险了，坡爬上一半就又戛然煞住了，叫那女的仍旧回到车顶货包上去，一面怒声叫道："那不是有个铺盖吗？打开来，借被子用一用，裹住了身子！——不要紧的！客人的东西，借用一用！"

司机在路上就是不折不扣的迭克推多！自然不是个个司机带了他的"爱人"去作"蜜月旅行"的。

后来那女的到了遵义下车，据她对同车的旅客说，她娘家在遵义。这和她对查房间的所说的，又显然不符。但从这点却可以推知：这位勇敢的司机先生大概要在遵义又布置一个"家"了，不用说，在重庆和贵阳，他早已各有一个。

（原载《见闻杂记》，1943 年 4 月出版）

①参看本辑《风雪华家岭》篇。那辆"专车"是为那个准活佛的大师专开的，但也卖票给有介绍信的客人，我是这样坐上了这辆"专"车的。——1958年 11 月 13 日作者补志。

贵阳巡礼

二十七年春，从长沙疏散到贵阳去的一位太太写信给在汉口的亲戚说："贵阳是出人意外的小，只有一条街，货物缺乏，要一样，没有两样。来了个把月，老找不到菜场。后来本地人对我说：菜场就在你的大门外呀，怎么说没有？这可怪了，在哪里，怎么我看不到？我请人带我去。他指着大门外一些小担贩说，这不是么！哦，我这才明白了。沿街多了几副小担的地方，就是菜场！我从没见过一个称为省城的一省首善之区，竟会这样小的！那不是城，简直是乡下。亲爱的，你只要想一想我们的故乡，就可以猜度到贵阳的大小。但是我们的故乡却不过是江南一小镇罢了！可爱的故乡现在已经没有了，而我却在贵阳，我的心情，你该可以想象得到罢？"

二十七年冬，这位太太又写信给在重庆的亲戚说："最近一次敌机来轰炸，把一条最热闹的街炸平了！贵阳只有这一条街！"

这位江南少妇的话，也许太多点感伤。贵阳城固然不大，但到底是一省首善之区，故于土头土脑之中，别有一种不平凡气象。例如城中曾经首屈一指的老牌高等旅馆即名曰"六国"与"巴黎"，这样口气阔大的招牌就不是江南的小镇所敢僭有的。

但"六国"与"巴黎"现在也落伍了。它们那古式的门面与矮小的房间，跟近年的新建设一比，实在显得太寒伧。经过了大轰炸以后的贵阳，出落得更加时髦了。如果那位江南少妇的亲戚在三十年的春季置身于贵阳的中华路，那她的感想一定"颇佳"。不用代贵阳吹牛，今天中华南路还有三层四层的洋房，但即使大多只得二层，可是单看那"艺术化"的门面和装修（大概是什么未来派之类罢），谁还忍心说它"土头土脑"？而况还有那么的大玻璃窗。这在一个少见玻璃的重庆客人看来委实是炫耀夺目的。

如果二十七年春季贵阳市买不出什么东西，那么现在是大大不同了。现在可以说，"要什么，有什么"。——但以有关衣食两者为限。而在"食"这一项下，"精神食粮"当然除外。

电影院的内部虽然还不够讲究，但那门面堪称一句"富丽堂皇"，特别是装饰在大门上的百数十盏电灯，替贵阳的夜市生色不少。几家"理发厅"仿佛是这山城已经摩登到如何程度的指标。单看进进出出的主顾，你就可以明白所谓"沪港"以及"高贵化装品"，大概一点也不虚假。顾了头，自然也得顾脚。这里有一家擦皮鞋的"公司"。堂堂然两开间的门面，十来把特制的椅子，十几位精壮的"熟练技师"，武装着大大小小的有软有硬的刷子，真正的丝绒擦，黑色的、深棕浅棕色的、乃至白色的真正"宝石牌"鞋油，精神百倍地伺候那些高贵的顾客。不得不表白一句：游击式的擦鞋童子并不多。是不是受了那"公司"的影响，那可不知道。但"公司"委实想得周到，它还特设了几张椅子，特订了几份报纸，以便挨班待擦的贵客不至于无聊。

使我大为惊异的，是这西南山城里，苏浙沪气味之浓厚。在中华南北路，你时时可以听到道地的苏白甬白，乃至生硬的上海话。你可以看到有不少饭店以"苏州"或"上海"标明它的特性，有一家"综合性"的菜馆门前广告牌上还大书特书"扬州美肴"。一家点心店是清一色的"上海跑堂"，专卖"挂粉汤团""绉纱馄饨"，以及"重糖猪油年糕"。而在重庆屡见之"乐露春"，则在贵阳也赫然存在。人们是喜欢家乡风味的，江南的理发匠、厨子、裁缝，居然"远征"到西南的一角，这和工业内迁之寥寥相比起来，应作如何感想？

"盐"的问题，在贵阳似乎日渐在增加重量。运输公司既自重庆专开了不少的盐车，公路上亦常见各式的人力小车满装食盐，成群结队而过。穿蓝布长衫的老百姓肩上一扁担，扁担两端各放黝黑的石块似的东西，用麻布包好，或仅用绳扎住；这石块似的东西也是盐。这样的贩运者也绵延于川黔路上。贵阳有"食盐官销处"，购者成市；官价每市斤在两天之内由一元四涨至一元八角七分。然而这还是官价，换言之，即较市价为平。

贵阳市上常见有苗民和彝民。多褶裙、赤脚、打裹腿的他们，和旗袍、高跟鞋出现在一条马路上，便叫人想起中国问题之复杂与广深。所谓"雄精器皿"又是贵阳市上一特点。"雄精"者，原形雄黄而已；雕作佛像以及花卉、鱼鸟、如意等形，其实并无作器皿者。店面都十分简陋，但仿单上却说得惊人："查雄精一物，本为吾黔特产矿质，世界各国及各行省，皆未有此发现，其名贵自不待言；据本草所载，若随身久带，能轻身避邪，安胎保产，女转男胎，其他预防瘴气，扑杀毒蛇毒虫，尤为能事"云云。

所谓"铜像台"就是周西成的铜像，在贵阳市中心，算是城中最热闹，也最"气概轩昂"的所在。据说贵州之有汽车，周西成实开纪元；当时周"经营"全省马路，以省城为起点，故购得汽车后，由大帮民夫翻山爬岭抬到贵阳，然后放它在路上走，这恐怕也是中国"兴行汽车史"上一段笑话罢。

铜像台四周的街道显然吃过炸弹，至今犹见断垣败壁。

（原载《见闻杂记》，1943 年 4 月出版）

第三辑　生活之一页

房东太太

炮声才响了两天，房东太太的态度就有了变化。

十日傍晚，那位"二太太"对我们说：日本兵已经到了弥敦道，马上就会过海来，这边马上要扯白旗了；九龙方面杀了许多抗日分子。"二太太"的话很不好懂，但在这样简单的"事实"报导中，所有其他懂不很准的语句，由于她的表情，更由于昨天发生的小插曲，立刻让我们意会到了：她在恐吓我们，在暗示我们赶快搬走，免得连累了他们这一家"高等华人"！

"二太太"这些"消息"，据说是银行方面来的；"二太太"的丈夫本来是香港某大银行广州分行的经理，日本人进了广州以后，这个分行收歇了，这才回到香港"息影家园"，同时还挂着个头衔：广州分行清理专员。据说在德辅道该行总行的大厦内还有一间小房，是作为他办公用的。凭这一切，"二太太"自有理由要我们无条件地相信她所说的这些"消息"，而且自然更有理由自信她这一家丝毫没有"抗日"嫌疑，日本人一定不会难为他们，因而也就后悔不该有我们这几个房客。

也许"二太太"最为痛心的，是在昨天方始"发见"了我们这几个人的"危险性"。谁要说这位"二太太"不够精明，那就太不公平；然而，到底是五十左右的"二太太"了，有些事情就超过了她考虑的范围。九个月前，当S大姐看定了这家的"余屋"，而且和我们（我和C君）合伙租下来的时候，"二太太"大概考虑到一些都市里常有的"意外"，所以说要"铺保"；但在我们说"铺保"有的是，你们要什么有什么，而且和"二太太"的先生当面谈了我们是做什么的（我们坦白告诉他，我们是以著作为职业的），先生也觉得我们不是"歹徒"，也就放心了。可是，"写书的人"也藏有"危险性"，却非"二太太"

梦想得到，所以昨天发生的小插曲，在"二太太"一定有不幸而又幸焉的感觉。

昨天，房东的一个女亲戚"避难"来了；天晓得这位二十多岁的女人是干什么的，但她不但能讲上海话，且有一双"内行"的眼睛。她一来，就看出了我们这班"写书"的人是抗日分子，立刻就怂恿"二太太"偷偷地检查了我们搁在女仆房内（那在地下的一层）的一只装满了旧信件和底稿的藤包。这一切，我们都不知道。到了下午二时顷，一个炸弹掉在山下附近，震破了房东的玻璃天棚，声音大得可怕，当时大家不明就理，都躲到那地下的一层去，于是在破烂的旧家具之间，我们第一次看见房东的这位新来"避难"的女亲戚。这位时髦的年青女人打起上海白和我们攀一谈；她夸张了东洋兵的厉害，说香港旦夕不保，又说东洋人如何"有理性"，从不难为和平的老百姓；可突然，话头一转，问我们道："你们认识郁达夫先生么？他在哪里？"

我们觉得没有把真情告诉她的必要。然而她自说曾经和达夫相识，又说见过鲁迅。我们听了也不追询。我们觉得追询也是多余的。然而我们也预感到这房子里的事不很简单了。

因为有过这小小的插曲，当"二太太"十分"好意"地把她得自银行方面的"严重"消息郑重其事告诉我们的时候，我们自然能够"意会"到她的弦外之音是什么了。她总算没有正式下逐客令。这是她看在三十六小时前我们刚预付了一个月房租的面子。而且我们也不能不赞美她的"厚道"，因为她到底只求免于"连累"而已，还投想到将我们出卖。

于是我们不得不马上找个地方来住了。在这时候找房子，原不是容易的事，何况我们更有一层困难，即同住的C君早几天害了痢疾，到九龙就医，此时尚无音讯。原住九龙的朋友们大多数搬到香港来了，可是他们都不明白C君的下落。我们即使找到了新的住处，也不能不等待C君回来再搬走。我们把这理由告诉了"二太太"让她安心，同时我们也便整理行装。这当儿，我们发见我们那搁在女仆房内装满了旧信札和底稿的藤包已经空空如也了。

"二太太取去，统统烧掉了！"女仆这样回答我们的质询。

当然，这一些捞什子，除了付之一炬，恐亦别无善法；但竟劳"二太太"费神，且不通知我们一声，我们听了唯有苦笑。

但是，苦笑尤胜于哭不得笑不得。我们刚回到自己房里，"二太太"就光降了，咕咕刮刮说了半天，我们明白个大意：她要知道C君在哪里，而C君房中（这又是《世界知识》的编辑室）的两书架中西书籍又将如何处置？"这个，我们自会办理，请您不必操心。"——我们直截了当回答她，然而她不满意，转身出去，立即带了个"翻译"又进来了。这"翻译"便是那"避难"来的女亲戚。据这位"翻译"说：外边风声很紧，日本人随时可以冲到这一带来，那时候，C君这些抗日书籍便会害人，所以"二太太"要我们立刻想法消灭这些"祸根"。我们对她们解释：不要紧，日本人不会来得这样快，而且即使日本人来了，C君的中西书籍只有极少几本可称为"抗日"，大部分都是普通的国际问题参考书。可是"二太太"无论如何不肯相信。"翻释"又说：那么多的书，烧也不好烧，那会引起人家的注意；所以非要我们立刻把这些书籍搬出她的屋子不可。

"搬出去擲在海里就得了。"——"翻译"轻描淡写说。

房东太太这一手，真叫我们啼笑两难了。我们怎么可以不得C君的同意就搬动他的书籍，而且搬又搬到何处去？难道当真擲在海里么？

费了无数口舌——恳求和解释，"二太太"居然发了"善心"，不再坚持原来的主张，但有一条件：我们如果要搬家，必须先告诉她。这是什么意思呢，从希望我们快走转变为不愿意我们走了！"二太太"还不是那样有心机的人，然则又是那位女亲戚在幕后划策罢？我们也没有工夫去猜想，当前的第一要务是找到C君。这一天敌人从九龙打来的炮弹都落在皇后道东端，而从我们的住所（在半山，坚尼地道）到中环去，必得经过这危险的落弹区域；可是我们仍然出去了。没有找到C君，但幸而遇见了招呼C君的某青年，知道C君业已平安过海来了，病却没有好；但不幸的却是我们不能在戒严时间以前赶回自己的住所，只好在朋友们刚刚找得的一个新住所过了一夜。

　　朋友们警告我们；旧住所不能再呆下去了，不但因为敌人的第五纵队已在到处活动，而且房东的女亲戚也颇可怀疑。朋友们的关心很铭感，但是我们不能不回去。C君的书籍得设法安排，而我们自己的衣物也不能不取点出来应用。

　　谁知道这一回去，几乎惹出事来。

房东先生

　　我以为应当约略介绍一下我们的房东先生。对于这位可怜的老人，我的印象始终不太坏。说他"可怜"，当然是我的看法，但老人自己恐怕也有这样的感觉罢。

　　第一次和他见面时，就是我们租定了他的房子那一天。看相不过六十来岁，健谈，腰杆笔直，走路毫无龙钟之态，脸色也还红润；但实际上他有七十多岁了。年青时在美国住过十多年——我猜想他也许还是生长在美国的，而今七十多岁了，他挣得了一份不大不小的家产，这住房是自己的，虽不怎样大，却还精致，附有小小花园，而在香港仔附近他还有一所较大的洋房，租给洋人居住。家里人不多，除了那位"二太太"，就只有一位大太太，也是七十多岁了，人很和善，看相比她丈夫老得多，以至我们最初误以为是这家的老太太。据说有一子，到美国去了几年了，不久可以回来。谈起这位少爷时，老人很谦虚地说：年青人谈不上什么本事，回国后也不一定能找得职业，——摇着头慨叹地加一句："现在做事也不容易呵！"这位少爷是学经济的。

　　房东先生住在楼上，不大出门，交游似乎也不多。一星期内有这么两三次他衣冠楚楚地出门去了，那是到银行去办理他分行经理任内的清理事务。从门口到马路约有里把路，要下一个坡，这当然是很整齐的石级，但最高的一段相当陡，房东先生每次回家来走完那石级到得自家门首便很累了。女仆听得电铃响去拉开了铁栅门，房东先生一进来似乎连再走十来步到他那布置得很体面的客厅去的力气也没有了，一屁股便坐在铁栅门口那张平常是男女仆人们坐的藤椅内，脱下草帽来当作扇子慢慢地扇着。在这样的场合，他看见了我们，每每打个招呼，寂寞地一笑，便用英文说："啊，好么？天气不错。"却又自言自语道："嗯，累啊，老了，不中用了！"我们的粤语简直不成，房东先生的国语也不高明，因此他选择了英语和我们谈天。他喜欢谈谈战争和国家大事。对于广州沦陷的惨痛，他印象很深。他以"说不得"三字表示了他的愤慨。但他相信日本人终必失败，因为——"现在他们是和中国人交手，将来他们可就要和美国人交手了！"使我们感觉意外的，置业在香港的他却不大提到英国人。

"将来少爷回国时就在香港做事罢？"有一次谈到他的少爷时，我们这样问他。

"不！"他摇了摇头正色回答，"年青人应当到内地去。香港这地方不好。"

而他这话确是真心话。苏德战争爆发后不久，他的少爷回家了。初回来时，我们简直不觉得。他的房间就在我们那间房的楼上，可是一点声息也没有，就同从前空关着一样。等到我们知道有他，而且看见他时，他已经决定要到韶关广东省银行去做事了。这位少爷似乎也没有什么嗜好，除了跳舞；而这，房东先生大概是不喜欢的，因为每次少爷去跳舞了，"二太太"一定要派一个女仆守在大门口等候他，为的恐怕电铃的声音会惊醒了楼上的老父亲啊。这位少爷就是"二太太"生的。

房东先生自奉颇为俭省。我们初住进去时，看见"二太太"饲养的大批小鸡，以为他们留以自用的。后来才知道不然。"二太太"把小鸡喂大了要出卖。这是"二太太"的生产事业。不幸技术不精，鸡群发生了传染病，这才把将病未病的拳头大的五六只宰来自家吃了。但当他们的少爷回来而又去曲江以后，我们却看见每天中午有一个"英京酒家"的侍者提了菜盒送菜来。我们的女仆报告我们说，这是房东先生吃的，房东先生病了，医生说要吃得好些，家里自备不及零叫经济，"二太太"想出了这一个办法。一个月后，房东先生进医院了，那时我们才知道他的病是膀胱积石，并且据说六七年前生过这同样的病，动过手术，取出了积石，现在是第二次又生了积石，而且已有半年之久，最近实在疼得难熬，只好再开第二次的刀。

房东先生住医院的时候，留守在家里的，就只有七十多岁的大太太了。这位和善的老妇人每天早晨念佛烧香，等候那从医院里探视了回来的女仆，悄悄地问长问短。在这些日子里，做房客的我们开始深深感到这位房东先生的身世委实凄凉，同时也回想到他既病而未进医院的时候还能那么镇静自在，把唯一的儿子远送去了曲江——这又不能不使我们钦佩这位老头儿性格的坚强。

打听房东先生的病况，于是也成了我们每日的功课。据说手术经过尚称良好。然而到底有了年纪，复原需要相当时间。大太太告诉我们：可以回家过中秋。但是直到重九既过，房东先生方才出院，带回来两颗鸡卵大小的积石。骤见了这两枚总有六七两重的东西，我们感到毛骨悚然。然而房东先生的面色却使我们安心。除了稍稍瘦些，他还跟从前一样。他自说还有点儿烧，"可是，医院费太贵，还是回家来养罢。"

这天以后，房东先生就没有再下楼。"二太太"也时常打电话找医生。又过了些时，白衣的看护妇也出现在客厅里了。房东先生的创口始终不能缝合，且在溃脓，不得不再行手术了。

这样好一阵，坏一阵，房东先生的病一直拖到了太平洋战争爆发。据说他怕炮声，又怕住在楼上，可又不敢把他移动，移动了恐防创口又出岔。然而自从掉在山下的炸弹震破了玻璃天棚，而且使合家（甚至连我们）吃一大惊以后，他们终于冒险将房东先生移到了楼下。

C君的书籍下落如此

这样说来，如果把"二太太"之倾注全神于免受我们的连累，解释成为维护她病中的丈夫，原亦有几分可通。不过，当我们决定不再连累他们受惊而回去拿点应用衣物的时候，我们实在做梦也想不到险一些出了事。

那是上午，炮声时作时辍。沚一人到旧寓取物——主要是米、炭及罐头等，这都是战争爆发那天一清早去"抢购"了来的，足敷三四人一个月之用。沚走后不久，我和Y君估量到那位"二太太"之难缠，便由Y君作为"接应部队"也跟踪出发。幸而有此一着。Y君到得我们旧寓时，铁栅门不但上了锁，且有人守卫，沚正被"二太太"、那位女亲戚，以及女仆二人所包围，狼狈不堪。Y君交涉了半天，"二太太"这才下命令开门放他进去。原来事情是这样：沚一到后，所谓"二太太"者就吵着要沚先搬走C君的两书架书籍，但沚根本不知道这些书应当搬到何处去，当然不能答应。她向她们解释，马上就有另外人来搬书（这原是预定的步骤）。而且我们既已预付了一月房租，还是要来住的。（这也是我们商量过的，九龙来的朋友们找不到住所的，就打算在此暂住。）可是"二太太"非常固执，任何解释她都付之不理，并且下令锁了大门，派人守卫，似乎怕沚乘间溜走。Y君到的正是时候，他立刻和沚商定，二人分工，Y君找挑夫来搬书（这本来不是他的任务），而沚则搬米炭等物。"二太太"也者，没有理由再作梗了；但尚坚持非待Y君把书籍全部搬走半小时之后，沚不能走。"二太太"的用心就有这样"深刻"！

当然一切遵命照办。Y君用重价雇了三名挑夫，把C君的书籍扫数搬走了；"二太太"还派人侦察，确是下山向中环方面去了，这才似乎放心一点。这时候，沚已理好应取各物，跟自己的女仆算清工钱，又将一些不带走的东西都给了她，正待去雇挑夫，可是"二太太"又提出办法：挑夫由她去找。好罢，那就由她去找罢。挑夫来了，"二太太"先引他们到一边咕咕叽叽了半天，然后交给沚。这一切，沚都看在眼里，心中也就想好了办法，脸上却不动声色。离我们旧寓不远的一所大厦内，朋友K君住着，可是他也为了预防万一，昨天就搬出去了，现在这屋内住些什么人，沚根本不知道，但她毅然决然带着两个挑夫和两挑东西直奔那里去了。爬上第四层时，见K君旧寓大门开着，门内人声嘈杂，全是上海口音，箱笼什物到处摆满，沚不问三七二十一，叫挑夫把东西挑进了大门放下，就付挑力。挑夫"满意"而去。沚正想略息一会然后另找挑夫，可就有人问她是住哪一间房的。显然，这一个屋子已经由人分租去了，沚乃故作惊讶，谓找错了门牌，并请其人代为照顾她的东西，翻身下楼再找了挑夫，平安到达新居。

"二太太"的态度，在四十八小时内就有三变：最初是希望我们赶快走；其次是希望我们不走，以便万一有事，她不负责；而最后，既然还不是可以用强迫手段扣留我们的时候，不得不让我们走，而且C君的书籍亦已搬清，更无所借口，不得不让我们走了，她就用买嘱了挑夫的方法，要知道我们新居的地址。她一定给自己描写了这样一个可能的场面：日本人来了，查究那曾经做过她的房客的抗日分子的下落，她要是能够清清楚楚说出那两个抗日分子的隐匿地点，而且甚至亲自作了眼线，那么，日本人一定会嘉许她的忠顺，"秋毫无犯"，否则，那就……

可是真真对她不起，颇能机变的沚，把"二太太"的妙计根本破坏了！

至于Y君的"任务"却不能那么顺利完成。他带着三个挑夫是要到中环的一个书栈房去的。那个栈房现在就作为"抗日"书籍集中地，将来能保即保，否则丢开完蛋，可是，要到中环，便须经过"落弹地区"，Y君本人不怕危险，但是挑夫们却有难色。总算到达目的地，却又双门紧闭，原来不曾事前接洽，此时该处无人等候。挑夫却不肯再挑了，放下那忽忽忙忙随便用报纸包起来的大堆书籍，又多要了挑力，扬长而去。这时候，Y君真窘了，他不能久长守在那里，而移动也不可能。正没有办法，一群顽童和"烂仔"却把他包围起来了。他们扯破了报纸包皮，就大呼"都是抗日书呀!"不由分说，乱翻起来。Y君纵有三头六臂，也招架不来，转眼之间，包纸全破，书散了一地。顽童们呼啸着拣有图画的书，"烂仔"们则拣大本的，而且他们的同类闻声而来，愈聚愈多，甚至戴着草帽的形迹可疑之辈也嗅着来了。Y君估量已无办法，且有发生意外的可能，只好一走了事。

C君的书——不，大部分是《世界知识》编辑部的书，其下落就是如此。

又一个房东太太

当九龙业已放弃，岛上那些海防大炮正隆隆然隔海遥击的时候，我们进了新居。这是一家"跳舞学校"，实即四等以下的跳舞场，因战事而歇业了的。我们都睡在地上。第二夜起，就热闹了，除了我们自己的朋友，"老板娘"又招来了一男一女——虽然原来说定是我们包租下那统间的。

我们都睡在地上，一共有八位。海防大炮的吼声在第二晚就不大听得见了，这使我们感到寂寞。但到明白了那一晚上海防大炮的轰击不是为了阻止敌人前进，而是破坏九龙仓库——那都是装满了军火和粮食的，我们除寂寞之外，又有点惘然了。但是不久，大概是第三天罢，九龙打来的炮声却又破除了我们的寂寞。

我们这一群——八位，自己弄饭。"骑楼"是我们的厨房和食堂。米，油，我们有；炭，也有；香肠，咸鱼，也有。罐头牛肉，有而不多。红茶，罐头牛奶，饼干，足够两个人用一个月。于是我们的菜单就定出来了：早晨，红茶牛奶，饼干面包；中午晚上都吃饭。Y君还能到中环去买得了"官价"的黄油和鲜牛肉。

房东太太似乎全无准备，舞场既已歇业，她的活动范围好像也缩小到只剩我们几个人了，于是每天她唠叨的无非是物价贵，不但贵了且又买不到手。她干脆不举炊。我们送她一些香肠和咸鱼，她的回报是介绍我们走后门买面包——从前她的舞场还在营业的时候曾经是那家点心铺的老买主，因有此一段旧交情，她现在还享有优待，面包买得到手。

从各种方面看来，我们这位新房东太太和那位住在半山、有自己的房子、俨然是"高等华人"的"二太太"，实在无法比拟。

第一次看见这位"老板娘"是在晚上。为了灯火管制，那曾经是舞厅的统间内只在靠近大门口有一盏小小的罩着蓝布的壁灯，梦幻似的发着微光。和这统间相连而小得像一口棺材的，是"老板娘"的卧室，开着电灯特别亮，有一个三十多岁的男子挤在这"棺材"里和"老板娘"谈话。这汉子穿一身青布的工人服，可是袖口和裤管口都露出了里边很讲究的洋服，头发梳得光亮，手腕有上等的游泳表。和这壮健而高大的男子一比，那"老板娘"就好像是一具干瘪僵尸，当时我觉得她至少有五十岁了。"老板娘"和那汉子似乎在根究一个人的下落，只听得那汉子屡次说"这样大一个人丢不了"，而老板娘则悲哀地幽幽地答道："可是歹人太多呵，太多呵！"他们并不避开我们，他们自顾自谈着，并且时时转脸朝我们看，似乎把我们也当作自己人，可以分担他们的烦恼。

为了某种原因的矜持，亦为了不明底细，更为了粤语的不高明，我们很抱歉，竟无一言为他们分忧。虽然我们已经看得明白，这位"老板娘"的生活外表即使不及那"二太太"的"高贵"，可是她的心实在比"二太太"的不知要纯洁了多少！

第二天，清早，他们所挂念的那个"失踪"的人回来了。一见之下，我们猛吃一惊；原来是一位十六七岁的少女，穿了防护团的制服，带着臂章，钢盔拿在手里，烫过的长发纷披两肩，模样儿并不如何标致，可实在憨态可掬。据说她是"老板娘"的妹妹。那"棺材"似的小房内立刻充满了惊喜的呼唤，继之又是热烈的争论，故事中的几个重要关键渐渐也被我们摸清楚了。这位"妹妹"昨晚值勤，本当在零时下班，可是不知为什么，半路被阻，不能回家；但这样的虚惊，还不是争论的中心，问题是在今后要不要再干这颇有可能发生危险的防护团勾当？"老板娘"主张不干了，可是她那位"顾问"——昨晚守候在这里为"老板娘"分担惊恐的那汉子，却提醒她道：你要半途不干，就得照章认罚。据说这是官家所定的章程，市民投效防护团，月给津贴二十元港币，但若半途离职，就得加倍受罚。"老板娘"被这"罚"字难住了，她只好叹气，唠唠叨叨地后悔当初不该为了二十元的收入把"妹妹"去报名。"妹妹"自己倒并不着急，她说她和同伴们商量过了，要是日本仔忽然冲过海来，她们把钢盔一丢，制服一脱，就没事了；她撩起制服裙子，露出里面的卷起了下摆的旗袍，娇憨地叫道；"这不是么？早已准备好了！大家都这样打扮的呵！"于是当真把钢盔一撩，跑到屋角开了留声机，就跳起舞来了。

从他们杂乱的谈话中，我们又知道那位"顾问"的真正身份。他是九龙那边一家汽车行的小开，从前常来这里跳舞，当然，是一位好事之徒。昨晚来看望"老板娘"，得知"妹妹"失踪，他就自告奋勇，不知怎样借到一辆小包车，亲自驾驶找了半夜，末后又在那"棺材"似的小房门外通风的地上睡了一觉。这一位"顾问"倘和"二太太"那位女顾问一比，请你下一断语罢。

"棺材"似的小房内只有一只床。当那受了半夜虚惊的"妹妹"进去睡觉时，便有一位细腰削肩、风姿绰约的女人走出来了。乍一见面，我们真不敢断定她就是"老板娘"。化妆术不能发生那样的神效。要不是她心里的一块石真正落下了，哪里能够这样容光焕发？现在我们觉得她当真不过三十岁了。

生活环境使得这"老板娘"也有她这一流人所常有的习气，尤其在言谈动作上。骤然回复到"常态"的她，这些习气也似乎分外强烈，叫人立即感觉到。和昨晚那个忧愁焦急、老了二十多岁的她一比较，分明是两个人；可是我实在不相信她这习惯成自然的"常态"更能说明她的本相。人有两种。一种是习惯成自然地"高贵"而"庄严"，但在切身利害关头却露出了卑鄙自私的本相；又一种相反，卑琐和轻佻倒是习惯成的自然，而在切身利害关头却反显出他的高尚纯洁来了，这，当然是他的本相。这位"老板娘"属于后一类，而那位"二太太"则是属于前一类的。

我这一推论，在当时原也近于轻率；可是后来从一个不相干的人口里听到了"老板娘"还没成为"老板娘"的时候曾经是怎样生活的，便也觉得并非臆断了。据说这位"老板娘"本来也做过人家的"二太太"，而且那位"老爷"的身份比我们的旧房东太太的先生要高了不少；正因为高了不少，这位曾为"二太太"者便落得现在的下场。"她自己没有福气呵，——"叙述"老板娘"身世的那个不相干的人这样下了结论。这一故事极平凡，几乎每一个小小跳舞场的"老板娘"都曾经如此这般过来的罢？可是我却在假想：要是坚尼地道那漂亮洋房中的"二太太"也遇到如此这般的"自己没有福气"，不知要变成怎样一副嘴脸呢？至少对于我们这群"难民"——我们八个，在勒索之后还要猜疑罢？

我觉得这一个曾为四等跳舞场的统间实在比那坚尼地道的漂亮洋房要安全得多——虽然那边是"门禁森严"，决无"闲杂人等"可以进去，而这里却是每天每小时都有九流三教的男男女女川流不息地进出的。

时间怎样消磨？

我们住的是第三层，面临一条热闹的马路。在平时，这条马路是"咸水妹"的出没之区，当第一批加拿大兵为了保护香港而出现在岛上的时候，这里的"咸水妹"们曾经庆贺自己的好运。七八月间，每当路灯放光，晚风渐有凉意之际，街头巷角便有三五靓妆的少女连臂伫立，攫捕那每一个走近她们的"阵地"的男子。可是，自从加拿大兵来了，这班"神女"便放松了平常的过路人，而改取"运动战术"，往往是两个三个一队，四出兜捕那些有钱而又有闲的"保卫者"了。据说曾有一时的繁荣。但现在，战神代替了爱神，主宰着这一条街。日本人的大炮弹每天照例有三次要集中落在这一个区域。早上九时至十二时，这是第一次；午后大约二时至五时便是第二次；第三次就在晚上八时以后，往往延长到半夜。

我们把这炮击停歇的时间称为"放饭"。我们想不出日本炮兵为什么排定了这样刻板的功课，但他们既然爱这么办，我们也只好适应它。我们这一群——八个，生活习惯本来多少有点不同，现在却被纳入同一的轨道了。早上天一亮就起身，第一件大事是生起炭炉来烧开水；水是昨晚上积蓄下来的。开战以后，自来水就不正常，幸而我们人多，可以轮班侦伺，一见有水，就动员了所有的大小器皿，预为积蓄。早餐是红茶牛奶面包，"骑楼"上有"老板娘"的一张圆桌子，我们当然借用，团团坐定，不慌不忙吃着喝着，大有"战时如平时"的味儿。等到我们吃完，而且把杯盘也洗好，炮声也就来了，于是我们回进厅内，躲在棉被"工事"之后。这当儿，住在第四层的人家就到我们这"统间"来避弹。可不是，他们头上只有一层水泥，而我们头上到底是有两层的。"统间"内骤然热闹，有一搭没一搭的闲谈也就开始。这样过了二三小时，炮声渐稀，我们就知道是"放饭"的时间又到了，便全体动员，不失良机。我们的午饭可不像早餐那样"如平时"了，首先因为菜不好，也不多，其次因为不能从容；日本炮兵即使也睡中觉，大概不耐太久。您想，总共两小时，又要烧，又要吃，又要收拾洗涤，这不会是很从容自在的。至于晚饭，那更惨了——时间更局促。我们不能不在天黑以前办完这一天的最后一课（请您记得，因为灯光管制，连那"统间"内也只有一盏鬼火似的蒙着蓝布的小电灯，更不用说"骑楼"了），而炮声停止和天黑之间最多不过一小时。

除了"放饭"时间的紧张，二十四小时中，我们都还悠闲。看报是一种消遣。但买报却不容易。每天清早，有报童在"骑楼"下一边喊卖，一边快跑，住在三楼的我们每每刚听到声音便已不见人影儿了，因此，唯有很早就下去守候之一法。为了买报，Y君就曾错过了"放饭"的时间。后来，他就索性到中环去买，顺便也去"挤"购某公司的官价黄油和鲜牛肉。他是我们八个人中间唯一的经常出去"逛街"的一人。第二个便是"北京人"了。他曾在《北京人》中演过"北京人"这一角，可想而知是个彪形大汉。我们派他做"采办"，自以为很得人，不料结果不佳；"北京人"原来不善于和商人打交道。

这时香港的"华字报"天天都有中国大军如何向九龙急进的消息，也有"东江游击队"如何如何的报导。甚至还有苏联已向日本宣战的"传闻"。天天听得炮声，而且每天的炮声又都是九龙那边来的，而且又明明看见过长列的汽车载着加拿大兵狼狈退却的我们，对于这一切令人兴奋的消息自然不能不有所保留，可是仍然想看，并且看过后也会在假定其可能的基础上大发其议论。这也是消磨时间之一法。从四楼下来"避弹"的人们也往往加入我们这一伙谈论战局。其中有一位任职太古洋行的宁波人和我们混得最熟。这位"阿拉同乡"自说是太古洋行的高级职员，这大概不是瞎吹，我们"参观"过他的"家"，地方虽小，陈设虽俗，但处处流露出这位主人手头很有几文，生活在一般水平以上。据他说，太古洋行有所谓"机械部"，他就在这一部份工作，换言之，也就是所谓"专门技术人员"了；他家里的床、书桌等等，都是自己打样定制的，利用空间，确也相当新鲜精致。对于战争，最初他十分乐观，后来也就"抱怨"加拿大兵吃惯用惯，不肯卖力，并且认为抵抗是徒然的了。

此人年纪还轻，至多二十六；大概正因为他年轻，对于未来的生活颇多幻想。每当炮声停止的时候，他喜欢谈到未来的生活计划；他认为香港迟早要陷落，而陷落以后香港便是死港。"等着交通恢复"，他兴奋地说，"我便回上海。将来在上海还可以做生意，香港这回是完了!"可也奇怪，这种意见，相当普遍；香港陷落后十多天内，我们住过两家旅馆，这两个旅馆内的粤籍茶房也同样悲观，而且也觉得"出路"唯有上海了。我们还在一位任职大北电报公司的"上海人"家里做过几天房客，这位"上海人"恐怕是我们所遇到的唯一的"乐观者"；他相信他还可以"照旧"工作，"照常"生活，理由是"日本人包办不了那么多，不找中国人还找英国人么?"而况反正是在外国人手下办事，欧洲人或是日本人，还不是一样？

"鸵鸟"们的恐慌

　　报上正式承认日本兵已经"出现"在黄泥涌峡道上，那天的晚上，我们这临时寓所内，人心最为恐慌。这一天，日本人的"放饭时间"特别短促，中饭和晚饭我们都用了"突击"精神这才勉强煮好吃完，不受打扰。整个下午炮声不曾停过。我们枯坐室内静听炮弹飞过屋顶的尖厉的啸声。炮击最猛烈的时候，啸声成为一片，而远处的炮弹爆炸声也像连串的春雷，窗上的玻璃也震得乱响。四楼来的避弹客这时觉得我们这"统间"也不是安全之地，就纷纷奔逃——那位"阿拉同乡"也在内，他和他的夫人"押"着一口小皮箱，和一名女仆，女仆背着小少爷。他们逃出门外，就挤在三楼与二楼之间的楼梯上。不知根据何种理由，早就有人认为楼梯是理想的避弹区域，甚至报上也有过这样的"指示"。可惜我们这临时寓所的楼梯太不高明，又窄又脏，而又曲折特多，容人之量既小，当然也不会给人舒服；然而自从炮声频繁以来，这样一个地方也是经常的高朋满"座"。"阿拉同乡"曾经发表过意见，以为倘若计算我们头顶上所有的"永泥物的层数"，则三楼与二三楼之间的楼梯其实相等，不过，"楼梯上那两层的水泥物既系倾斜形"，自属"有效更多"。根据了这一理论，"阿拉同乡"欣然牺牲了舒适，毅然决然蜷伏在这汗臭熏人的"理想区域"，至于三四小时而无怨声，而无倦容。

　　我们实在懒于赶热闹，"阿拉同乡"的"理论"也不能说服我们；当"统间"内空空洞洞只剩下"老板娘"的阿妈趁机会利用坐椅作为眠床自寻好梦的时候，我们就把满地的垃圾扫除一下，把各人的地铺摆得整齐些——然后，拥衾默数炮声。空房人静，炮声更加震耳。有几颗炮弹大概落在附近的街上，爆炸的声音直穿骑楼而来，委实使人不能不心跳。在这些时候，我恍然于"楼梯是理想的避弹区域"这一论据的真价值了。楼梯上地窄人多，如闷伏瓮中，大概不会听到这样惨厉的爆炸声罢？（后来，经"阿拉同乡"证明，确实听不到。）耳不闻，心不乱，这确实是很"理想"的妙法。记得战争爆发以前，有一位经过香港的西方记者曾写过一篇文章，说香港人在学鸵鸟；真不料现在炮火到了跟前，这鸵鸟作风反而"合理化"了！

那天下午三时左右，接连出了两件事，可就骇坏了"鸵鸟们"了。第一件事，有一颗小炮弹落在街心，爆炸的结果，弹片伤了躲在骑楼下的人们，甚至坐在最下一级楼梯上的人也自以为中了弹片，一声惊喊，奋勇挤向上边，以求"出路"。这一下，楼梯上秩序大乱，仿佛那些炮弹会转弯爬上楼来，所有的避弹客全逃进各人的私室，慌忙把门关上。独自在寻好梦的"老板娘"的阿妈一骨碌翻身跳了起来，直着脖子就嚷"日本仔来了！"从上午就在二楼某"字号"内作雀战的"老板娘"也奔回来，连问"抢了哪家？"原来沉酣于雀战的"老板娘"这一伙不知怎地以为那一阵的纷乱是出了盗案。这班人真也"镇静"得可怕！

这一波过去不久，"阿拉同乡"突然出现，宣称广生行被炮弹击中，发生了火警。我们不知道所谓"广生行"者，坐落何处，但看见"老板娘"一听这话就吓得脸色发青，估量着一定很近。等到"阿拉同乡"说明广生行就在"间壁"，我们也不禁一怔。那时炮声尚断续不绝，当然不会有消防队来救火，而且即使消防队来了，也没有自来水。"老板娘"一口断定早晚要延烧过来，"阿拉同乡"则谓最可虑者乃是天黑以后敌人以火光为目标放射大炮。这一虑太合理了，我们不能不研究一下当前的情况。我跑上屋顶平台去看，方才明白所谓"间壁"者实指我们所仅占一房的那整个大建筑是和"广生行"所在的另一大建筑同在街的一面，而且中间只隔了小小一方空地。延烧是不可能的。而如果日本炮手的技术还不太坏，那么，我们吃流弹的可能的百分比，也不会太高。

幸而"广生行"的火势也跟着天黑而衰下去了。这又是日本人照例的"放饭时间"，消防队也终于来了。居然也有水。不多一会儿，余火扑灭，黑沉沉的夜气中惟余浓香，这是广生行的大宗香水还在慢慢地蒸发。

"好"消息与坏消息

落在"广生行"那一枚炮弹恐怕也是流弹。日本炮手的目标并不是我们所在的这一条街。他们的目标是这一条街后面的一片高地，在屋顶平台上可以看得很明白。"情报"最多，但未必最确的"阿拉同乡"另有所见，他说那片高地还不是日本炮手的真正目标，真正目标是高地后面的山腰。据说：日本人进攻黄泥涌峡道不得手，就转锋向高处发展，而山腰的"高等华人"住宅区，就变成了战场。这一说可靠与否，只好留待"香港十八日战史"的专家们去下断语了，可是那时候我又想起了我们的旧房东及其精明的"二太太"。他们那华丽的住宅正在山腰，而且正是"阿拉同乡"言之凿凿的日本兵进攻地带。

我不假装慈悲，我那时确曾恶意地这样想过："二太太"也者，此时还想不想用告密抗日分子的方法以保全自己？如果她那漂亮的住宅躲过了炮弹却不能避免日本兵的侵占，不知她又何以自保？她那位女顾问还有什么妙计么？（后来有许多事实证明，凡是一心情愿做顺民，或者像"二太太"似的想用告密抗日分子的方法以图自保的"善男信女们"，在香港沦陷的最初几天内都一样地吃了亏；日本人在"战胜"的最初几天内只要求两件事：财物和性交。"善男信女们"赔着笑脸迎上去，在日本兵看来，只是送上口来的馒头罢了，根本不问你是来做顺民或甚至是来告密的。）

这时候，同在这"统间"的其他人们——包括四楼来的所有的避弹客，都在纷纷争辩另一件大事。这就是：他们（当然其中也包含了我们）是否已经"沦陷"在"敌后"了？这问题的"然"或"不然"的答复，对于他们似乎十二分重要。倘是"然"了呢，吃流弹的心事当然减轻了，但随时可能有日本兵闯进来的危险，以及来了怎样办的忧虑也跟着加重了；设或是"不然"呢，那么，这区域还得忍受"炮火的洗礼"，因而迫切的问题是逃呢不逃。有人主张迁地为佳，并且忠告"老板娘"趁早设法。可是"老板娘"这时又挂念她那还在"值勤"的"妹妹"，着急地想知道她的下落。天色已经黑了，而"妹妹"还没回来，这是最近几天来的又一次例外。

争论还没结果，"好"消息和坏消息却同时来了。

"妹妹"是和"阿拉同乡"一同出现的。护送"妹妹"来的正是多天以前"妹妹"第一次"失踪"时帮同寻找了半夜的那位年青人，九龙那边一家汽车行的小开，今天他的洋服外面并没罩上工人服，风度翩翩，宛然是上舞场来的姿态。"统间"内立刻形成了二个人堆。以"妹妹"为中心的人堆里，那个年青人慢条斯理地说：英国人扯白旗了。那口气就好像一个老练的医生宣告了久已绝望的病人终于咽了气了。听众们却都松了口气，没有谁寻根究底追问这"消息"的确实性，显然这是久在意料之中，而且在天天盼望着。可是，以"阿拉同乡"为中心的人堆里却弹出了相反的调子。"阿拉同乡"赌咒说：这建筑物的周围业已变为战场，前面相去一箭之远，即在十字路口，某酒家的门前，有巷战的工事，加拿大兵和印度兵在那里守卫，一队"鲁籍"警察全副武装，正布防在这建筑物右首的小巷内——甚至说，山顶炮台的海防大炮也已瞄准这一区域，日本仔要是不识相，英国人是决心来个玉石俱焚的。

"阿拉同乡"几乎是用了小贩们竞卖的调子在报告这些消息的，他的声音和语气刚刚和那个汽车行的小开相反，他指手划脚，好像他本人就是巷战中的一员。这就吸引了那另一堆人的注意，放开了"妹妹"向"阿拉同乡"包围拢来。于是他提高嗓子，把说过了的话再说一遍，比第一次更为激昂。他的话还没完，嘈杂的议论就将他的"报告"淹没。有人根据了"小开"带来的"好"消息向身边的任何人热心地解释，证明"阿拉同乡"的坏消息全是谣言；也有人就以"阿拉同乡"的报告做材料，开始研究"小开"所谓"英国人扯白旗了"的正确性；更有人急急忙忙返身再包围了"小开"和"妹妹"，寻究那"好消息"的来源。然而人人的基本愿望是一致的：唯恐那坏消息是真实的而"好消息"反倒是谣言。

留声机又开起来了，那位"小开"把所有的追询和争论都置之不理，独自在人缝中跳起舞来；他接连几个旋身，便转出门外去了。没有人在跳舞了，留声机还在响，"妹妹"走去关住。这时候，人们才发见"妹妹"身上穿的并非"防护团"的制服。这一件小事，却比任何说话都有力，敏感的人们都会意地笑了，相信"太平生活"当真又已回来。"统间"内的紧张，立时消失。"阿拉同乡"也松口气道："只要当真不打了，你们说我造谣我也是高兴的。"一言未毕，有一位中年的广东人（他也是四楼来的避弹客，当大家争论的时候始终不发一言），忽然摇手叫大家静些。"阿拉同乡"耳朵最尖，当大家都还莫明其妙的时候，他就叫道："听呀，这是什么声音？"他跳起身来，朝骑楼走去，但到了窗边即又缩身回来，慌慌张张说："这是机关枪的声音，近得很，就在骑楼下边！"这时候，大家都听到了，哧啦啦地，当真是从楼下来的。没有人敢出去探听，虽然大多数人总觉得这件事太意外。正在面面相觑、毫无办法的时候，哧啦啦的声音忽然没有了。有胆大的缩手缩脚走近骑楼，正待探头张望，猛可地"砰"的一声将他吓得直叫起来。屋内有几位却在笑了，骂那个老不作声的中年广东人是"冒失鬼"，扶起了被他带倒的椅子。"阿拉同乡"忽然也仰脸大笑，拍着手叫道："你们这批人都是傻子，哪里是什么机关枪开火呢，这是楼下那家'字号'里在打牌呀！"

　　既然知道不是那么一回事，人们都又高高兴兴了，并且例外地宽容，竟没有谁根究"阿拉同乡"为什么掉这枪花。

"巷战"——但也是"尾声"

　　但是"阿拉同乡"的"坏消息"终于被证实了。这已经是天黑以后,"放饭"既毕,炮声又隆隆然而来。最初,人们还能安坐室内,估量这些炮声的来源。人们"希望"这些炮声仍旧是从敌人阵地来的,因为缩短战争已成为人人一致的期望,而缩短战争的最大可能性则寄托在敌人的攻势之猛烈——这也是几乎人人一致认定的。炮声响了十多分钟,固然人们的"希望"渐成事实,哧啦啦的声音也来了,而且非常清晰。这回可真是机关枪在开火了!似乎我们所在的这一座大建筑物的周围都已发生巷战。一切都照"阿拉同乡"的报导在进行,只有山顶炮台的海防大炮还没开口。

　　将来的"香港十八日战史"的专家也许要把湾仔的"争夺战"描写得有声有色,而且要认为这是香港战役中唯一典型的市街战;可是,"躬逢其盛"的我们,亦不过听听炮声而已。我们想象中的场面,——例如防守者在三层四层的骑楼上或甚至屋顶平台上架设机关枪等等一类的事,竟都没有碰到。从晚上七八时起就有了的机关枪声始终是断断续续,不甚猛烈,而且好像是那边响过后这边才回响几下,君子风度洋洋乎盈耳。炮声可当真密。窗上的玻璃老在发抖。这就影响到人们。我们这"统间"内渐渐又只剩下我们三四个了。当然,楼梯的"理想区"一定又装得满满的。

　　有经验的耳朵大概能够从炮弹的啸声分辨出那是何种型式的炮罢,可是我们只觉得那还不是什么重炮,虽然炮弹的啸声已经够可怕了。和下午一样,这些炮弹都从我们头上飞过,奇怪的是,我们听不到它们开花爆炸。已到半夜,当然睡不着,也不愿挤奔那不可靠的楼梯安全区,只好躺在地铺上默数炮弹的啸声。这时"统间"内只剩下四个大人,一个小孩。Y君坐在靠近门口的板凳上,W女士和她的孩子躺在自家的地铺上，我和沚则把"忒伦克"①挡住了头部，也躺着。我那时这样想：要是有一个炮弹穿窗而入，那就无话可说，但这种"头奖"到底是可有而不一定有的，所能预防者，还是弹片，而弹片之类，我相信我那口"忒伦克"也还对付得了。据常情判断，我们这"统间"算得是安全之区；第一，它上面还有一层，炮弹掉在屋顶上未必竟能直穿而下；第二，骑楼就有丈多深，如果炮弹不能转弯抹角，那至多是打在骑楼上，我们所应防者就是弹片。Y君也觉得唯有弹片应防，所以他去坐在那离骑楼最远的大门口。可是我比他更彻底，干脆卧倒，而以忒伦克作为工事。W女士的铺位本来离骑楼相当远，而孩子又渴睡，非她陪着不可，她自己也相当胆大，就那么躺在那里，连"工事"也不构筑。

但是炮声之密，使得孩子也不能入睡。既不能睡，她就不肯安静地躺着，她要走来走去。于是W女士不得不带着她挤到那楼梯理想区。这一来，我们的"困守同盟"发生了裂缝，何况W女士临走时又招呼我们同去。我们不再坚持自己的理论了。不料刚摸出大门，就碰到了软软的一团，怒骂声亦随之而起。Y君手里有电筒，急忙打开一照，只见大门以外直到楼梯的第一弯，满满的全是人呢！我正在奇怪，怎么W女士和她的孩子就像一根针似的掉在人堆里不见了，禁止"开手电"的呼声已经从整个楼梯区轰将上来，比炮声还响些。这当儿，除了退回老地方，唯有将就在大门口蹲下去。然而大门口离我们的地铺亦不过四五尺远，真想不出理由一定要把这四五尺的距离看得那么了不起。

"统间"内只剩下我们两个。也不知道这时的炮声当真更响了呢，还是自己的心理作用，总感到危险是在一步一步加深。危险就是危险罢，实在懒得动。人在无可奈何的当儿，每每要拿出一件聊自解嘲的法宝，叫作：退一步想。我那时也拿出这法宝来。我想到最早就成了火线的英王道，那边就有我们的朋友没有逃出来；我又想到前两天报上称之为"激战地带"的黄泥涌峡道，那边也有我们的朋友，也没听说已经脱险。现在战火延烧到我们这一区域，显然已近尾声，单听那射击的拍子就会明白，如果计算受惊的时间，我们不是比英王道和黄泥涌峡道的朋友们少得多么？何苦而不知足，成为庸人自扰呢？——正这样想着，忽然眼前一亮，红光满室，我本能地跳了起来，"糟糕"二字还没喊出口，早已被一个几乎会震破耳膜的爆炸声钉住在那里了。但这不过一刹那。当我发觉我已在大门口，沚亦在我旁边了，完全不知道她是先我而来的呢，或是比我后些。这时硝药的气味也嗅到了，我们不问三七二十一跳出门外，也不知怎地居然挤在人堆里了。

事后回想，这一切都很可笑。但在当时，一切都很自然而合理。当我们确确实实感觉到我们是挤在楼梯理想区的人堆里了，同时也就听得女人和小孩子的哭声闹成一片。在我耳边，更有念佛的声音。这是女性的嗓子，一边念佛一边唤着她亲人的名字。这就是"阿拉同乡"的漂亮年青的夫人，教会女校出身，因而也是基督徒。昨天她在我们那"统间"里"避弹"的时候我看见她每听得一阵炮响便合十祷告一次，但此时她却拼命念着"阿弥陀"了。上帝宽恕她，我可以为她担保，她这叛教的举动，决非经过思考，而是俗语的"病急乱投医"而已。"阿拉同乡"毕竟可佩，他在这样昏黑慌乱中也能觉出挤在他旁边的是我，就问道："楼上炸得怎样了？"我一怔，随即忍不住自笑了。我笑我到底为什么要挤到这人堆里。可是我无从回答他这问句。我只说："我们还以为楼梯上挨了炮弹呢！"

弄明白两处全没挨炮弹以后，我们又回到"统间"内。这时炮声和机关枪声还没停止，我们只好抱了"相应不理"的态度，且商量明天的事。留下去呢或是搬走？搬又往哪里搬呢？就是这样很简单但并不轻便的问题。当时只作了弹性的结论：等到天亮后判明情况，可搬则搬；至于搬往何处，预定为中环。我们认为中环不会有巷战，敌人若逼近中环，香港的保卫者一定放下武器。而且我们有朋友住在中环，可以投奔他们去。计议既定，我们便收拾些要随身带走的东西，不多会儿，天也渐渐亮了。

和曙光同来的，是一些别人听了害怕而我们听了却觉得极其可贵的情报。一、昨夜的机关枪声确是"巷战"的实证，两军阵地即在前面交叉路口，某酒家门首；二、昨夜双方大概颇消耗了一些子弹，可是"阵地"没变动；三、我们所在的大建筑后身的小巷内，停放着英军的轻型坦克两三架，坦克手是印度人；四、昨夜那吓坏了大家的炮弹落在屋顶，穿一小孔，可巧是在"阿拉同乡"卧室的后房，"阿拉同乡"的损失只是几只杯子，这还是从桌上震落在地下时摔破的。我去看过那炮弹炸破的地方，周围找不到弹片，三四寸厚的钢骨水泥屋顶确是开了个小小天窗，但钢骨未断，仅被炸弯曲，挡住了炸松的大块水泥。天窗下面刚巧有一半桌，桌上的东西都没有损伤，——除了掉在地上的杯子。天花板上的石灰坍坏了不少，都落在那半桌上，但奇怪的是，半桌上的茶壶与热水瓶竟完好如故。这一些情报使我们决定搬离这家四等跳舞场。

我们等着"解严"时间的到来，等着日本人照例"放饭"。我们甚至决定，只要雇得到洋车，即使日本人破例不"放饭"我们也还是要搬走。总算顺利，洋车也雇到，而日本人也"放饭"了。我们八个人带着几口衣箱和铺盖，安然到了中环。离开这地方的时候，我们看见有一架轻坦克就停放在我们那房间的骑楼下，一个白种兵坐在上边，不论从容貌或者从服装，这个兵一点也看不出他是曾经巷战了一夜的。但他之曾在骑楼下过夜则无可怀疑，因为那坦克附近，在一家紧闭双扉的商店前，就有他睡过的军毯和吃空了的罐头。

①忒伦克：trunk，英语，即衣箱。

再 迁

我们的第一目的地是 T 君借住的某银号。也曾想到 T 君不会照旧住在那边，但万一之希望是他那间房仍然保留着。我们八个人中间只有 K 君常去那里，银号的伙计还能认识他。不幸他的车子走得最慢，我们先到的在铁栅门前守了好半天，这才望见了他。隔着铁栅门，他和银号中人交涉了半小时之久，把话说明白，方知 T 君果然早已搬走，但幸而 T 君的"朋友"还在，又幸而这位"朋友"起身迟了，还没出去。又等了半晌，直到那位"朋友"披着睡衣，趿着拖鞋出现了，"验明"我们确非歹徒，然后我们算是暂时有个落脚的地方。

我们被引上二楼，进了一间办公室模样的大房间。这里有沙发，有一切应用的家具，也有衣箱和铺盖，杂乱地堆在壁角。"朋友"指着沙发前的三尺之地说："晚上我就睡在这里。"原来 T 君那间房已经住进了别人，那位"朋友"现在是借住之借住，不过他又安慰我们："也还可以多挤两三位，慢慢地再想法子。"

但是我们一伙共有八个，安全不可分割，我们的问题最好得整个解决。于是就想起了第二目的地。这是德辅道的一家大旅社。住旅馆本非善策，花钱多犹在其次，最可虑者乃是可能碰到"第五纵队"。但那时也顾不了这多了，只愁开不到房间。我们八个中间唯一的"小姐"和 Y 君负责去办这件事。"小姐"有一个旧同事 C 君是那家大旅社的职员（又是那家大旅社的股东某的令弟），这一点办法他可能有。战争发生以后，曾有一时各旅馆奉"命"不得接受旅客，用意何在，不得而知，也许是防杜敌探间谍之类。但只要有熟人介绍，哪一家旅馆不是偷偷在"营业"的？这也是我们认为可以找到 C 君试一试的理由。

大约一小时以后，我们居然搬进那家大旅馆了。C 君很帮忙，给我们开了三间房，两小一大，其中一大一小是连号，面临德辅道，大房又是套间，利用骑楼的一间就是客厅。这比四等跳舞场的"统间"自然好多了。可是也有不如之处，没有水。这时的旅馆，除了房间和电灯，便什么都没有了，自来水也得客人自想办法，我们住在四等跳舞场的时候，曾经分班守住浴室内的水喉，只要有水便也有我们的一份儿；但现在，旅馆内的水喉是不许旅客们利用的（这一点，C君曾和我们说明），所以我们得走各种门路买水。第一天，旅馆的茶役还能为我们代买，一元港币一小桶，后来据说两元一桶也买不到了，我们只好也到街头去"抢水"。这是后事，暂且不提。

住的问题既已暂得解决，便想到食。我们还有米和木炭、花生油、罐头和炊具，都留在那家四等跳舞场内。而且我也还有那曾经用作"防御工事"的忒伦克以及另外一口衣箱也"寄放"在"阿拉同乡"的家里。这时候，早晨的"放饭"时间既已过去，中午的"放饭"时间还没来到，然而日本人破例地在休息，我们就赶快利用这神妙的"和平"的空隙。这是我们第二次"抢救物资"。去了三个人，其中仍旧有Y君，也有泩。顺利完成了任务以后，我们就在大房的客厅中摆起了风炉。我们计算现有的食粮，还可以支持半个月；我们觉得就这样住上半月的旅馆也还不错。这里应当补一句，开房间的时候，我们特地选定了都在二楼的房间，现在我们头顶上的钢骨水泥竟有四层之多，而且又是背向着九龙，炸弹和炮弹都不用怕了。我们很得意，深幸昨晚上有那个小炮弹掉在屋顶，倒把我们"轰"到好地方来了。那天下午，我们还商量到以后的日子作什么消遣，我就十分可惜被我扔在那四等跳舞场的世界书局版的《元曲选》，这是我从半山寓所带出来的唯一的书，也是我们八个人所有的唯一的一部书，但现在也完了。结果，我们向旅馆租了一付麻将牌。

晚上，旅馆里的C君得了个不能证实的消息，海军码头的英军和印军已经放下了武器。并且说，投降的谈判尚在继续。这使我们十分扫兴，怎么我们刚刚搬到可以"坚持日久"的地方，他们就要歇手了？

我们相信C君所得的消息仍然是谣言的一种，虽然整个下午的没有炮声以及晚上的例外平静都指明了要来的事终于是步步近了。不管怎的，开战以来第一次，我们在弹簧垫的床上睡了个好觉。

醒来的时候，天已大亮，但因窗上都糊了厚的草纸（管制灯光之故），尚以为仍在黑夜，开了灯看手表，始知已是七点。这时静得很，可是有清脆的木屐声从街上传来。这声音异样的熟悉而又有陌生之感。战争以前，每日清晨，住在靠街的楼上，总能听到这样的木屐声，这是广东阿妈上街来买菜。但现在，为什么又能听到这和平时期的声音呢？我正在沉吟，猛又听得吆喝的声音，木屐声立即消歇。睡在客厅的Y君也醒了，他轻声对我说："刚才那在下面马路上吆喝人的，好像说的是日本话呢！"我们都一怔。难道不知不觉中，香港就换了主人么？我们踅到骑楼外往下窥探，果然，正当我们这骑楼下边，站着一个兵，脸看不见，可是单看他的服装，特别是那顶军帽，就知道他是什么东西了。这件事来得太突然，我们像一个玩得正高兴的孩子被大人逼着去睡觉，一肚子的不痛快。

同时C君也来关照：静坐房中，少抛头露面。C君能说日本话，现在他负了对外交涉的重责，相当忙。我们觉得他的嘱咐相当有理，但"静坐"其实为难，不作无益之事，何以度此"长夜"如年，结果就打起牌来。

这天午后，知道一切都平安地"合理"地移交了。街上行人渐多，"皇军"的布告也张贴在各处了。可是困难的事情也一件一件跟着来了。百元大票不能使用，这就冻结了不少人的金钱，我们也受到影响。自来水简直断了，整个旅馆大起恐慌。到晚上，我们把剩余的水烧了一顿饭，天没大黑就睡觉——睡是抵抗饥渴的唯一妙法。第二天清早，嘈杂的人声将我们惊醒，起来一看，高兴得了不得，原来街上一个专备消防用的水喉被旋开了，许多人拿了各式各样的器皿在那里"抢水"。我们马上叫醒了同伴们，"当仁不让"地也加入了那行动的队伍。香港的"消防水喉"有一种是"埋伏"在路面之下，露头寸许，上盖以铁板，旋松了时，水如喷泉仰射，当此岛上各处都断了水的时候，不知怎的，这一种"消防水喉"还居然能出水。但因水是仰射出来的，普通器皿无法承受，因而"抬水"的人们费力多而得水少，嚷嚷然闹成一团。有人用洋铁桶罩在水头上，水沿桶边下注，别人便用漱口杯之类的小家伙争着承接，更有人则以小杯就水喉旁边低洼处一杯一杯舀起积在那里的水。我们不明情况，带了最大的家伙去，待到挤进了人堆，知道大家伙无用武之地，便赶快换小的；我们看见"抢水"的都是女人和小孩子（这是偶然呢，或是安排好的，恕我不敢妄断），便也请了"女同志"出马。但即使我们这样善于应变，成绩仍不见佳，幸而我们的"小姐"眼明手快，从一个孩子手上买到了一洋铁罐，估量有六七磅之多，代价二元。这"二元"可又几乎难住了我们，因为零票比大票为可贵。

一九四一的最后一天

水的问题占据了我们最大部分的时间与心力，约二天之久。

这二天中，我们见过日本人和汉奸合办的"宣传列车"吹吹打打在街上游行，车上还装着扩音机。也见过"欢迎皇军"的"市民"的行列，拿着小纸旗，零零落落喊着一些什么口号。更看见了汉奸们在对街的大同酒家大开其庆祝会，其中有一些浓妆艳抹的女人，大概是准备招待"皇军"的。不过除了街头站岗的"皇军"而外，还没有见一个日本兵。消息不断传来，说湾仔一带，十分混乱，日本兵和伪军"宣扬王道"，污辱了不少良家妇女。而最使我们惊心的谣传是：日军将于元旦举行战胜仪式，从元旦起，每个日本兵"放假"三天，准许自由行动。

二十八（也许是二十九）的上午，C君来通知我们，日军已来了命令，要征用这旅馆，他正设法避免，如果不成功，全部旅客就得搬走，嘱我们早为准备。可是他又答应我们，如果找不到地方住，只好作为旅馆的职员和职员的家属，混过一二天再说。他给了我们几套职员的制服，必要时就可以化妆起来。到了下午，知道征用是不可免了，但C君的外交手段也还高明，他居然保留了旅馆的一半，日军征用范围限于旅馆的后半部，从第二层到第五层。C君本来愿意让出最高的两层或三层的全部，但日本人不要，他们喜欢这么对劈的混合办法。这有什么用意，谁也猜不透。我们也管不了那么多，既然还可以住，而且连房间也不必掉换，我们就安然住下。麻烦是可能有的，我们也想好了应付的方法。

我们在大房间的客厅内摆开一桌麻将，认真高高兴兴玩起来。但为妥当起见，我们把"小姐"藏过，而K君也穿上旅馆职员的制服。我们一局四人是两对夫妇，Y君在旁观战。"北京人"权代W女士照管她的小孩。我们一面玩，一面还说：要是日本兵进房来，我们也不妨"欢迎"他们加入"战团"，日本人见了麻将就舍不得走开，麻将俱乐部在日本是到外都有的。Y君的日语很好，我们又公推他做"对敌工作者"，授以全权，相机应付。

事情恰如预料，我们刚打了三圈多，两个日本兵进来了；就像苍蝇见了血似的，站在牌桌边叽叽咕咕，舍不得走开。两个人都喝得有六七分，酒气喷人，究竟会不会依仗酒兴来一次"宣扬王道"，谁也不敢保险。我们自顾自打牌，认真地打牌，就好像这两位"不速之客"不过是听得牌声进来看看的好事之徒，我们根本不在乎。Y君也用了同样的安闲的口吻向他们招呼道："懂得么？也很喜欢罢？"两个一听见有人能日语，不禁笑逐颜开，卷着舌头，嘻嘻哈哈一边说，一边就一面一个斜对角坐了下来。Y君告诉我们：他们说"喜欢"，可是在本国时没有玩过，因为他们都是乡下人，乡村地方还不大通行这种玩艺儿。我们也就和他们开玩笑：我们来做老师罢，这玩艺学起来不太难。我们叫Y君翻译给他们听。

然而这两个家伙其实是"懂得"的，他们看了一会儿，就问Y君牌是哪里来的。又缠七夹八问了不少话。Y君有时回答几句，有时装作不懂。五六分钟过去了，这两个还没有走的意思，这时我们倒有点为难了。到底是喝了酒的两个兵呀，而且又是日本兵。坐在W女士斜对面的一个又老是拿眼朝她看。这时一付牌完了，W女士便起身，借口照顾小孩，换了"北京人"来。牌局就此暂停。那两个问Y君为什么不玩了。Y君指一下"北京人"，说他不会。两个中间比较老实的一个——也是喝酒较少的一个，也就站起来要走了，那一个却不想走，摸着牌，翻来翻去看，很舍不得似的，可也终于被他的同伴拉着走了。

我们也不打牌了，一个新问题提到了我们面前：为了"掩护"我们的本色，打牌亦不失为一法，可是牌声会引进那些住在这旅馆的日本兵，要是来多了总不免有麻烦。刚才那两个还是最"文明"的。那么从此不打么？据Y君说，刚才不肯走的那一个之所以不得不走，是因为另一个警告他，点名的时候快到了，要看打牌回头可以再来；要是当真再来，而我们不打牌，这些日本人疑心最多，而且最会借口生事，也许会节外生枝，也要弄出麻烦。正在计议未定，旅馆的茶房却来收回那付牌了，理由是日本兵已经向旅馆要牌，旅馆恐怕他们要了去不肯还，便回答没有，因此我们也不便有一付牌。于是我们的问题也就得了解决。茶房欣然捧牌而去，我们还有点依依不舍。忽然有人提出疑问道："如果日本兵不讲道理，硬要我们交出那付牌来，我们又怎么办呢？"这是百分之百可能的。为什么刚才茶房来交涉的时候我们就没有想到这一层呀？W女士却提出另外一个意见，最好趁早搬家。这是一了百了。和豺狼同居，终究不是能够安逸的。没有人反对这意见，但也没有人敢担保说搬就搬，毫无困难。我们一共有八个人呢！

但原则是确定下来了：化整为零，分头出发，各找地方，谁先找得谁就先搬，分散以后仍旧保持联系。

那时候，暮色苍苍，已入"戒严"时间，我们只好把决定的事情延到明天再办，又通知C君，我们的大件行李拜托他代为存入旅馆库房；——这第三次的"搬家"我们料想来不一定能雇到人力车了。

我们很早就睡了。一觉醒来，天还没大亮，却听得有人在叩门，我们以为是茶房送洗脸水来，随随便便喊了声，"等会儿再来，"就置之不理。似乎也听得了我们这一声喊罢，叩门声稍停，但立即又去叩隔壁的门了。隔壁房是W女士和她的丈夫住的，和我们所住的那个大房用板壁隔开，彼此可以交谈。我们听得W女士一面在低声哄她的小孩子莫作声，一面唤着我们道："那是日本人呢，先来打过我们的门了。你们走里边的门去找茶房来。"我们听说是日本人在打门，也吃了一惊。天还没大亮就来打门，干么？这时打门声更响更急，大概那个日本兵已经听到房里的说话声了。W女士的丈夫低声咕噜着："干脆不理就算了。"可是你打算不理他，他却偏要"理"你。门外那家伙一面敲门一面叽叽咕咕叫了。我们于是只好请Y君来设法。Y君睡在我们那一间的客厅里，大概也已惊醒，而且听得了我们和W女士的交谈；他走到门边，再听一下，就把门开了。我们正在惊异他的"随便"，却听得他和那日本兵在说话了。料想事情不会单纯，我们赶快起床。然而Y君回身取了块肥皂，递给门外那家伙，就把门掩上。我们忙问什么事。Y君笑着答道："要借一块肥皂。"我们再问：是不是昨天来看我们打牌的那两个中间的一个？"那倒弄不清楚了。"Y君说着就回到客厅里，打算再睡一会儿。W女士在隔壁房间也听明白了，就和她丈夫议论起来："哪里是真个来借块肥皂呀，还不是看见Y君会讲日本话，随口搪塞，……"

W女士所虑：亦自有理。虽然天还没有大亮，我们都起来了，而且也使得Y君不能再睡。昨天本已决定Y君是出街找房子的一人，但现在我们要留他在"家"应付那些忽然来"借东西"的日本人了，找房的事情，只好由"北京人"单独担任。吃早饭的时候，K君也来了，他依然穿了旅馆职员的制服。昨晚上他就住在C君房里。"小姐"则已藏到别处。据K君从C君那里所得消息，日本人曾向C君要"花姑娘"，C君总算应付得当，没有出乱子。C君已经通知旅馆内的女性旅客，赶快自想办法。K君的结论是：此地不能再留，汉奸也已开始活动，向C君要旅客名单了。

消息虽然不大好，可是我们并不着急。对策早已决定，只待去做，干着急有什么用呢？下午，C君来通知，日本人又要征用旅馆的二三层全部，因此我们非搬不可。"明天搬罢！"我们苦笑着回答。心里盼望出去找房子的人赶快回来，而且有结果。但挨到薄暮，我们所得的，却是失望。再找C君商量通融办法，C君答应我们搬到最高一层楼的空房内，暂住一两天。这最高一层的许多房间，一半被日本兵占住，一半却是空的，我们如果搬进去，便是仅有的旅客。如果日本兵做坏事也还要避人耳目，那么，这最高的一层楼便像个孤岛，我们住进去当然不能不有戒心了。这种感觉，当我们搬上去后，坐定了倾听楼梯上橐橐的皮靴声，便分外强烈起来，但也别无办法，只好沉住气，静待发展。

天色渐渐黑了，旅馆的茶房忽然又来说："这里又不能住了。"哦，这一变卦，太意外。可又叫我们觉得啼笑皆非。本来呢，我们住这最高一层是十分勉强的，但现在连这也住不成了。当下我们决定找C君来问明"又不能住"的原因，然后再作计议。C君那时正忙，只说了几句话，大意是日本人不愿意同一层楼上有别人居住，就转问我们："房子找到没有？"我们请他设法。他想了一会儿，这才答道："要是仍住旅馆，倒还有点头绪。"我们只要有个地方住，什么也好。于是事情就决定了。刚搬上来的行李马上又搬下去。

我们在"禁止通行"之前五分钟搬进了C君所介绍的一个旅馆。这是一个三等旅馆，设备当然不周全，但幸而它小，日本人不放在眼里，它还是一片"干净土"。我们这一伙仍在一处，只有"小姐"另外借住在她的一个朋友家里。一九四一年的最后一天我们就是这样度过的。

香港死了！

如果在战前，这家小旅馆一定住满了潮汕帮的客商，欣逢这样月明如昼的阳历除夕，一定又是群"莺"乱飞，"雀"声如雷；但现在，冷清清的，整个旅馆二十多号房间，就只有我们这批外江佬，男女大小共计七口。

我们住了一大一小两间房，房外就是骑楼，骑楼上照例有帆布遮阳，恐怕自从"一·二八"炮声响后就不曾卷起来过，我挑起遮阳的一角往外偷看，月光下的海水变成白银，轮渡没有，舢板也没有，什么都没有；海是冻结了，入睡了——但偶尔也轻轻一抖，好像挨了打的人，虽在睡梦中还不免时时抽搐。这当儿，银光闪烁，比它静默的时候更美丽，可是我看了却觉得更难受。

两三个冲天的烟柱，依然存在，月夜看去，觉得近些，好像就在尖沙咀，其实要远到旺角那边。这已经烧了三两天了，这是战事完结以后烧起来的，有人说是火油池。烟柱是纯黑色，在时转为殷红，却不见火焰。

骑楼下边，平时很热闹的干诺道，现在也是冷清清的，看不到人影。短短的一排铁丝网，完整无恙，百分之百保持了二十多天前匆促地建立起来时的姿态。唯一的改变恐怕是铁丝上多出一项被遗弃了的钢盔，这大概是防护团的东西。

"香港是完了——"

忽然有人在我身后说了一句，接着叹了口气。

我听那生硬的"外江话"，就知道这一定是旅馆的茶房——自说曾经在上海住过的那一位。我转过脸去，借着那帆布遮阳隙缝处透进来的月光，看见一双阴凄凄的眼睛，定定地望住那灰色的帆布。

"几时可以回上海？"

他喃喃地自言自语，那声音叫人听了会毛骨悚然的。

"你想回上海去么？上海也不会比香港好些。"

"唔，不会？"他讷讷地说。忽然挣脱了压在心头的忧悒，他兴奋地讲起广东话来了。他说得很多，大意是：他本来住在上海虹口，"八一三"的战争敲破了他的饭碗，这才到香港，失业一年光景，这才谋到这家小旅馆的茶房的位置，谁知道又碰上了战争。前几天老板已经不管他们的伙食了，幸而今天有我们来了，在他们要求之下，老板这才答应把我们预付的二十元房金让他们去买米。

"二十元能吃几天呢？"他歇一口气后再接着说，"我们同伴有五个，我们不敢多吃，一天两顿粥。"

他回想到上海打仗的时候他还不至于这样苦。他在同乡人办的难民收容所内住过三个月，好歹总还没挨饿。"来香港，也是同乡会发的盘缠，"他带着哭声说，"不来倒好了。"

我想不出安慰他的话，只好说："过一个时期旅馆还是要开的——"

他摇着头，显然，他不敢那样乐观。叹口气，他把脸搁在帆布遮阳的隙缝里朝外看了一会，颓丧地喃喃自语道："香港死了，活不转来了。"

这样反复念着，然后跟着木屐走了。

我看着他的后影，心里很难过。真想不到这样一家挂着个堂皇招牌（这是"大同"二字）的旅馆，它的老板这样手面小。不到一个月，他就连伙计们的伙食也不管了！不过再想一想，那老板也是可怜的罢。在战前的香港，这样的旅馆本来就靠几帮熟客，天天开销过就算很好，老板未必有多大资本，停业这么三个星期，自然他要叫苦连天了。况且战争虽了，未来仍是一片渺茫，正像那茶房说的"香港死了，活不转来了"，失掉那几帮熟客，这旅馆怕也不容易支持罢，无怪那老板只作收场打算，省得一钱算一钱了。

日本军进了香港，首先占用的，是那些洋气十足的头等大旅馆，其次则部分或全部征用华商资本的二等的大旅馆，作为英美人的收容所，甚至也作为"皇军慰安所"。像这名为"大同"的小旅馆，虽然开设在闹市，日本人还看不上眼。遭到了这样被扔在一旁，听凭你自生自灭的命运，这小旅馆的老板当真弄得惊惶不知所措。他对于客人，已经没有兴趣。我们是由"大中华"的茶房介绍给这里的茶房的，我们之被接受，也由茶房作主，老板置之不闻不问。在殖民地上安逸惯了的小商人，突然遭到这样的巨变，怎叫他不失魂落魄？

因为有这种种内幕，我们住在那里倒也相当"自由"——比方说，多用一间房，他们决不计较。可是，除了住处，什么都没有。水，烧水的柴，灯，点灯的油（或者洋烛），都得我们自备，这时岛上各处有电无电，极不一致，而这旅馆可巧是在无电区域。但最糟糕的，是简直没有水。自来水是不用说了，井水也弄不到；然而从骑楼望出去，却又明明可见汪洋一片海水。我们问了茶房，才知道他们喝的用的全是海水，不过也得等天黑了才有人冒险去汲了来（日本兵看见了是要开枪的），代价是一块钱一桶。

我们在这小旅馆住了两三天，倒也很安宁。我们住的是二层楼，三楼和地下如何，我们不清楚，若论这二楼，除了我们更无别人。炊具我们是随身带的，每天大家打伙弄饭，时间很可以消磨。我们几个人中间，Y君和"北京人"担任对外联络，他们一天要出去几次。日本人占领这城市已经一星期了，开头是禁止百元及五百元大票的行使——这一颗"炸弹"也就搅得香港居民走投无路了，接着便是粮食恐慌，燃料恐慌，"烂仔"横行，"银牌"当道。然而日本人占领这城市到底已经有一星期了，"该"抢的已经抢过，"该"封的已经封好，"该"委派的大概也都委派，现在是轮到"该"怎样搜捕反日分子了罢？看这几天的报上，已经有点"苗头"：大批"忠实分子"①业已摇身一变而为新贵，这批家伙献媚于新主人之道，自然不外乎出卖人头。Y君得的消息，九龙正在疏散人口，而港九交通依然严格禁止，猜想起来，日本人在九龙是借疏散人口之名以行猎捕反日分子之实，等到九龙方面理出个头绪，香港这面大概也就要动手。

"在他们动手以前，我们最好能够走。"Y君转述他所接触到的朋友们的意见，"住旅馆总不是办法，找得到房子的话，还是再搬一次。"

关于怎样走的问题，熟悉本地情形的朋友正在布置三条路线，其中之一，认为最安全但比较多花些时间的，是取道东江而到老隆。如果决定要走这一路，第一步先得偷渡到九龙。

讲到我们那时住的环境，可说是有利亦有弊。旅馆小，简直没有外客，跟在家相差无几，这是好处；但到底是旅馆，一旦清查人口则首当其冲，而又因其小，我们几个外江佬住在那里就显得突出，容易引起注意。根据了这样的理由，我们当下就决定找到了房子就搬，不问我们几时能够脱离这沦陷区。

这是我们搬进旅馆第三天的事情——一月二日（一九四二年），谣传过了三号，岛上就要开始清查人口。

翌日下午，Y君从街上回来的时候，带来一位朋友——见过几面的一位年青诗人。大家随便闲谈的时候，这位"诗人"在我耳边低声说道：

"你准备一下，明天可以走。"

"哦。"我也低声回答，"同伴是谁？"

"那我可不知道。"

"有没有Y在内？"

"没有，他还得过一时期再走。"

"走哪一条路线呢？"

"我也不知道，明天下午有人来带你去。"他把"来人"的姓名和形状也告诉了我。

"那么，我的太太怎么办呢？"

"太太可以搬到朋友家里，有些朋友的太太也要过一时再走。"

"我不赞成。我想太太也是不赞成的！"

这似乎颇出意外，那朋友愕然望住了我，不作声。

"迟走早走都没有关系，"我向他解释，"不过，把太太留在香港是不好的，为什么不能同走？"

"恐怕是技术上的关系。"

"那么，我还是过几天再走罢。"

我很抱歉，我有点任性，但是我相信我的决定是很理智的。如果我们的走反正要熟悉本地情形的朋友帮忙，那么，一次走比分次走较为简便，就是说只要麻烦人家一次而已。

那位朋友走后，我就把这一件事告诉了太太和Y君。太太和我的意见是一致的，另外还有一层道理我们都不曾说明：太太一人留在香港，一定不能安心，她将因等待我平安脱险的消息而寝食不宁，而我的平安脱险的消息又是一定不能很快得到的。

"为什么要分开走呢？"太太问。

"恐怕是交通工具不够，"Y君沉吟着回答，"先把最惹注意的人送走。能够早走总是早走好些。"

我不改变我的决定，我甚至觉得就在这小旅馆多住几天也未必就会发生事情，但对于后一点，我也并不坚持。

虽说已经准备着随时再搬家，但对于目前生活的安排，我们还是颇为积极，我们解决了水的储蓄的问题，多买一些柴、罐头和咸鱼——卖这些东西的摊贩现在到处都是，我计算我所有的港币小票，支持一个月的消费还绰绰有余。这些小票都是我从半山寓所搬走的时候，房东太太要我预付房租，我用伍百元一张大票向她找换来的。那时候，那精明的"二太太"既收得了预付房租，又把自己的小票出清，大概是十分得意的，不过现在我却靠了她的"精明"，不像其他朋友似的手拿着大票啼笑皆非。

从战事开始到现在，香港的食、住、行三件大事，搅得乱七八糟。光说住，我们已经搬了三次家，也许有人比我们还要多些。听说有些人本来住在九龙的，战事一起，往香港逃，住了一两天旅馆，后来不准住了（港政府在战时禁止旅馆营业，为的是预防敌人的间谍借旅馆为巢穴），就在西环找到房。可是西环一带旋即受敌人炮轰，大家都往跑马地搬——那时大家认为跑马地是最保险的地带，不料敌人从筲箕湾进攻，跑马地又不安全，于是再搬到中环。如果也像我们似的先找到大旅馆安身，那么，由于敌人的征用，又得再搬了。现在战事停止业已七八天，什么都一团糟，满街全是人，其中不少是为了"住"而在奔波的。

我们真不敢相信马上就可以找到房子。

然而事出意外，只隔了一天，Y君告诉我，房子已经找到。可巧又是他那个朋友，以"跳舞教师"为副业的X君介绍的，地点是在西环。西环现在又变成了最安全的区域，因为日本兵的奸淫抢劫集中于跑马地和湾仔一带。

但这一意外，尤其惊骇了那个自说曾在上海住过的茶房。

当我们叫他算账的时候，他怀疑我们嫌这旅馆招呼不周，极力申辩他们不敢怠慢客人，确是环境太坏，"日本人把香港弄死了。"他甩了一半广东话一半上海白的夹杂话，极力想使我们了解他们的困难，并且想说服我们继续住下去，因为别的旅馆也一样不能克服那些困难，换来换去还不是半斤八两？而他们这里却比别家又便宜，又清静。

这位茶房的如此热心，我很受感动。我知道他句句都是实话，但是有什么办法呢？我们也是非搬不可呀！

我们两间房，预付过二十元，照算还有多余。当我看见那茶房递上账单的手有点发抖的时候，我突然想起他说过老板早已不管他们茶房的伙食，幸亏我们忽然而来，预付了二十元，他们这才有粥吃了，而这几天内我确实看见他们每天只吃两顿粥，用极少的咸菜佐餐——于是我恍然于他的热心挽留的原因了，我觉得他刚才努力要说服我们的时候，脸上虽然堆着笑容，心里却是在流着眼泪呢。

我拿起账单看了一跟，取出一张五元的票子，就连账单一并交给他。

"还要找你——"他迟疑地不接。

"都给你们做小账罢。"我说，转身就走开。

我听得他低声说"谢谢"，但我觉得很抱歉，我们不能再多住几天，我们新租的那间房，二十五元一月，但显然不会住满，说不定也只住四五天，可是我能够猜想到，那位二房东决不会因为我们出了一个月的租金而只住四五天就说一声"谢谢"的；二十五元对于那位二房东的生活大概不起什么作用罢。

（原连载《新民报晚刊》，
1946 年 1 月 18 日～2 月 27 日）

①"忠实分子"：指平时自命为国民党的忠实分子的那班反动家伙。

第四辑　白杨礼赞

风景谈

前夜看了《塞上风云》的预告片，便又回忆起猩猩峡外的沙漠来了。那还不能被称为"戈壁"，那在普通地图上，还不过是无名的小点，但是人类的肉眼已经不能望到它的边际，如果在中午阳光正射的时候，那单纯而强烈的返光会使你的眼睛不舒服；没有隆起的沙丘，也不见有半间泥房，四顾只是茫茫一片，那样的平坦，连一个"坎儿井"也找不到；那样的纯然一色，即使偶尔有些驼马的枯骨，它那微小的白光，也早溶入了周围的苍茫，又是那样的寂静，似乎只有热空气在作哄哄的火响。然而。你不能说，这里就没有"风景"。当地平线上出现了第一个黑点，当更多的黑点成为线，成为队，而且当微风把铃铛的柔声，丁当，丁当，送到你的耳鼓，而最后，当那些昂然高步的骆驼，排成整齐的方阵，安详然而坚定地愈行愈近，当骆驼队中领队驼所掌的那一杆长方形猩红大旗耀入你眼帘，而且大小丁当的谐和的合奏充满了你耳管，——这时间，也许你不出声，但是你的心里会涌上了这样的感想的：多么庄严，多么妩媚呀！这里是大自然的最单调最平板的一面，然而加上了人的活动，就完全改观，难道这不是"风景"吗？自然是伟大的，然而人类更伟大。

于是我又回忆起另一个画面，这就在所谓"黄土高原"！那边的山多数是秃顶的，然而层层的梯田，将秃顶装扮成稀稀落落有些黄毛的癞头，特别是那些高杆植物颀长而整齐，等待检阅的队伍似的，在晚风中摇曳，别有一种惹人怜爱的姿态。可是更妙的是三五月明之夜，天是那样的蓝，几乎透明似的，月亮离山顶，似乎不过几尺，远看山顶的小米丛密挺立，宛如人头上的怒发，这时候忽然从山脊上长出两支牛角来，随即牛的全身也出现，掮着犁的人形也出现，并不多，只有三两个，也许还跟着个小孩，他们姗姗而下，在蓝的天，黑的山，银色的月光的背景上，成就了一幅剪影，如果给田园诗人见了，必将赞叹为绝妙的题材。可是没有完。这几位晚归的种地人，还把他们那粗朴的短歌，用愉快的旋律，从山顶上飘下来，直到他们没入了山坳，依旧只有蓝天明月黑魆魆的山，歌声可是缭绕不散。

另一个时间。另一个场面。夕阳在山，干坼的黄土正吐出它在一天内所吸收的热，河水汤汤急流，似乎能把浅浅河床中的鹅卵石都冲走了似的。这时候，沿河的山坳里有一队人，从"生产"归来，兴奋的谈话中，至少有七八种不同的方音。忽然间，他们又用同一的音调，唱起雄壮的歌曲来了，他们的爽朗的笑声，落到水上，使得河水也似在笑。看他们的手，这是惯拿调色板的，那是昨天还拉着提琴的弓子伴奏着《生产曲》的，这是经常不离木刻刀的，那又是洋洋洒洒下笔如有神的，但现在，一律都被锄锹的木柄磨起了老茧了。他们在山坡下，被另一群所迎住。这里正燃起熊熊的野火，多少曾调朱弄粉的手儿，已经将金黄的小米饭，翠绿的油菜，准备齐全。这时候，太阳已经下山，却将它的余辉幻成了满天的彩霞，河水喧哗得更响了，跌在石上的便喷出了雪白的泡沫，人们把沾着黄土的脚伸在水里，任它冲刷，或者掬起水来，洗一把脸。在背山面水这样一个所在，静穆的自然和弥满着生命力的人，就织成了美妙的图画。

在这里，蓝天明月，秃顶的山，单调的黄土，浅濑的水，似乎都是最恰当不过的背景，无可更换。自然是伟大的，人类是伟大的，然而充满了崇高精神的人类的活动，乃是伟大中之尤其伟大者！

我们都曾见过西装革履烫发旗袍高跟鞋的一对儿，在公园的角落，绿荫下长椅上，悄悄儿说话。但是试想一想，如果在一个下雨天，你经过一边是黄褐色的浊水，一边是怪石峭壁的崖岸，马蹄很小心地探入泥浆里，有时还不免打了一下跌撞，四面是静寂灰黄，没有一般所谓的生动鲜艳。然而，你忽然抬头看见高高的山壁上有几个天然的石洞，三层楼的亭子间似的，一对人儿促膝而坐，只凭剪发式样的不同，你方能辨认出一个是女的，他们被雨赶到了那里，大概聊天也聊够了，现在是摊开着一本札记簿，头凑在一处，一同在看——试想一想，这样一个场面到了你眼前时，总该和在什么公园里看见了长椅上有一对儿在偎倚低语，颇有点味儿不同罢？如果在公园时你一眼瞥见，首先第一会是"这里有一对恋人"，那么，此时此际，倒是先感到那样一个沉闷的雨天，寂寞的荒山，原始的石洞，安上这么两个人，是一个"奇迹"，使大自然顿时生色！他们之是否恋人，落在问题之外。你所见的，是两个生命力旺盛的人，是两个清楚明白生活意义的人，在任何情形之下，他们不倦怠，也不会百无聊赖，更不至于从胡闹中求刺激，他们能够在任何情况之下，拿出他们那一套来，怡然自得。但是什么能使他们这样呢？

不过仍旧回到"风景"罢；在这里，人依然是"风景"的构成者，没有了人，还有什么可以称道的？再者，如果不是内生活极其充满的人作为这里的主宰，那又有什么值得怀念？

再有一个例子：如果你同意，二三十棵桃树可以称为林，那么这里要说的，正是这样一个桃林。花时已过，现在绿叶满株，却没有一个桃子。半爿旧石磨，是最漂亮的圆桌面，几尺断碑，或是一截旧阶石，那又是难得的几案。现成的大小石块作为凳子，——而这样的石凳也还是以奢侈品的姿态出现。这些怪样的家具之所以成为必要，是因为这里有一个茶社。桃林前面，有老百姓种的荞麦，也有大麻和玉米这一类高杆植物。荞麦正当开花，远望去就像一张粉红色的地毯，大麻和玉米就像是屏风，靠着地毯的边缘。太阳光从树叶的空隙落下来，在泥地上，石家具上，一抹一抹的金黄色。偶尔也听得有草虫在叫，带住在林边树上的马儿伸长了脖子就树干搔痒，也许是乐了，便长嘶起来。"这就不坏！"你也许要这样说。可不是，这里是有一般所谓"风景"的一些条件的！然而，未必尽然。在高原的强烈阳光下，人们喜欢把这一片树荫作为户外的休息地点，因而添上了什么茶社，这是这个"风景区"成立的因缘，但如果把那二三十棵桃树，半爿磨石，几尺断碣，还有荞麦和大麻玉米，这些其实到处可遇的东西，看成了此所谓风景区的主要条件，那或者是会贻笑大方的。中国之大，比这美得多的所谓风景区，数也数不完，这个值得什么？所以应当从另一方面去看。现在请你坐下，来一杯清茶，两毛钱的枣子，也作一次桃园的茶客罢。如果你愿意先看女的，好，那边就有三四个，大概其中有一位刚接到家里寄给她的一点钱，今天来请请同伴。那边又有几位，也围着一个石桌子，但只把随身带来的书籍代替了枣子和茶了。更有两位虎头虎脑的青年，他们走过"天下最难走的路"，现在却静静地坐着，温雅得和闺女一般。男女混合的一群，有坐的，也有蹲的，争论着一个哲学上的问题，时时哗然大笑，就在他们近边，长石条上躺着一位，一本书掩住了脸。这就够了，不用再多看。总之，这里有特别的氛围，但并不古怪。人们来这里，只为恢复工作后的疲劳，随便喝点，要是袋里有钱；或不喝，随便谈谈天；在有闲的只想找一点什么来消磨时间的人们看来，这里坐的不舒服，吃的喝的也太粗糙简单，也没有什么可以供赏玩，至多来一次，第二次保管厌倦。但是不知道消磨时间为何物的人们却把这一片简陋的绿荫看得很可爱，因此，这桃林就很出名了。

因此，这里的"风景"也就值得留恋，人类的高贵精神的辐射，填补了自然界的贫乏，增添了景色，形式的和内容的。人创造了第二自然！

最后一段回忆是五月的北国。清晨，窗纸微微透白，万籁俱静，嘹亮的喇叭声，破空而来。我忽然想起了白天在一本贴照簿上所见的第一张，银白色的背景前一个淡黑的侧影，一个号兵举起了喇叭在吹，严肃、坚决、勇敢和高度的警觉，都表现在小号兵的挺直的胸膛和高高的眉棱上边。我赞美这摄影家的艺术，我回味着，我从当前的喇叭声中也听出了严肃、坚决、勇敢和高度的警觉来，于是我披衣出去，打算看一看。空气非常清冽，朝霞笼住了左面的山，我看见山峰上的小号兵了。霞光射住他，只觉得他的额角异常发亮，然而，使我惊叹叫出声来的，是离他不远有一位荷枪的战士，面向着东方，严肃地站在那里，犹如雕像一般。晨风吹着喇叭的红绸子，只这是动的，战士枪尖的刺刀闪着寒光，在粉红的霞色中，只这是刚性的。我看得呆了，我仿佛看见了民族的精神化身而为他们两个。

如果你也当它是"风景"，那便是真的风景，是伟大中之最伟大者！

1940 年 12 月，于枣子岚垭

（原载《文艺阵地》月刊第 6 卷第 1 期，

1941 年 1 月 10 日出版）

白杨礼赞

白杨树实在不是平凡的，我赞美白杨树！

当汽车在望不到边际的高原上奔驰，扑入你的视野的，是黄绿错综的一条大毯子；黄的，那是土，未开垦的处女土，几百万年前由伟大的自然力所堆积成功的黄土高原的外壳；绿的呢，是人类劳力战胜自然的成果，是麦田，和风吹进，翻起了一轮一轮的绿波——这时你会真心佩服昔人所造的两个字"麦浪"，若不是妙手偶得，便确是经过锤炼的语言的精华。黄与绿主宰着，无边无垠，坦荡如砥，这时如果不是宛若并肩的远山的连峰提醒了你（这些山峰凭你的肉眼来判断，就知道是在你脚底下的），你会忘记了汽车是在高原上行驶，这时你涌起来的感想也许是"雄壮"，也许是"伟大"，诸如此类的形容词，然而同时你的眼睛也许觉得有点倦怠，你对当前的"雄壮"或"伟大"闭了眼，而另一种味儿在你心头潜滋暗长了——"单调"！可不是，单调，有一点儿罢？

然而刹那间，要是你猛抬眼看见了前面远远地有一排，——不，或者甚至只是三五株，一二株，傲然地耸立，像哨兵似的树木的话，那你的恹恹欲睡的情绪又将如何？我那时是惊奇地叫了一声的！

那就是白杨树，西北极普通的一种树，然而实在不是平凡的一种树！

那是力争上游的一种树，笔直的干，笔直的枝。它的干呢，通常是丈把高，像是加以人工似的，一丈以内，绝无旁枝；它所有的桠枝呢，一律向上，而且紧紧靠拢，也像是加以人工似的，成为一束，绝无横斜逸出；它的宽大的叶子也是片片向上，几乎没有斜生的，更不用说倒垂了；它的皮，光滑而有银色的晕圈，微微泛出淡青色。这是虽在北方的风雪的压迫下却保持着倔强挺立的一种树！哪怕只有碗来粗细罢，它却努力向上发展，高到丈许、二丈，参天耸立，不折不挠，对抗着西北风。

这就是白杨树，西北极普通的一种树，然而决不是平凡的树！

它没有婆娑的姿态，没有屈曲盘旋的虬枝，也许你要说它不美丽——如果美是专指"婆娑"或"横斜逸出"之类而言。那么白杨树算不得树中的好女子；但是它却是伟岸、正直、朴质、严肃，也不缺乏温和，更不用提它的坚强不屈与挺拔，它是树中的伟丈夫！当你在积雪初融的高原上走过，看见平坦的大地上傲然挺立这么一株或一排白杨树，难道你觉得树只是树，难道你就不想到它的朴质、严肃、坚强不屈，至少也象征了北方的农民；难道你竟一点也不联想到，在敌后的广大土地上，到处有坚强不屈，就像这白杨树一样傲然挺立的守卫他们家乡的哨兵！难道你又不更远一点想到这样枝枝叶叶靠紧团结、力求上进的白杨树，宛然象征了今天在华北平原纵横决荡用血写出新中国历史的那种精神和意志。

白杨不是平凡的树。它在西北极普遍，不被人重视，就跟北方农民相似；它有极强的生命力，磨折不了，压迫不倒，也跟北方的农民相似。我赞美白杨树，就因为它不但象征了北方的农民，尤其象征了今天我们民族解放斗争中所不可缺的朴质、坚强，以及力求上进的精神。

让那看不起民众、贱视民众、顽固的倒退的人们去赞美那贵族化的楠木（那也是直干秀颀的），去鄙视这极常见、极易生长的白杨罢，但是我要高声赞美白杨树！

（原载《文艺阵地》月刊第 6 卷第 3 期，
1941 年 3 月 10 日出版）

雾中偶记

前两天天气奇寒，似乎天要变了，果然昨夜就刮起大风来，窗上糊的纸被老鼠钻成一个洞，呜呜地吹起哨子——像是什么呢？我说不出。从破洞里来的风，特别尖利，坐在那里觉得格外冷，想拿一张报纸去堵住，忽然看见爱伦堡那篇"报告"——《巴黎沦陷的前后》，便想起白天在报上看见说，巴黎的老百姓正在受冻挨饿，情形是十分严重的话。

这使我顿然记起，现在是正当所谓"三九"，北方不知冷得怎样了，还穿着单衣的战士们大概正在风雪中和敌人搏斗，便是江南罢，该也有霜有冰乃至有雪。在广大的国土上，受冻挨饿的老百姓，没有棉衣吃黑豆的战士，那种英勇和悲壮，到底我们知道了几分之几？中华民族是在咆哮了，然而中国似乎依然是"无声的中国"——从某一方面看。

不过这里重庆是"温暖"的，不见枯草，芭蕉还是那样绿，而且绿得太惨！

而且是在雾季，被人"祝福"的雾是会迷蒙了一切，美的，丑的，荒淫无耻的，以及严肃的工作。……在雾季，重庆是活跃的，因为轰炸的威胁少了，是活动的万花筒：奸商、小偷、大盗、汉奸、狞笑、恶眼、悲愤、无耻、奇冤、一切，而且还有沉默。

原名《鞭》的五幕剧，以《雾重庆》的名称在雾重庆上演；想起这改题的名字似乎本来打算和《夜上海》凑成一副对联，总觉得带点生意眼，然而现在看来，《雾重庆》这三个字，当真不坏。尤其在今年！可歌可泣的事太多了。不过作者当初如果也跟我现在那样的想法，大概这五幕剧的题材会全然改观罢？我是觉得《鞭》之内容是包括不了雾重庆的。

剧中那位诗人，最初引起了我的回忆——他像一个朋友：不是身世太像，而是容貌上有几分，说话的神气有几分。到底像谁呢？说不上来。但是今天在一件事的议论纷纷之余，我陡然记起了，呀，有点像他，再细想，似乎不像的多。不过这位朋友的声音笑貌却缠住了我的回忆。我不知他现在在哪里，平安不？一个月前是知道的，不过，今天，鬼晓得，罪恶的黑手有时而且时时会攫去我们的善良的人的。我又不知道和他在一处的另外几个朋友现在又在哪里了，也平安不？

于是我又想起了鲁迅先生。在《为了忘却的纪念》中，鲁迅先生说过那样意思的话：血的淤积，青年的血，使他窒息，于无奈何之际，他从血的淤积中挖一个小孔，喘一口气。这几年来，青年的血太多了，敌人给流的，自己给流的；我们兴奋，为了光荣的血，但也窒息，为了不光荣的没有代价的血。而且给喘一口气的小孔也几乎挖不出。

回忆有时是残忍的，健忘有时是一宗法宝。有一位历史家批评最后的蒲尔朋王朝说：他们什么也没有忘记，但什么也没有学得。为了学得，回忆有时是必要，健忘有时是不该。没有出息的人永远不会学得教训，然而历史是无情的。中华民族解放的斗争，不可免的将是长期而矛盾而且残酷，但历史还是依照它的法则向前。最后胜利一定要来，而且是我们的。让理性上前，让民族利益高于一切，让死难的人们灵魂得到安息。舞台在暗转，袁慕容的戏快完，家棣一定要上台，而且林卷妤的出走的去向，终究会有下落。

据说今后六十日至九十日，将是最严重的时期（美国陆长斯汀生之言）；希特勒的春季攻势！敌人的南进，都将于此时期内爆发罢？而且那雾季不也完了么？但是敌人南进，同时也不会放松对我们的攻势的！幻想家们呵，不要打如意算盘！被敌人的烟幕迷糊了心窍的人们也该清醒一下，事情不会那么简单。

夜是很深了罢？你看鼠子这样猖獗，竟在你面前公然踱方步。我开窗透点新鲜空气，茫茫一片，雾是更加浓了罢？已经不辨皂白。然而不一定坏。浓雾之后，朗天化日也跟着来。祝福可敬的朋友们，血不会是永远没有代价的！民族解放的斗争，不达目的不止，还有成千成万的战士们还没有死呢！

1941 年 2 月 16 日夜

（原载《国讯》旬刊第 261 期，1941 年 2 月 25 日出版）

大地山河

　　住在西北高原的人们，不能想象江南太湖区域所谓"水乡"的居民的生涯；所谓"暮春三月，江南草长，杂花生树，群莺乱飞"，也还不是江南"水乡"的风光。缺少那交错密布的水道的西北高原的居民，听说人家的后门外就是河，站在后门口（那就是水阁的门），可以用吊桶打水，午夜梦回，可以听得橹声欸乃，飘然而过，总有点难以构成形象的罢？

　　没有到过西北——或者就是豫北陕南罢——如果只看地图，大概总以为那些在普通地图上有名有目的河流，至少比江南"水乡"那些不见于普通地图上的"港"呀、"汊"呀，要大得多罢？至少总以为这些河终年汤汤，可以行舟的罢？有一个朋友曾到开封，那时正值冬季，他站在堤上，却还不知道他脚下所站的，就是有名的黄河堤岸；他向下视，只见有几股细水，在淤黄泥沙中流着，他还问："黄河在哪里？"却不知这几股细水，就是黄河！原来黄河在水浅季节，就是几股细水！

　　大凡在地图上有名有目的西北的河，到了冬季水浅，就是和江南的沟渠一样的东西，摆几块石头在浅处，是可以徒涉的。

　　乌鲁木齐河，那也是鼎鼎大名的；然而当我看见马车涉河而过的时候，我惊讶于这就是乌鲁木齐河！学生们卷起裤管，就徒涉了延水的事，如果不是亲见，也觉得可惊，因为延水在地图上也是有名有目的呀！

　　但是当夏季涨水的当儿，这些河却也实在威风。延水一次上流涨水，把"女大"用以系住浮桥的一块几万斤重的大石头冲走了十多丈路。

　　光是从天空飞过，你不能具体地了解所谓"西北高原"的意义。光是从地上走过，你了解得也许具体些，然而还不够"概括"（恕我借用这两个字）。

你从客机的高度仪的指针上看出你是在海拔三千多公尺以上了，然而你从玻璃窗向下看，吓，城郭市廛，历历在目，多清楚！那时你会恍然于下边是高原了。但在你还得在地上走过，然后你这认识才能够补足。

你会不相信你不是在平地上。可不是一望平畴，麦浪起伏？可是你再极目远望，那边天际一道连山，不也是和你脚下的"平地"是并列的么？有时你还觉得它比你脚下的低呢！要是凑巧，你的车子到了这么一个"土腰"，下面是万丈断崖，而这万丈断崖也还是中间阶段而已，那时你大概才切实地明白了高原之所以为高原了罢？

这也不是平空可以想象的。

谢家的哥哥以"撒盐"比拟下雪，他的妹妹说，"未若柳絮因风舞"。自来都认为后者佳胜。自然，"柳絮因风舞"，多么清灵俊逸；但这是江南的雪景。如果说北方，那么谢家哥哥的比拟实在也没有错。当然也有下大朵的时候，那也是"柳絮"了，不过，"撒盐"时居多。

积在地上，你穿了长毡靴走过，那煞煞的响声，那颇有燥感的粉末，就会完全构成了"盐"的印象。要是在大野，一望皆白，平常多坎陷与浮土的道路，此时成为砥平而坚实，单马曳的雪橇轻溜溜地滑过，那时你真觉得心境清凉，——而实在，空气也清洁得好像滤过。

我曾在戈壁中远远看见一片白，颇惊讶于五月有雪，后来才知道这是盐池！

1941 年 8 月 19 日

（原载《笔谈》半月刊第 1 期，1941 年 9 月 1 日出版）

开　荒

　　让我们来想象一下：亿万年以前，地壳的一次变动，把高高低低的位置，全改了个样；亚洲中部腹地有那么一长条，本来是个内海，却突然变成了高原了。于是——在亿万年的悠久岁月中，从北方吹来的定期的猛风，将黄色的轻尘夹带了来，落在这高原上，犹如我们的书桌隔一天会积一层尘埃；于是——悠久的亿万年中，这黄色的轻尘竟会积累得那么多，那么厚，足够担负千万人类生息的任务。

　　这就是我们今天叫做西北黄土高原的。

　　你以为这是神话么？随你高兴怎么想就怎么想吧。但这是人类的智慧现在所达到的最科学的假说，这是有土里发现的一些化石贝壳来给这"假说"撑腰；而且，黄土高原之赫然雄踞在那里，可真是百分之百的现实呵！

　　让我们再来想象一下：又是亿万年以前，或许是这高原的史前，洪荒世界的主人翁——大爬虫，比现在的一列火车还长还大的爬虫（蜥蜴），曾在这个地方蕃息，昂首阔步；巨大的羊齿类植物曾在这个地方生长，浓绿密布；那时候，不是现在那样童山濯濯。

　　你以为这是神话么？随你高兴怎么想就怎么想罢。但是，大爬虫的遗骸，就在前年被掘出来了；这是偶然的发现，打窑洞的时候掘得了一节，后来就从旁再打数洞，又得了数节。现在这遗骸就陈列在延安边区政府，这是现实！

　　最后，让我们再作一次"想象"：在这苦寒的黄土高原，现在有怎样的人们在干怎样的事？有说各种方言的，各种家庭出身的，经过各种社会生活的青年男女，在那里"开荒"。曾经是摘粉搓脂的手，曾经是倚翠偎红的臂，现在都举起古式的农具，在和那亿万年久的黄土层搏斗——"增加生产"，一个燃烧了热情的口号！而且还有另一面的"开荒"——扫除文盲，实行民主，破除迷信，发展文艺，提倡科学……

你以为这是神话么？随你爱怎么想就怎么想罢！然而，正像黄土高原是现实一样，这也是现实，活生生的现实呵！

从前，大自然的力量，曾经创造了这黄土高原；如今，怀抱着崇高理想的人们，正在改造这黄土高原。信不信由你，然而这都是现实！

（原载《笔谈》半月刊第 6 期，
1941 年 11 月 16 日出版）

为《亲人们》

　　住在乡下，睡得早，午夜梦回，有时听得猫头鹰的嗯哨，但不久，一切又都沉寂了，静得就像会听到大地自转的声音；似乎这样的寂静永无止境了，可是远远地打破沉寂者来了，不知名的鸟啼，一声两声像游丝一般，在浓雾中摇曳着。这一根丝，愈细愈有劲，细到像要中断的当儿，突然一片啾唧的声浪从四面八方一齐来了。无数的鸟儿在讴歌黎明。于是在床上等待天亮的人也松一口气，确信那阴森寒冷的夜终于过去了。

　　这样平凡的经验，可说是每个人都有过的罢？

　　但这样平凡的感想也许不是每个读了这个小小的诗集的人们会都感到的罢？

　　把技巧放在第一位的人们是不会感到的；神往于山崩海啸，绚烂辉煌，而对于朴素平易不感兴趣的人们，是不会感到的；不从始发的几微中间看出沛然莫之能御的气运的人们，大概也不会感到；而偏爱着猫头鹰的嗯哨的人们，自然更是不会感到的了。

　　今日的诗坛，的确不算寂寞，但这是怎样的不寂寞呢？这好比一个晴朗的秋夜，璧月高悬，繁星点点，银汉横斜。

　　读了这本小小诗集，或者会唤起了望见银河那时的惊喜的感觉罢？

　　这里的许多位作者，有的是已经在刊物上发表过他们的作品的了，有的恐怕还是第一回将他们的心声印在纸上。风格也各人不同，有人倾诉他对于最亲最亲者的怀念，有人在对于遥远的未来寄与热烈的希望，有人舐着自己的创伤在低呻，有人则高举旗帜唱着雄壮的进行曲。他们都有一点相同：抒写真情，面对光明。他们更给我们同一的确信："参横斗转欲三更，苦雨终风也解晴。"诗人是对于时代的风雨有着预感的鸟，特别是不为幻影迷糊了心灵而正视现实的诗人，他们的歌声常是时代的号角。在阴沉的日子里读完这些诗，几年前一个深刻的印象又唤回来了。

那是在北国，天刚破晓，我被嘹亮的军号声惊醒了。我起来一看，山岗上乳白色的雾气中一个小号兵面对东方，元气充沛地吹着进行曲，他一遍一遍吹，大地也慢慢转身，终于一片霞光罩满了高山和深谷。

1944 年 2 月 14 日

（原载《时间的记录》集）

雨天杂写之一

报载希特勒要法国献出拿翁当年侵俄时的一切文件。在此欧非两战场烽火告急的时候，这一个插科式的消息，别人读了作何感想，自不必悬猜，而在我看来，这倒是短短一篇杂文的资料。大凡一个人忽然想到要读一些特别的东西，或对于某些东西忽然厌恶，其动机有时虽颇复杂，有时实在也单纯得可笑。譬如阿Q，自己知道他那牛山濯濯的癞痢头是一桩缺陷，因而不愿被人提起，由讳癞痢，遂讳"亮"，复由讳"亮"，连人家说到保险灯时，他也要生气。幸而阿Q不过是阿Q，否则，他大概要禁止人家用保险灯，或甚至要使人世间没有"亮"罢？倘据此以类推，则希特勒之攫取拿翁侵俄文件，大概是失败的预感已颇浓烈，故厌闻历史上这一幕"英雄失败"的旧事，因厌闻，故遂要并此文件而消灭之——虽则他拿了那些文件以后的第二动作尚无"报导"，但不愿这些文件留在他所奴役的法国人手中，却是现在已经由他自己宣告了的。

但是希特勒今天有权力勒令法国交出拿翁侵俄的文件，却没有方法把这个历史从法国人记忆中抹去。爱自由的法兰西人还是要把这个历史的教训反复记诵而得出了希特勒终必失败的结论的。不能禁止人家思索，不能消灭人家的记忆，又不能使人必这样想而不那样想，这原是千古专制君王的太不如意事；希特勒的刀锯虽利，戈培尔之辈的麻醉欺骗造谣污蔑的功夫虽复出神入化，然而在这一点上，暂时还未能称心如意。

我不知轴心国家及受其奴役的欧洲各国的报纸上，是否也刊出了这一段新闻，如果也有，这岂不是一个绝妙的讽刺？正如在去年希特勒侵苏之初，倘若贝当之类恭恭敬敬献上了拿翁的文件，便将成为堪付史馆纪录的妙事。如果真那么干了，那我倒觉得贝当还有百分之一可取，但贝当之类终于是贝当，故必待希特勒自己去要去。

历史上有一些人，每每喜以前代的大人物自喻。欧洲历史上第一次出现了一个大野心家亚历山大，后来凯撒就一心要比他。而拿破仑呢，又思步武凯撒的遗规。从拿翁手里掉下来的马鞭子，实在早已朽腐不堪，可是还有一个蹩脚的学画不成的希特勒，硬要再演一次命定的悲喜剧。亚历山大的雄图，到凯撒手里已经缩小，但若谓亚历山大的射手曾经将古希腊的文化带给了当时欧亚非的半开化部落，则凯撒的骁骑至少也曾使不列颠岛上的野蛮人沐浴了古罗马文化的荣光。便是那位又把凯撒的雄图缩小了的拿翁罢，他的个人野心是被莫斯科的大火、欧俄的冰雪，烧的烧光，冻的冻僵了，虽然和亚历山大、凯撒相比，他十足是个失败的英雄，但是他的禁卫军又何尝不将法兰西人民的自由、平等、博爱的精神，法兰西大革命的理想，带给了当时尚在封建领主压迫下的欧洲人民？"拿破仑的风暴"固然有破坏性，然而，若论历史上的功罪，则当时欧洲的自中世纪传来的封建大垃圾堆，不也亏有这"拿破仑的风暴"而被摧毁荡涤了么？即以拿翁个人的作为而言，他的《拿破仑法典》成为后来欧陆"民法"的基础，他在侵俄行程中还留心着巴黎的文化活动，他在莫斯科逗留了一星期，然而即在此短暂的时间，他也曾奠定了法兰西戏院的始基，这一个戏院的规模又成为欧陆其他戏院的范本。拿破仑以"共和国"的炮兵队长起家，而以帝制告终，他这一生，我们并不赞许——不，宁以为他这一生足使后来的神奸巨猾知所炯戒，然而我们也不能抹煞他的失败了的雄图，曾在欧洲历史上起了前进的作用；无论他主观企图如何，客观上他没有使历史的车轮倒退，而且是推它前进一步。拿破仑是失败了，但不失为一个英雄！

从这上头看来，希特勒连拿翁脚底的泥也不如。希特勒的失败是注定了的，然而他的不是英雄，也已经注定。他的装甲师团，横扫了欧洲十四国，然而他带给欧洲人民的，是些什么？是中世纪的黑暗，是瘟疫性的破坏，是梅毒一般的道德堕落！他的猪爪践踏了苏维埃白俄罗斯与乌克兰的花园，他所得的是什么？是日耳曼人千万的白骨与更多的孤儿寡妇！他的失败是注定了的，而他的根本不配成为"失败的英雄"不也是已经注定了么？而现在，他又要法国献出拿翁侵俄的文件，如果拿翁地下有知，一定要以杖叩其胫曰："这小子太混账了！"

前些时候，有一个机会去游览了兴安的秦堤。这一个二千年前的工程，在今日看来，似亦没有什么了不起，但在二千年前，有这样的创意（把南北分流的二条水在发源处沟通起来），已属不凡，而终能成功，尤为不易。朋友说四川的都江堰，比这伟大得多，成都平原赖此而富庶，而都江堰也是秦朝的工程。秦朝去我们太久远了，读历史也不怎么明了，然而这一点水利工程却令我"发思古之幽情"。秦始与汉武并称，而今褒汉武而贬秦始，这已是听烂了的老调，但是平心论之，秦始皇未尝不替中华民族做了几桩不朽的大事，而秦堤与都江堰尚属其中的小之又小者耳！且不说"同文书"为一件大事，即以典章法制而言，汉亦不能不"因"秦制。焚书坑儒之说，实际如何，难以究诘，但博士官保存且研究战国各派学术思想，却也是事实。秦始与汉武同样施行了一种文化思想的统制政策，秦之博士官虽已非复战国时代公开讲学如齐稷下之故事，但各派学术却一视同仁，可以在"中央的研究机关"中得一苟延喘息的机会。汉武却连这一点机会也不给了，而且定儒家为一尊，根本就不许人家男有所研究。从这一点说来，我虽不喜李斯，却尤其憎恶董仲舒！李斯尚不失为一懂得时代趋向的法家，董仲舒却是一个儒冠儒服的方士！然而"东门黄犬"，学李斯的人是没有了，想学董仲舒的，却至今不绝，这也是值得玩味的事。我有个未成熟的意见，以为秦始和汉武之世，中国社会经济都具备了前进一步、开展一个新纪元的条件，然而都被这两位"雄才大略"的君主所破坏；不过前者尚属无意，后者却是有计划的。秦在战国后期商业资本发展的基础上统一了天下，故分土制之取消，实为适应当时经济发展的趋向，然而秦以西北一民族而征服了诸夏与荆楚，为子孙万世之业计，却采取了"大秦主义"的民族政策，把六国的"富豪"迁徙到关内，就为的要巩固"中央"的经济基础，但是同时可就把各地的经济中心破坏了。结果，六国之后，仍可利用农民起义而共复秦廷，而在战国末期颇见发展的商业资本势力却受了摧残。秦始并未采取什么抑制商人的行动，但客观上他还是破坏了商业资本的发展的。

汉朝一开始就厉行"商贾之禁"。但是"太平"日子久了，商业资本还是要抬头的。到了武帝的时候，盐铁大贾居然拥有原料、生产工具与运输工具，俨然具有资产阶级的雏形。当时封建贵族感得的威胁之严重，自不难想象。只看当时那些诸王列侯，在"豪侈"上据说尚相形见绌，就可以知道了。然而"平准""均输"制度，虽对老百姓并无好处，对于商人阶级实为一种压迫，盐铁国营政策更动摇了商人阶级中的巨头。及至"算缗钱"，一时商人破产者数十万户，蓬蓬勃勃的商业资本势力遂一蹶而不振。这时候，董仲舒的孔门哲学也"创造"完成，奠定了"思想"一尊的局面。

所以，从历史的进程看来，秦皇与汉武之优劣，正亦未可作皮相之论罢？但这，只是论及历史上的功过。如在今世，则秦始和汉武那一套，同样不是我们所需要，正如拿破仑虽较希特勒为英雄，而拿破仑的鬼魂却永远不能复活了。

1942 年 6 月 27 日桂林

（原载《人世间》月刊复刊第 1 卷第 1 期，

1942 年 10 月 15 日出版）

雨天杂写之二

佛法始来东土，排场实在相当热闹。公元三五○年到四五○年这不算短的时期中，南北朝野对于西来的或本土的高僧，其钦仰之热忱，我们在今天读了那些记载，还是活灵活现。石虎自谓"生自北鄙，忝当期运，君临诸夏，至于飨祀，应从本俗，佛是戎神，所应兼奉"，他对于佛图澄的敬礼，比稗官小说家所铺张的什么"国师"的待遇，都隆重些；他定了"仪注"：朝会之日，佛图澄升殿，常侍以下，悉助举舆，太子诸公扶翼而上，主者唱大和尚，众坐皆起。我们试闭目一想，这排场何等阔绰！

其后，那些"生自北鄙，忝当期运，君临诸夏"的国主，什九是有力的护法。乃至定为国教，一道度牒在手，便列为特殊阶级。佛教之盛，非但空前，抑且绝后。然而那时候，真正潜心内典的和尚却并不怎样自由。翻译了三百多卷经论的鸠摩罗什就是个不自由的和尚。他本来好好地住在龟兹国潜研佛法，苻坚闻知了他的大名，便派骁骑将军吕光带兵打龟兹国，"请"他进关。龟兹兵败，国王被杀，鸠摩罗什做了尊贵的俘虏，那位吕将军异想天开，强要以龟兹王女给鸠摩罗什做老婆。这位青年的和尚苦苦求免。吕光说："你的操守，并不比你的父亲高，你为什么不肯听我的话？"原来鸠摩罗什的父亲鸠摩炎本为天竺贵族，弃嗣相位而到龟兹，极为那时的龟兹国王所尊重，逼以妹嫁之乃生鸠摩罗什，所以吕光说了这样的话，还将鸠摩罗什灌醉，与龟兹王女同闭禁于一室，这样，这个青年和尚遂破了戒。后来到姚秦时代，鸠摩罗什为国王姚兴所敬重。姚兴对他说："大师聪明，海内无双，怎么可以不传种呢？"就强逼他纳宫女。这位"如好绵"的大师于是又一次堕入欲障。这以后，他就索性不住僧房，另打公馆，跟俗家人一样了。这在他是不得已，然而一些酒肉和尚就以他为借口，也纷纷畜养外室；据说鸠摩罗什曾因此略施吞针的小技，警戒那些酒肉和尚说:"你们如果能够像我一样把铁针吞食,就可以讨老婆。"每逢说法,鸠摩罗什必先用比喻开场道:"譬如臭泥中生莲花,但采莲花,不用理那臭泥。"即此也可见他破戒以后内心的苦闷了。姚兴这种礼贤的作风,使得佛陀耶舍闻而生畏。耶舍是罗什的师,罗什请姚兴迎他来,耶舍对使者说:"既然来请我,本应马上就去,但如果要用招待鸠摩罗什的样子来招待我,那我不敢从命。"后来还是姚兴答应了决不勉强,佛陀耶舍方到长安。

但是姚兴这位大护法,还做了一件令人万分惊愕的事。这事在他逼鸠摩罗什畜室之后五六年。那时有两个中国和尚道恒、道标被姚兴看中,认为他们"神气俊朗,有经国之量",命尚书令姚显强逼这两个和尚还俗做官。两个和尚苦苦求免,上表陈情,举出了三个理由:一、他们二人"少习戒法,不闲世事,徒发非常之举,终无殊异之功,虽有技能之名,而无益时之用";二、汉光武尚能体谅严子陵的志向,魏文亦能顾全管宁的操守,所以圣天子在上,倒并不需要大家都去捧场;三、姚兴是佛教的大护法,他们两个一心一意做和尚,正是从别一方面来拥护姚兴,帮他治国,所以不肯做官并非有了不臣之心。然而姚兴不许,他还教鸠摩罗什和其他的有名大师去劝道恒、道标。鸠摩罗什等要替道恒、道标说话求免,说"只要对陛下有利,让他们披了袈裟也还不是一样?"但是姚兴仍不许,再三再四叫人去催逼,弄得全国骚然,大家都来营救,这才勉勉强强把两领袈裟保了下来。道恒、道标在长安也不能住了,逃避荒山,后来就死在山里。

这些故事,发生在"大法之隆,于兹为盛"的时代,佛教虽盛极一时,真能潜心内典的和尚却有许多不自由。而且做不做和尚,也没有自由。但姚兴这位护法还算是有始有终的。到了后魏,起初是归宗佛法,敬重沙门,忽而又尊崇道教,严禁佛教,甚至下诏"诸有佛图形象及胡经,悉皆击破焚烧,沙门无少长悉坑之"。但不久复兴佛教,明诏屡降,做得非常热闹。当此时也,"出家人"真也为难极了。黄冠缁衣大概只好各备一套,看"早晚市价不同"随机应变了。

1942 年 7 月 25 日桂林

(原载《野草》月刊第 4 卷第 6 期,1942 年 11 月 1 日出版)

雨天杂写之三

不知不觉，在桂林已经住了三个月。什么也没有学得，什么也没有做得，就只看到听到些；然亦正因尚有见闻，有时也感到哭笑不得。

近来有半月多，不拉警报了，这是上次击落敌机八架的结果；但也有近十天的阴雨，虽不怎么热，却很潮湿，大似江南梅雨季节。斗室中霉气蒸郁，实在不美，但我仍觉得这个上海人所谓"灶披间"很有意思；别的且不说，有"两部鼓吹"①，胜况空前（就我个人的经验言）。而"立部"之中，有淮扬之乐，有湘沅之乐，亦有八桂之乐，伴奏以锅桶刀砧，十足民族形式，中国气派。内容自极猥琐，然有一基调焉，曰："钱"。

晚上呢，大体上是宁静的。但是我自己太不行了，强光植物油灯，吸油如鲸，发热如锅炉，引蚊成阵，然而土纸印新五号字，贱目视之，尚如读天书。于是索性开倒车，废此"中学为体，西学为用"之强光植物油灯，而复古于油盏。九时就寝，昧爽即兴，实行新生活。但又有"弊"：午夜梦回，木屐清脆之声，一记记都入耳刺脑，于是又要闹失眠；这时候，帐外饕蚊严阵以待，如何敢冒昧？只好贴然僵卧，静待倦极，再寻旧梦了。不过人定总可以胜"天"，油灯之下，可读木板大字线装书；此公②为我借得《广西通志》，功德当真不小。

而且我又借此领悟了一点点。这一点点是什么呢？说来贻笑大方，盖即明白了广西山水之美，不在外而在内；凡名山必有佳洞，山上无可留恋，洞中则幽奇可恋。石笋似的奇峰，怪石嶙峋，杂生羊齿植物，攀登正复不易，即登临了，恐除仰天长啸而外，其他亦无足留恋。不过"石笋"之中有了洞，洞深广曲折，钟乳奇形怪状，厥生神话，丹灶药炉，乃葛洪之故居，金童玉女，实老聃之外宅，类此种种，不一而足，于是山洞不但可游，且予人以缥缈之感了，何况洞中复有泉、有洞、乃至有通海之潭？

三星期前，忽奋雄图，拟游阳朔；同游十余侣，也"组织"好了，但诸君子皆非如我之闲散，故归途必须乘车，以省时间。先是曾由宾公设法借木炭车，追行期既迫，宾公忽病，脉搏每分钟百八十至，于是壮游遂无期延缓。但阳朔佳处何在呢？据云："阳朔诸峰，如笋出地，各不相倚。三峰九嶷析成天柱者数十里，如楼通天，如阙刺霄，如修竿，如高旗，如人怒，如马啮，如阵将合，如战将溃，漓江荔水，捆织其下，蛇龟猿鹤，焯耀万态"（《广西通志》），这里描写的是山形，这样的山，当然无可登临，即登临亦无多留恋，所以好处还是在洞；至于阳朔诸峰之洞，则就不是几句话所可说完的了。记一洞的一篇文章，往往千数百言，而有些我尚觉其说得不大具体呢！

还有些零碎的有趣的记载：太真故里据说在容县新塘里羊皮村，有杨妃井，"井水冷冽，饮之美姿容"。而博白县西绿萝村又有绿珠井，"其乡饮是水，多生美女，异时乡父老有识者，聚而谋窒是井，后生女乃不甚美，或美矣必形不具"。然而尤其有意思的，乃是历史上的一桩无头公案，在《广西通志》内有一段未定的消息，全文如下："横州寿佛寺，即应天禅寺，宋绍兴中建，元明继修之。相传，建文遇革除时，削发为佛徒，遁至岭南；后行脚至横之南门寿佛寺，遂居焉。十五余年，人不之知，其徒归者千数，横人礼部郎中乐章父乐善广，亦从受浮屠之学。恐事泄，一夕复遁往南宁陈步江一寺中，归者亦然，遂为人所觉，言诸官，达于朝，遣人迎去。此言亦无可据，今存其所书寿佛禅寺四大字。"

建文下落，为历史疑案之一，类如上述之"传说"颇多，大抵皆反映了当时"臣民"对于建文之思慕。明太祖晚年猜疑好杀，忆杂书曾载一事，谓建文进言，以为诛戮过甚，有伤和气。翌日，太祖以棘杖投地，令建文拾之，建文有难色，太祖乃去杖上之刺，复令建文拾之，既乃诏之曰："我所诛戮，皆犹杖上之刺也，将以贻汝一易恃之杖耳？"这一故事，也描写到建文之仁厚及太祖之用心，可是太祖却料不到最大之刺乃在其诸王子中。

明末最后一个小朝廷乃在广西，故广西死难之忠臣亦不少；这些前朝的孤忠，到了清朝乾隆年间，皆蒙"恩"与死于"流贼"诸臣，同受"赐谥"之褒奖。清朝的怀柔政策，可谓到家极了。

说到这里，似乎又触及文化什么的了，那就顺笔写一点这里的文化市场。

桂林市并不怎样大，然而"文化市场"特别大。加入书业公会的书店出版社，据闻将近七十之数。倘以每月每家至少出书四种（期刊亦在内）计，每月得二百八十种，已经不能说不是一个相当好看的数目。短短一条桂西路，名副其实，可称是书店街。这许多出版社和书店传播文化之功，自然不当抹煞。有一位书业中人曾因作家们之要赶上排工而有增加稿费之议③，遂慨然曰："现在什么生意都比书业赚钱又多又稳又快，若非为了文化，我们谁也不来干这一行！"言外之意，自然是作家们现在之斤斤于稿费，毋乃太不"为了文化"。这位书业中人的慨然之言，究竟表里真相如何，这里不想讨论，无论主观企图如何，但对文化"有功"，则已有目共睹，至少，把一个文化市场支撑起来了，而且弄得颇为热闹。

然而，正如我们不但抗战，还要建国，而且要抗建同时进行一样，我们对于文化市场，亦不能仅仅满足于有书出，我们还须看所出的书质量怎样，还须看看所出之书是否仅仅为了适合读者的需要，抑或同时亦适合于文化发展上之需要。举个浅近的例，目前大后方对于神仙剑侠色情的文学还有大量的需要，但这是读者的需要，可不是我们文化发展上的需要，所以倘把这两个需要比较起来，我们就不能太乐观，不能太自我陶醉于目前的热闹，我们还得痛切地下一番自我批判。

大凡有书出版，而书也颇多读者，不一定就可以说，我们有了文化运动。必须这些出版的东西，有计划，有分量，否则，我们所有的，只是一个文化市场；如果是这样，我们就不能不说我们对文化运动无大贡献，我们只建立了一个文化市场。这样一桩事业，照理，负大部责任者，应是所谓"文化人"，但在特殊情形颇多的中国，出版家在这上头，时时能起作用，过去实例颇多，兹可不赘。所以，我在这里想说的话，决非单独对出版家——宁可说主要是对我们文化人自己，但也决不想把出版家开卸在外，因为一个文化市场之形成，不能光有作家而无出版家，进一步，又不能说与读者无关。

我想用八个字来形容此间文化市场的几个特点。这八个字不大好看，但我决不想骂人，我之所以用此八字，无非想把此间文化市场的几个特点加以形象化而已，这八个字便是："鸡零狗碎，酒囊饭桶！"

这应当有一点说明。

前些时候，此间书业公会开会，据闻曾有提案，拟对抄袭他家出版品而成书的行为，筹一对策，结果如何，我不知道。说到剪刀浆糊政策在书业中之抬头，似乎由来已久，但在目前桂林文化市场上，据说已经相当令人头痛，目前有几本销路不坏的书，都是剪刀浆糊之结果。剪刀浆糊不生眼睛，于是乎内容之庞杂芜秽，自属难免。尤其异想天开的，竟有抄取鲁迅著作中若干段，裒为一册，而别题名为《鲁迅自述》以出版者。这些剪来的东西，相应不付稿费版税，所以获利尤厚，据说除已出版者外，尚有大批存货，将次第问世。当作家要求增加版税发议之时，就有一位书业中人慨然认为此举将助长了剪刀政策。这自然又是作品涨价毋乃"太不为了文化"同样的口吻，但弦外之音，却已暗示了剪刀之将更盛。呜呼，在剪刀之下，一部书将被依分类语录体而拆散，而分属于数本名目不同之书中；文章遭受了凌迟极刑，又复零碎拆卖，这表示了文化市场的什么呢？我不知道。但这样的办法，既非犯法，自难称之曰鸡鸣狗盗，倒是这样的书倘出多了，若干年以后也许会有另一批人按照从《永乐大典》中辑书之例，又从而辑还之，造成一"新兴事业"，岂不思之令人啼笑皆非么？但书本遭受凌迟极刑之现象既已发生，而且有预言将更发展，则此一特点不能不有一佳名，故拟题曰"鸡零狗碎"云尔。

其次，目前此间文化市场除了作家抱怨出版家只顾自己腰缠不顾作家肚饿，而出版家反唇相讥谓作家"太不为了文化"而外，似乎都相安无事，皆大欢喜。文化市场被支撑着，热热闹闹，正如各酒馆之门多书业中人一样热闹。热闹之中，当然亦出了若干有意义的好书，此亦不容抹煞，应当大书特书。不过，这种热闹空气，的确容易使人醉——自我陶醉，这大概也可算是一个特点。无以名之，姑名之曰："酒囊"。而伴此来者，七十个出版家每月还出相当多的书，当然也解决了直接间接不少人的生活问题，无怪在作家要求维持版税旧率时，有一先生曾经以"科学"方法证明今天一千元如果可出一本书到明天便只能出半本，何以故？因物价天天在涨，法币购买力天天在缩小。由此所得结论，作家倘不减低要求，让出版家多得利润，则出版家经济力日削之后，作家的书也将不能再出，那时作家也许比现在还要饿肚子些罢？这笔账，我是不会算的，因为我还没干过出版，特揭于此，以俟公算。而且我相信这是一个问题，值得专家们讨论。不过可喜者，现在还不怎样严重，新书店尚续有开张，新书尚屡有出版，这大概不能不说是出版家们维持之功罢？文化市场既然还撑住，直接间接赖以生活者自属不少；而作家当然也是其中之一。近来还没有听见说作家中发现了若干饿莩，而要"文协"之类来布施棺材，光这一点，似乎已经值得大书特书了罢？用一不雅的名儿，便是"饭桶"，这一个文化市场，无论其如何，"大饭桶"的作用究竟是起了的。于是而成一联：

饭桶酒囊亦功德，
鸡鸣狗盗是雄才。

1942 年 6 月 30 日桂林

（原载《人世间》月刊第 1 卷第 4 期，

1943 年 4 月 1 日出版）

①"两部鼓吹"：当时，我住的小房楼上，经常是两三位太太，有时亦夹着个把先生，倚栏而纵谈赌经，楼下则是三四位女佣在洗衣弄菜时，交换着各家的新闻，杂以诟谇，楼上楼下，交相应和；因为楼上的是站着发议论，而楼下的是坐着骂山门，这就叫我想起了唐朝的坐部伎和立部伎，而戏称之为"两部鼓吹"。

②此公：陈此生同志也。

③那时候，排字工人排一千字的工资高于作家一千字所得的稿酬，故作家有"赶上排工"之议。

时间，换取了什么？

是在船上或车上，都不关重要；反正是那一类的设备既颇简陋，乘客又极拥挤，安全也未必有保障的交通工具，你越心急，它越放赖，进一步，退两步，叫你闷得不知怎样才好，正是：长途漫漫不晓得何年何月才到得了目的地。

在这样的交通工具上，人们的嘴巴会不大安份的。三三两两，连市面上现今通行的法币究竟有多少版本，都成为"摆龙门阵"的资源。

有这么两个衣冠楚楚的人却争辩着一个可笑的问题：时间。

一位说他并不觉得已经过了七个年头了。

"对！"另一位顺着他的口气接着说，"日子过得真快，不知不觉早已满了七年。"

那一位摇着头立刻分辩道："不然！不知不觉只是不知不觉罢了，七年到底是七年；然而我要说的是，这七个年头在我辈等于没有。你觉得我这话奇怪么？别忙，听我说。你当是一个梦也可以，不过无奈何这是事实。想来你也曾听得说过：在敌人的炮火下边，老板职员工人一齐动手，乒乒乓乓拆卸笨重的机器，流弹飞来，前面一个仆倒了，后面补上去照旧干，冷冰冰的机器生浸透了我们的滚热的血汗。机器上了船了，路远迢迢，那危险，那辛苦，都不用说，不过我们心里是快活的。那时候，一天天朝西走，理想就一天天近了，那时候，一天，一小时，一分钟，确实有价值。机器再装起来，又开动了，可是原料、技工、零件，一切问题又都来了，不过我们还是满身有劲，心里是快乐的。我们流的汗恐怕不会比机器本身轻些，然而这汗有代价：机器生产了，出货了。……然而现在，想来你也知道，机器又只好闲起来，不但闲起来，拆掉了当废铁卖的也有呢！"

他抹了一把额头的汗水，望着他的同伴苦笑，然后又说："你瞧，这不是一个圈子又兜到原来的地点？你想想，这不是白辛苦了一场？你说七个年头过去了，可是这七年工夫在我们不是等于没有么？这七年工夫是白过的！白过了七年！要是你认真想起到底过了七年了，那可痛心得很，为什么七年之中我们一点进步也没有？"

"哎，好比一场大梦！"那同伴很表同情似的说。

但是回答却更沉痛些："无奈这不是梦呀！要是七年前的今天我作了这样一个梦，醒来后我一定付之一笑，依然精神百倍，计划怎样拆，怎么搬，怎样再建，无奈这不是梦，这是事实，我们的确满了七年，只是这七年是白过的，没有价值！"

那同伴看见对方的牢骚越来越多，便打算转换话题，不料旁边一人却忽然插嘴道：

"白过倒也不算白过。教训是受到了，而且变化也不少呵！时间是荒废得可惜，七年工夫还没上轨道，但是倒也不能算作一个圈子兜回原来的地点，从整个中国看来，变化也不小呢！"

"变化？"那同伴睁眼朝这第三人看了一下，"哦，变化是有的。"他忽然讽刺似的冷笑一下，"对呀，变出了若干暴发户，发国难财的英雄好汉！上月的物价，和前月不同，和本月也不同，这一点上，确是一天有一天的价值，时间的分量大多数人都觉得到的。"于是他忽然想起来了似的转脸安慰他的朋友道："老兄不过是白白过了七年，总还算是无所损益。像兄弟呢，一年一年在降格。我们当个不大不小地主的，真是打肿了脸充胖子罢哩！老兄想来也是明白的。"

"怎么我好算是无所损益呢？……"

"当然不能，"那第三人又插进来说。"在这时代，站在原地位不动是办不到的，中国是世界的一部分，而且还在抗战。"

一听这话，那两位互相对看了一眼，同时喊了一声"哦"；而且那位自称是"一年一年在降格"的朋友立刻又欣然说道："所以我始终是乐观派，所以要说，这七年工夫是挨得有代价的；你瞧，我们挨成了四强之一，而且英美在步步胜利，第二战场也开辟了，不消半年，希特勒打垮，掉转身来收拾东洋小鬼，真正易如反掌，我们等着最后胜利罢！"

他的同伴也色然而喜了，然而还是不大鼓舞得起来，他慢吞吞自言自语道："胜利是没有问题的，不过我的厂呢？我们的工业呢？"

"等着？"那第三人也笑了笑说，"我们个人尽管各自爱等着就等着罢，爱怎么等就怎么等下去，有人等着重温旧梦，有人等着天上掉下繁荣来，各人都把他的等着放在没有问题的最后胜利等到了以后。不过，一方面呢，世界不等我们，而另一方面呢，中国本身也不能等着那些一心只想等到了没有问题的最后胜利到手以后便要如何如何的人们。更不用说，敌人也不肯等着我们的等着的！七年是等着过去了，也许有些人欣欣然自庆他终于等着了他所希望的，然而……"

"然而我并没有等着呀！"是懊恼而不平的声音，"我说过，我流的汗有几千斤重呢，可是我得到了什么呢？于人无补，于己也无利！"

"你老兄是吃了那一心以等着为得计的人们的亏！"那第三人回答。"不过中国幸而也有不那么等着的人，所以七年工夫不是白过，中国地面上是发生着变化了，打开地图一看就可以看见的。"

话的线索暂时中断。过了一会儿。那最初说话的人又回到那"时间"问题，发怒似的说道："不论如何，白过了七年工夫总是一个事实。我们从今天起，不能再让有一天白白过去，如果再敷敷衍衍，不洗心革面，真是不堪设想的。然而那七个年头还是白废的！"

"要是能够这样，那么，七年时间虽然可惜，也还算不是白过的！否则，那就是真真的白过了，倘有上帝的话，上帝也不会同情，更不用说历史的法则铁面无情。"

时间，换取了什么？今天我们必须认真问，认真想一想了。

（原载重庆《新华日报》《新华副刊》，

1944 年 7 月 8 日）

谈　鼠

　　闲谈的时候偶尔也谈到了老鼠。特别是看见了谁的衣服和皮鞋有啮伤的痕迹，话题便会自然而然地转到了这小小的专过"夜生活"的动物。

　　这小小的动物群中，大概颇有些超等的"手艺匠"：它会把西装大衣上的胶质钮子修去了一层边，四周是那么匀称，人们用工具来做，也不过如此；女太太们的梆硬的衣领也常常是它们显本领的场所，它们会巧妙地揭去了这些富于浆糊的衣领的里边的一层而不伤及那面子。但是最使我惊佩的，是它们在一位朋友的黑皮鞋上留下的"杰作"：这位朋友刚从东南沿海区域来，他那双八成新的乌亮的皮鞋，一切都很正常，只有鞋口周围一线是白的，乍一看，还以为这又是一种新型，鞋口镶了白皮的滚条，——然而不是！

　　对于诸如此类的小巧的"手艺"，我们也许还能"幽默"一下——虽然有时也实在使你"啼笑皆非"。

　　可惜它们喜欢这样"费厄泼赖"的时候，并不太多，最通常的，倒是集恶劣之大成的作法。例子是不怕没有的，比方：因为"短被盖"只顾到头，朋友 A 的脚趾头便被看中了，这位朋友的睡劲也真好，迷迷糊糊地，想来至多不过翻个身罢了，第二天套上鞋子的时候这才觉得不是那么一回事，急忙检查，原来早已血污斑驳。朋友 B 的不满周岁的婴儿大哭不止，渴睡的年青的母亲抚拍无效，点起火一看，这可骇坏了，婴儿满面是血了，揩干血，这才看清被啮破了鼻囟了。为了剥削脚趾头上和鼻孔边那一点咸咸的东西，竟至于使被剥削者流血，这是何等的霸道，然而使人听了发指的，还有下面的一件事。在 K 城，有一位少妇难产而死，遗体在太平间内停放了一夜，第二天发现缺少了两颗眼珠！

"鼠窃"这一句成语，算是把它们的善于鬼鬼祟祟，偷偷摸摸，永远不能光明正大的特性，描摹出来了。然而对于弱者，它们也是会有泼胆的。它们敢从母鸡的温暖的翅膀下强撄了她的雏儿。这一只可怜的母鸡，抱三个卵，花了二十天工夫，她连吃也无心，肚子下的羽毛也褪光了，憔悴得要命，却只得了一只雏鸡，这小小的东西一身绒毛好像还没大干，就啾啾的叫着，在母亲的大翅膀下钻进钻出，洒几粒米在它面前，它还不知道吃，而疲惫极了的母亲咕咕地似乎在教导它。可是当天晚上，母鸡和小鸡忽然都叫得那样惨，人们急忙赶来照看时，小鸡早已不见影踪，母鸡却蹲在窠外地上——从此她死也不肯再进那窠了。

其实鸡们平时就不愿意伏在窝里睡觉，孵卵期是例外。平时它们睡觉总喜欢蹲在什么竹筐子的边上，这大概是为了防备老鼠。因此也可想到为了孵卵，母鸡们的不避危险的精神有多么伟大！江南养鸡都用有门的竹笼，这对于那些惯会放臭屁来自救的黄鼠狼，尚不失为有效的防御工事，黄鼠狼的躯干大，钻不进那竹笼的小方格。但是一位江南少妇在桂林用了同样的竹笼，却反便宜了老鼠；鸡被囚于笼走不开，一条腿都几乎被老鼠咬断了。

但尽管是多么强横，对于"示众"也还知道惧怕。捉住了老鼠就地钉死，暴尸一二日，据说是颇有"警告"的效力的。不过这效力也有时间性，我的寓所里有一间长不过四尺宽二尺许的小房，因其太小，就用以储放什物，其中也有可吃的，都盖藏严密，老鼠其实也没法吃到，然而老鼠不肯断念，每夜都要光顾这间小房。墙是竹笆涂泥巴的墙，它们要穿一个孔，实在容易得很。最初我们还是见洞即堵，用瓦片，用泥巴，用木板，后来堵住了这里，那边又新穿了更大的洞，弄得到处千疮百孔，这才从防御而转为进攻。我们安设了老鼠夹子。第一夜，到了照例的时光，夹墙中果然照例蠢动，听声音就知道是一头相当大的家伙，从夹墙中远远地奔来，毫不踌躇，熟门熟路，直奔向它那目的地了，接着：拍叉一声，这目无一切的家伙果然种瓜得瓜。这以后，约有个把月，绝对安静，但亦只有个把月而已，不能再多。鼠夹子虽已洗过熏过，可再也无用。当然不能相信老鼠当真通灵，然而也不能不佩服它那厉害的嗅觉。我们特别要试验这些贪婪的小动物抵抗诱惑的决心有多大多久。我们找了最香最投鼠之所好的东西装在鼠夹子上，同时厉行了彻底的"清野"，使除此引诱物外，简直无可得食。一天，两天，没有效；可是第三天已经天亮的时候，我们被拍叉的声音惊醒，一头少壮的鼠子又捉住了，想来这是个耐不住馋的莽撞的家伙。

然而这第二回所得的安静时间，只有一个星期。

不但嗅觉厉害，老鼠大概又是多疑的，而且警觉心也提得相当高。鼠药因此也不能绝对有效，除非别无可食之物，鼠们未必就来上当；特别是把鼠药放在特制的食物中，什九是徒劳。扫荡老鼠似乎是个社会问题，一家两家枝枝节节为之，决不是办法。记得前些时侯，报上载过一条新闻，伦敦的警察和市民合作，举行了大规模的扫荡，全市于同一日发动，计用去鼠药数万磅，粮食数吨，厨房，阴沟，一切阴暗角落，全放了药，结果得死鼠数百万头。数百万这数目，不知占全伦敦老鼠总数的几分之几，数百万的数目虽然不小，但说伦敦的老鼠全部毒死，恐怕也不近事理。自然，鼠的猖獗是会因此一举而大大减少的，不过这也恐怕只是一时而已。

似乎凡有人类居住的地方就不会没有偷偷摸摸的又狡猾贪婪的丑类。所差者，程度而已。报上又登过一条消息：重庆市卫生当局特地设计了防鼠模范建筑。我们可以相信这种模范建筑会比竹笆涂泥巴的房屋要好上几百倍；然而我们却不敢相信这样一道防线就能挡住了老鼠侵略的凶焰，当四周都是老鼠繁殖的好场所的时候，一幢好的房子也只能相当地减少鼠患而已。老鼠是一个社会问题，没有市民全体的总动员，一家两家和鼠斗争，结果是不容乐观的。但这不是说，斗争乃属多事，斗争总能杀杀它们的威；不过一劳永逸之举，还是没有。

人们的拿手好戏是妥协。和老鼠妥协，恐怕也是由来已久的。人，到底比老鼠会打算盘，权衡轻重之后，人是宁愿供养老鼠，而不愿因小失大，损坏了他们认为值钱的东西。鼠们大概会洋洋得意，自认胜利，而不知已经中了人们的计。有一家书店把这妥协方策执行得非常彻底，他们研究出老鼠们喜欢换胃口，有时要吃面，有时又要吃米，可是老鼠当然不会事前通知，结果，人们只好每晚在书栈房里放一碗饭和一碗浆糊，任凭选择。据说这办法固然可以相当减少了书籍的损坏，如果这样被供养的鼠类会减低它们的繁殖力，那问题倒还简单，否则，这妥协的办法总有一天会使人们觉得负担太重了一点。

在鼠患严重的地方，猫是照倒不称职的。换过来说，也许本来是猫不像猫，这才老鼠肆无忌惮，而且又因为鼠患太可怕了，猫被当作宝贝，猫既养尊处优，借鼠以自重，当然不肯出力捕鼠了；不要看轻它们是畜生，这一点骗人混饭的诀窍似乎也很内行的呢！

1944 年 3 月 17 日

（原载《文风杂志》月刊第 1 卷第 4、5 期合刊，

1944 年 6 月 1 日出版）

森林中的绅士

　　据说北美洲的森林中有一种"得天独厚"的野兽，这就是豪猪，这是"森林中的绅士"！

　　这是在头部、背部、尾巴上，都长着钢针似的刺毛的四足兽，所谓"绅士相处，应如豪猪与豪猪，中间保持相当的距离"，就因为太靠近了彼此都没有好处。不过豪猪的刺还是有形的，绅士之刺则无形，有形则长短有定，要保持相当的距离总比无形者好办些，而这也是摹仿豪猪的绅士们"青出于蓝"的地方。

　　但豪猪的"绅士风度"之可贵，尚不在那一身的钢针似的刺毛。它是矮胖胖的，一张方正而持重的面孔，老是踱着方步，不慌不忙。它的潇洒悠闲，实在也到了殊堪钦佩的地步：可以在一些滋味不坏的灌木丛中玩上一个整天，很有教养似的边走边哼，逍遥自得，无所用心，宛然是一位乐天派。它不喜群的生活，但也并非完全孤独，由此可见它在"待人接物"上多么有分寸。

　　若非万不得已，它决不旅行，整年整季，它的活动范围不出三四里地。一连几星期，它只在三四棵树上爬来爬去；它躺在树枝间，从容自在地啃着树皮，啃得倦了，就打个瞌睡；要是睡中一个不小心倒栽下来，那也不要紧，它那件特别的长毛大衣会保护它的尊躯。

　　它也不怕跌落水里去，它全身的二万刺毛都是中空的，它好比穿了件救生衣，一到水里，自会浮起来的。

　　而这些空心针似的刺毛又是绝妙的自卫武器，别的野兽身上要是刺进了几十枚这样的空心针，当然会有性命之忧，因为这些空心针是角质的，刺进了温湿的肌肉，立刻就会发胀，而且针上又遍布了倒钩，倒钩也跟着胀大，倒钩的斜度会使得那针愈陷愈深。因此，遇到外来的攻击时，豪猪的战术是等在那里"挨打"，让敌人自己碰伤，知难而退。因为它那些刺毛只要轻轻一碰就会掉落，而又因其尖利非凡，故一碰之下未有不刺进皮肉的。

然而具有这样头等的自卫武器的它，却有老大的弱点：肚皮底下没刺毛，这是不设防地带，小小的老鼠只要能够设法钻到豪猪的肚皮底下，就是胜利者了。但尤其脆弱者，是豪猪的鼻子。一根棍子在这鼻尖上轻轻敲一下，就是致命的。这些弱点，豪猪自己知道得很清楚；所以遇到敌人的时候，它就把脑袋塞在一根木头下面，这样先保护好它那脆弱的鼻子，然后四脚收拢，平伏地面，掩蔽它那不设防的腹部，末了，就耸起浑身的刺毛，摆好了"挨打"的姿势。当然，它还有一根不太长然而也还强壮有力的尾巴（和它身长比较，约为五与一之比），真是一根狼牙棒，它可以左右挥动，敌人要是挨着一下，大概受不住；可是这根尾巴的挥动因为缺乏一双眼睛来指示目标，也只是守势防御而已。

敌人也许很狡猾，并不进攻，却悄悄地守在旁边静候机会，那时候，豪猪不能不改变战术了。它从掩蔽部抽出了鼻子，拼命低着头（还是为的保护鼻子），倒退着走，同时猛烈挥动尾巴，这样"背进"到了最近一棵树，它就笨拙地往上爬，爬到相当高度，自觉已无危险，便又安安逸逸躺在那里啃起嫩枝来，好像根本没有发生过什么事情似的。

这真是典型的绅士式的"镇静"。的的确确，它的一切生活方式——连它的战术在内，都是典型的绅士式的。但正像我们的可敬的绅士们尽管"得天独厚"，优游自在，却也常常要无病呻吟一样，豪猪也喜欢这调门。好好地它会忽然发出了声音摇曳而凄凉的哀号，单听那声音，你以为这位"森林中的绅士"一定是碰到绝大的危险，性命就在顷刻间了；然而不然。它这时安安逸逸坐在树梢上，方正而持重的脸部照常一点表情也没有，可是它独自在哀啼，往往持续至一小时之久，它这样无病而呻吟是玩玩的。

据说向来盛产豪猪的安地郎达克山脉，现在也很少看见豪猪了，以至美国地方政府不得不用法令来保护它了。为什么这样"得天独厚"，具有这样巧妙自卫武器的豪猪会渐有绝种之忧呢？是不是它那种太懒散而悠闲的生活方式使之然呢？还是因为它那"得天独厚"之处存在着绝大的矛盾——几乎无敌的刺毛以及毫无抵抗力的暴露着的鼻子——所以结果仍然于它不利呢？

我不打算在这里来下结论，可是我因此更觉得豪猪的"生活方式"叫人看了寒心。

1945 年 5 月 21 日

上杂谈一则，昨日从一堆旧信件中检了出来。看篇末所记年月日，方才想起写这一则时的心情，惘然若有所失。当时写完以后何以又搁起来的原因，可再也追忆不得了。重读一过，觉得也还可以发表一下，姑以付《新文学》。

1945 年 12 月 14 日记于无阳光室，重庆

（原载《新文学》月刊创刊号，1946 年 1 月 1 日出版）

一点回忆和感想

二十多年前有一个年青人因为人家说他"不觉悟",气得三天没有吃饭。"不觉悟"算是最不名誉的一件事,每一个有志气的青年交朋友、谈恋爱,都要先看对方是不是觉悟了的。趣味相投的年青人见面谈不到三句话就要考问彼此的"人生观";他们很干脆地看不起那些自认还"没有人生观"的人,虽然对于"人生观"这东西他们自己也还说不出个所以然来。

这在当时是一种风气;在当时,也就有些大人先生们看着不顺眼,嗤之为"浅薄",在今天看来,也觉得不免"幼稚"。然而,何尝不是幼稚得可爱?罗丹的有名的雕像叫做"铜器时代",我们那时的青年就好比是"铜器时代";这是从长夜漫漫中骤然睁开眼来,闻所未闻,见所未见,惊异而狂喜,陡然认识了自身的价值,了解了自身的使命,焦灼地寻求侣伴,勇敢地跨出第一步,这样的义无旁顾,一往直前的精神状态,正是古代哲人所咏叹的"朝闻道,夕死可矣"的精神,难道还不够伟大?

在那时,"觉悟"与"不觉悟"的,如同黑白一样分明。鄙夷权势,敝屣尊荣,不屑安闲,对于那些抱着臭老鼠而沾沾自满的家伙只觉得可怜,掉臂游行于稠人广座之中,旁若无人地发议论,白眼看天,意若曰:"你们这一套值得什么,我有我的人生观!"这是"觉悟者"的风格。诚然这不免是"幼稚"罢?然而何等可爱!事实上也正是这些"幼稚"的人们,冲锋陷阵,百炼成钢,在近二十年的中国历史上写下了光焰万丈的诗篇。

在那时,没有这样的青年:听他的议论,头头是道,看他的行事,世故深通,一则曰:"这是应付环境",再则曰:"为了生活,不得不然",真人面前说假话,放一个屁也要"解释"出一番道理来;你说他是"罗亭"么，他没有罗亭那样热情坦白；说他是"阿Q"么，他比阿Q多些洋气，多会一套八股，多懂若干公式。而尤其不凡的，他会批评二十多年前的年青人：幼稚！当然，他是老练的，可是也老练得太可怕了！

在那时，明明是"少爷出身"的人，总想人家不当他是"少爷"，忘记了他是"少爷"，总想从自己身上抹去这"少爷"的痕迹。在今天，有些明明不是"少爷"或者当不成"少爷"了的，却总想给人家一个印象，他是世家子弟，他是百分之百的"少爷"，好像他那一套漂亮的前进词令唯有在"本来是少爷"的背景之前乃更漂亮似的。

二十多年前的少女视涂朱抹粉为污辱，视华衣盛饰为桎梏；二十多年后，少女成为中年妇人了，可又视昔之以为"污辱"及"桎梏"者为美，为"场面"，而且说起从前那样厌恶那些"污辱"和"桎梏"，总带点忸怩，总自谦为"幼稚"，若不胜其遗憾。而且还有理由："你看苏联女人也都浓妆艳抹！"五年计划以前苏联女人的妆饰如何，当然不谈。《官场现形记》描写一位"提倡俭朴"的巡抚大人，属员们穿了整齐些的衣服来见他便要挨骂，结果是省城里旧衣铺的破烂官服价钱比新的还贵。二十多年前屏华饰而不御的那些女青年当然和这位巡抚大人在动机上大有差异；至多只能说那是"幼稚"，然而这样的"幼稚"在今天的女青年群中可惜太少见了。

我想起这一切，真有点惘然，我并不愿意无条件拥护二十多年前那种"幼稚"，然而我又觉得，和那时的"幼稚"一同来的坦白、天真、朴素、勇敢，正是今天若干极想"避免幼稚"的年青人所缺乏的。不怕幼稚，所可怕者，倒是这一点欠缺！

1945 年"五四"前三日

（原载重庆《大公报》，1945 年 5 月 4 日）

写于悲痛中①

十九日下午三时接到我妻由上海拍给我的急电，报告鲁迅先生逝世，促我速回上海，真如晴天一霹雳！我不能相信！双十节下午，我到上海大戏院去看苏联名片《杜勃洛斯基》②，恰好遇着鲁迅先生和他夫人和孩子，我们坐在一处，谈了好多话。双十节离十九不过八天，我怎么能够相信会出了这样大的乱子！

然而电文上明明写着"周已故"，这"周"不是"大先生"还有哪个？不是他还有哪一个"周"能使我妻发急电来促我速归？

然而我却因为痔疮发作，卧在床上动不得。我恨极了这一次忙里偷闲的旅行！我发了个回电。仍旧希望第二天早上能够勉强就道，夜里我躺在床上，回忆着双十节和鲁迅先生在上海大戏院里的谈话，又回忆着十月二号（或三号）我和G君到鲁迅先生家里给他拍照那一个下午的谈话，又痛苦地猜想这次的"晴天霹雳"的来由。凭那两次最后的晤面，我不能相信鲁迅先生会突然于十九日逝世，虽然和G君去访他那一次回来时，G君在车中对我说："今天看见鲁迅的面色和精神比我意想中好些，可是他若不赶紧转地疗养，总是危险。"我又记起史沫特莱女士在八月初离上海去避暑时，也对我说："他此时虽然好得多了，可是靠不住，一定要转地疗养！那位美国专家说过：如果仍住在那房子里，他过不了夏！我们一定要使他赶快转地疗养！他自己总说不要紧，可是患肺病的人自己常常是乐观的呵！"八月中旬，鲁迅先生拣定了转地疗养的地点是日本镰仓。可是后来又不果行。夏天却已过去了。九月中我晤见他，他说暑天已过，索性再过几时，或者到香港去换换空气。谁知道十月中旬忽然来这晴天霹雳！现在回想起来，我们若能把转地疗养这问题很早布置得妥帖，则鲁迅先生不至于因有事实上的一些困难而迁延了这三个月的工夫，我们太不负责，我们这罪不能宽饶！我们太不中用了！

十九日一夜，在这样悲痛回忆中过去，二十日清晨，我跳起来决定乘早班船再转火车，可是痔痛如削，刚走得一步便蹲下了！我太不中用！我没有法子瞻仰最后一次的遗容了！

"中国只有一个鲁迅，世界文化界也只有几个鲁迅，鲁迅是太可宝贵了！"——这是G君在十月二日和我去访鲁迅先生后回来时的话。但是，但是我们太不宝贵鲁迅了，我们没有用尽方法去和鲁迅的病魔斗争，我们只让他独自和病魔挣扎，我们甚至还添了他病中精神上的不快！中国人的我们，愧对那几位宝爱鲁迅先生的外国朋友！

①本篇最初发表于一九三六年十一月一日《文学》第七卷第五号。

②《杜勃洛斯基》即《杜勃洛夫斯基》，根据普希金同名小说（一译《复仇艳遇》）摄制的影片。

向鲁迅学习

一

鲁迅在他战斗的一生中，为翻译、介绍外国文学所耗费的精力和时间，是多得惊人的。在这样繁重的介绍工作中，鲁迅表现了始终一贯的高度的革命责任感和明确的政治目的性。

鲁迅的介绍、翻译外国文学的活动，开始于他在日本留学的时期。"风雨如磐暗故园"，那时清王朝以及当权的洋务派崇洋媚外，出卖国家主权；以振兴实业，引进西洋科技知识为名，实际上为帝国主义的经济侵略与文化侵略大开方便之门，同时又为中国第一代的大地主官僚买办资产阶级的成长，准备了温床。洋务派又以"中国国粹"的卫道者自居，打起"中学为体，西学为用"的招牌，推行野蛮的封建文化专制主义；他们顽固地鼓吹中国数千年封建文化的一切糟粕，视为神圣不可侵犯，妄图借此锢蔽人民的思想，禁止人民任何反抗封建礼教、封建秩序的言行。

此与同时，孙中山领导的资产阶级民主革命派主张武力推翻清王朝，建立"五族共和"的民主共和国；他们不但对卖国丧权的清王朝进行了多次的武装起义，也同主张君主立宪的保皇派进行了大论战。保皇派主张君主立宪，但立宪是假的，保皇是真的，他们是投降派。鲁迅在政治上属于革命派，但他主要是从介绍西方文化与西方文学方面参加了对洋务派和保皇派的斗争。而这个思想意识领域的重要性却正是当时革命派所忽略了的。

二

一九〇七年前后，鲁迅发表了几篇重要论文，投入革命派对洋务派和保皇派的大论战。其中《文化偏至论》和《摩罗诗力说》是反映他这时期政治思想和文化思想的代表性著作。

《文化偏至论》简要地叙述了欧洲宗教改革运动以后直至所谓世纪末的各种混乱、颓废思潮，而结论为：今所注重者，"止于二事：曰非物质，曰重个人。"他所谓"非物质"即是"反对偏重物质文明"；所谓"重个人"即是"要求思想解放"。鲁迅在此文中痛论"西方物质文明的流弊"，即资本主义进入帝国主义阶段后阶级斗争的激化，马克思主义运动的广泛深入以及帝国主义列强间争夺势力范围的激烈已经爆发了多次的武装冲突。由于时代的限制，鲁迅当时论述十九世纪后期的欧洲思潮时，还看不到这些混乱、颓废思潮的社会根源，也没有提到指引人类解放的马克思主义，而只是笼统地认为这是偏重物质文明的流弊。又因为他强烈要求思想解放（这在"五四"运动时才在"打倒孔家店"的口号下正式提上日程），以至只看到尼采超人哲学的"偶像破坏"的一面，而忽略其极其反动的一面。然就其主要者而言，《文化偏至论》所提出的问题在当时是一声惊雷，可惜这雷声在旷野中自行消失了。鲁迅在论文结尾说："是故将生存两间，角逐列国是务，其首在立人，人立而后凡事举；若其道术，乃必尊个性而张精神。假不如是，槁丧且不俟夫一世。"此所谓"立人"即现在所谓"人民的觉悟"。鲁迅这结论作于七十年前，在当时是少见的，几乎是唯一的有远见的呼声。

《摩罗诗力说》像普罗米修斯偷天火给人类一样，给当时的中国知识界运输了革命的精神食粮。

《摩罗诗力说》介绍了十九世纪欧洲资产阶级的民主主义文艺思想，热烈歌颂了代表这种文艺思想的若干"立意在反抗，指归在动作"的叛逆诗人（摩罗诗人，恶魔诗人），如拜伦、裴多菲、密茨凯维支等等。鲁迅当时没有可能翻译这些诗人的充满着火焰般叛逆精神的作品，而只能介绍他们的作品的内容以及他们的投身于民族解放运动（甚至帮助别的被奴役的民族），不畏艰险，以身殉之的英雄气概。这在当时，起了鼓舞革命派的士气的作用。

同一时期，鲁迅又翻译并印行了《域外小说集》。这个短篇小说集是继续《摩罗诗力说》的主旨，介绍了俄国、北欧、波兰等国的反映人民痛苦和民族解放运动的作品。这是第一次把反映被压迫的人民和被奴役的民族的叛逆和反抗的作品，介绍到中国。其用意和《摩罗诗力说》是相同的。

三

《文化偏至论》《摩罗诗力说》和《域外小说集》在当时是旷野的呼声；此后十年间，世界发生了空前的变化，苏联十月革命的炮声给中国送来了马列主义，而且由于中国本身的社会矛盾在激化，阶级斗争在发展，爆发了震撼中国社会的"五四"运动，并接着宣告了中国共产党的成立。鲁迅属于"五四"运动的"左派"。他十年前提出的要求人们思想解放，扫荡一切锢蔽人们耳目的旧传统、旧文化，和被压迫人民与被奴役民族都得到解放的革命呼声，在这时候不再是旷野的呼声而引起了千百万知识青年的热烈响应。

在这时期，鲁迅翻译、介绍世界进步的文学，其数量也比过去多得多了。重点仍在反映被压迫人民和被奴役民族的痛苦和斗争。十年前，《域外小说集》在东京和上海两地各只卖出了二十册，现在，范围扩大而数量增多的新译的世界进步文学作品的读者，就不是以千计、以万计，而应该以十万计了，其影响之深远是空前的。

鲁迅当时主张文学应当"为人生"。他认为十九世纪以来的俄国文学"就是'为人生'的，无论它的主意是在探究，或在解决，或者堕入神秘，沦于颓唐，而其主流还是一个：为人生。"（"南腔北调集"：《〈竖琴〉前记》）他当时翻译介绍的安特莱夫和阿尔志跋绥夫就是两个"堕入神秘，沦于颓唐"的作家。鲁迅站在革命民主主义的立场，批判这些作品所表现的悲观厌世思想，指出这些作品的可取之处只是在某种程度上暴露了沙俄社会的黑暗现实，而且其中"许多事情竟和中国很相像"。因此，翻译这些作品，也意在由彼及此，揭露那时中国反动统治者（北洋军阀）及其帮闲文人对于改革者的迫害。鲁迅那时以为首要之务是唤醒人民，使其知道病根何在，至于用什么药方，应由人民自己选择。

那时鲁迅的翻译中还有不少童话，其中就有俄国盲诗人爱罗先珂的一部童话集和一部童话剧。爱罗先珂并非世界上赫赫有名的诗人，是在一九二一年他被日本政府驱逐出日本之后，鲁迅这才"留心到这位漂泊的失明的诗人"。爱罗先珂被日本政府放逐时，还遭到了"辱骂与殴打"。鲁迅说，"如一切被打的人们往往遗下物件或鲜血一样，爱罗先珂也遗下东西来，这是他的童话集"。（《〈狭的笼〉译后附记》）鲁迅认为爱罗先珂的童话"只是梦幻，纯白，而有大心"。（《〈池边〉译后附记》）正因为爱罗先珂的童话表现有对于被压迫者的同情，鲁迅所以热情地翻译、介绍给中国读者。

鲁迅此时还翻译了日本评论家厨川白村的《出了象牙之塔》、鹤见祐辅的《思想、山水、人物》。鲁迅并不是全部赞成这两个人的论点，而只是以为可以作为中国的"借鉴"，因为这些书中所揭露的日本思想界的矛盾、腐化与无所作为，"多半切中我们现在大家隐蔽着的痼疾"。

鲁迅还译过厨川白村的文艺理论著作《苦闷的象征》。厨川白村根据弗洛伊特的"精神分析学"和柏格森的生命哲学，认为"生命力受了压抑而生的苦闷懊恼乃是文艺的根柢"。鲁迅翻译时，还没有识破这种唯心主义理论的荒谬性。

这一时期鲁迅的思想正处于新旧交替时期。"五四"以后，中国共产党领导下的工农革命运动蓬勃开展，反帝反封建的斗争日益高涨，导致了北伐战争初期的伟大胜利，然而即在此时，作为"五四"运动右翼的资产阶级知识分子已经转向反动。这使鲁迅思想产生了矛盾的波澜，他感觉到自己原来掌握的进化论等旧的思想武器日益显得不能适应新的斗争要求，而新的阶级力量又还没有充分认识到。这种彷徨求索的矛盾心情反映在这一时期的翻译工作中，就像上面简单叙说的那样，他所翻译介绍的作品中的消极成分或者未能进行批判，或者虽然批判了而不够有力。

四

一九二六年，在广州，代表大地主买办阶级的国民党反动派如何投降帝国主义而出卖革命，而血腥屠杀当年手无寸铁的共产党员，鲁迅是目睹的，是万分愤慨的。当其时，同是青年而或者投靠国民党反动派，卖友求荣；或者慷慨就义，宁死不屈，鲁迅也是目睹，是万分愤慨的。这些血的教训，最终轰毁了他多年来据以观察、分析事物的进化论思想，转而求索那解决人类命运的普遍真理，他开始阅读、研究马克思列宁主义。

本来鲁迅反帝反封建的战斗目标，同中国共产党的新民主主义战斗纲领是一致的；他的英勇无畏的斗争精神，反映了广大人民要求革命、要求解放的强烈愿望。鲁迅思想中这一主导力量，决定了他思想中的进化论思想和唯心主义成分必然会随着中国革命的发展而被克服。果然，在一九二六年以后，短短数年内，鲁迅通过勤奋的学习和英勇的斗争实践，终于完成了从革命民主主义者到共产主义者的飞跃。

由于认识到中国革命不能离开中国无产阶级的领导，鲁迅对中国无产阶级革命先锋队——中国共产党的忠诚是一贯的、坚定的。而在他弄通并掌握了马列主义这一思想武器的过程中，他又锐敏地感觉到中国共产党内的路线斗争将决定共产党的未来，亦即中国革命的未来。虽然他是党外布尔什维克，可是他对党内的路线斗争已能辨明其方向，而自觉地坚决拥护正确的一边，这表现为他对领导正确路线的毛主席的无限忠诚与热爱。

一九二八年革命文艺队伍内部关于革命文学的激烈争论，提出了一系列的理论问题，急待依据马列主义的立场、观点，做出科学的论断，以便澄清思想上的混乱。那年八月，鲁迅曾在回答一个读者的信中说："希望有切实的人，肯译几部世界上已有定评的关于唯物史观的书——至少，是一部简单浅显的，两部精密的——还要一两本反对的著作。那么，论争起来，可以省说许多话。"（《三闲集》：《文学的阶级性》）这里，鲁迅提出"还要一两本反对的著作"，意思是，如果要对唯物史观有真正的理解，化为自己的思想的血肉，则除了钻研正面教材以外，还得阅读反面教材。而在那时，一些自称唯物史观的评论家其实连正面教材也没有看过原版，只从一些私贩者手里间接弄来了若干公式。因此，鲁迅要求有"切实的人"认真做运输精神食粮的工作。

这个工作，鲁迅不久就自己来动手做了。

他翻译了普列汉诺夫的《艺术论》，卢那察尔斯基的《艺术论》《文艺与批评》，以及日本人辑译的《文艺政策》（这是根据俄罗斯共产党中央委员会于一九二四年五月九日召开的关于文艺的党的政策讨论会的记录等材料编译的）。这几部书，可以说是把马克思主义文艺理论著作和十月革命后俄国文艺界的论争和结论等等，第一次介绍到中国来。虽然其中并非完全都是马克思主义的，但这无疑有助于解决我国当时革命文艺队伍内部的争论，并推进革命文艺的健康发展。

鲁迅又热情地翻译、介绍了反映苏联国内革命战争的作品。他自己翻译了法捷耶夫的长篇小说《毁灭》，并为绥拉维摩维支的《铁流》（曹靖华译）的出版，费尽了心血。他赞扬这两部小说写了"铁的人物和血的战斗"。在当时中国的革命斗争中也充满着"铁的人物和血的战斗"。因而这两部小说的翻译，不但鼓舞了当时在共产党领导下浴血战斗的革命群众的士气，也使广大读者从书本联系到自己国家的现实，坚定了对革命的信仰。

此外，鲁迅又翻译了高尔基的作品以及沙俄时代批判现实主义的作品，如契诃夫的短篇小说和果戈理的长篇小说《死魂灵》等。同时他和从前一样，热情于介绍、翻译被压迫人民和民族的艰苦卓绝的斗争的文学作品。鲁迅介绍那些反映了被压迫人民和民族英勇地求解放的作品，不光是出于同情，而是因为它们"和我们的世界更接近"。中国和它们的"境遇"相当近似，不但都受帝国主义的侵略，沦为半封建半殖民地，而且都有长期坚强反抗的历史，读了这些作品，易于"心心相印"，互相支持，互相鼓舞。这就把翻译、介绍被压迫人民、民族解放斗争作品的工作，提到了全球性的革命战略的高度。在这里，鲁迅的翻译、介绍工作，是紧密地配合了各个时期中国革命的需要的。

鲁迅不把翻译方法看作单纯的技术问题，而是提高到政治斗争的原则问题来处理的。

鲁迅认为翻译必须忠实于原作，而且主张在"信""达"不可得兼的情况下，"宁信而不达"。当时御用文人梁实秋之流诬蔑鲁迅的翻译是"死译""硬译"，其背后的阴险用心在于堵塞、摧残马克思主义文艺理论及革命文学作品的传播。鲁迅对此给以迎头痛击，指出这不是个翻译方法问题，而是由哪个阶级来占领翻译阵地的问题，亦即运输精神食粮的渠道掌握在谁手里的问题。他说：他们妄图使人民群众在法西斯的愚民政策下，"由聋而哑"，任其宰割，"非弄到大家只能看富家儿和小瘪三所卖的春宫，不肯罢手"。鲁迅就是这样把翻译工作看成是粉碎反动派的愚民政策，激发人民革命情绪的重要手段。

鲁迅称忠实于原作的翻译方法为"直译"，梁实秋之流却诬蔑为"死译""硬译"。这里实质上就是在翻译方法上反映了阶级斗争。反动派文人当时自夸为"达"而"雅"的译品其实是歪曲原作，使之面目皆非，以便达到其"说真方、卖假药"的罪恶目的。鲁迅为了揭露他们的卑劣手段，不但提出"直译"这一正确主张，而且提出了必须有"复译"这一在当时绝对必要的主张。在当时，出版商和资产阶级文人都视译品为商品的情况下，粗制滥造的译品泛滥市场，复译的必要性也就提到阶级斗争的高度，而不仅是个忠于原文的问题了。

鲁迅当时也极力支持转译（重译），这也是根据当时实际情况出发，唯有转译才能迅速传布马列主义及其文艺理论，才能使中国读者看到被压迫人民、被奴役民族以及十月革命后苏联的无产阶级文学作品。

以上的叙述，十分粗糙、简略，也不免有错误，但是大体上可以看出：在鲁迅战斗生活的最后十年中，贯穿于其早期工作中的高度革命责任感和明确的政治目的性，逐步加强而发展了。

这是我们在外国文学工作中首先要向鲁迅学习的。

鲁迅对于中外古今的文学遗产，从不采取片面的极端的态度。他是辩证地看待它们的；他主张吸取其精华，化为自己的血肉，主张借鉴，古为今用，洋为中用。他反对夸大一点以概括全面，也反对因有小疵而抹杀其基本上的有益部分。他强烈抨击那些抱残守缺、锢蔽耳目的所谓"国粹"，但他也竭力主张中国五千年封建文化的精华应当继承而发展，而使古为今用。他猛烈抨击当时所谓"全盘西化"的谬论，并斥之为洋奴思想。但他对于西方文化、文学的优良部分，便热情地翻译和介绍。他努力于介绍欧洲十九世纪的批判现实主义文学和反映被压迫人民、民族的文学，但他也重视欧洲古典文学（指古代希腊、罗马和欧洲资产阶级上升期的文学），认为可以借鉴，应当吸收其血肉以滋补我们自己而弃其皮毛。他主张文学题材和风格的多样化，他反对文学评论中的"一言堂"，反对宗派主义。认为这样才不会故步自封，才可以创造生气勃勃的新局面，这就暗合了伟大领袖毛主席的"百花齐放，百家争鸣""推陈出新"的方针。我们在介绍世界文学工作方面向鲁迅学习，我以为就应当学习这些。

当然，首先要学习并真正弄通马列主义、毛泽东思想，然后我们的学习鲁迅才不是皮毛，我们的介绍世界文学的工作才不会流于形式主义。

五

反党集团"四人帮"利用他们窃取的权力，霸占了文艺阵地，疯狂地篡改了毛主席的光辉的文艺思想。对待外国文学的介绍，他们推行一条形"左"实右的路线。叛徒江青公然吹捧西方腐朽的、资产阶级大加宣扬的《飘》一流的作品，而对于还有进步意义的十九世纪欧洲的批判现实主义文学作品却横加诬蔑、歪曲；对高尔基的作品以及苏联十月革命后表现无产阶级战斗精神与革命英雄主义的作品，不分青红皂白，一棍子打入冷宫。他们打着拥护鲁迅的旗号，实际上干着歪曲鲁迅、攻击鲁迅的阴险勾当。他们妄图复辟封建主义、资本主义，抄袭了当年鲁迅所痛斥的国民党反动派企图使人民大众"由聋而哑"的文化专制主义。

英明领袖华主席一举粉碎了"四人帮"。文艺园地开始呈现一片百花齐放、欣欣向荣的景象。然而"四人帮"的流毒尚待继续肃清，在介绍世界文学方面，也是如此。为了做好介绍世界文学的工作，就必须继续认真学习和完整准确地理解马列主义毛泽东思想。毛主席的《在延安文艺座谈会上的讲话》是马列主义文艺理论的总结和发展。掌握了这个强大的思想武器，才能使介绍世界文学的工作，真能为我国的社会主义革命和社会主义建设的宏伟事业尽其运输精神食粮的任务。在这一点上，介绍世界文学的工作就和肃清"四人帮"余毒的工作有不可分割的关系了。任务是艰巨的，前途是光明的。毛主席光辉的文艺思想在引导着世界文学介绍工作者前进！

1977 年 7 月 8 日写完

马达的故事

一　马达的"屋子"

东山教员住宅区有它的特殊的情调。

这是一到了这"住宅区"的人们立刻就会感到的,然而,非待参观过各位教员的各种个性的"住宅"以后,说不出它的特殊在哪里;而且,非得住上这么半天,最好是候到他们工作完毕,都下来休息了,一堆一堆坐着站着谈天说地,而他们的年青的太太们也都带着儿女们出来散步,这高冈上的住宅区前面那一片广场上交响着滔滔的雄辩,圆朗的歌音,及女性的和婴儿的咿咿呀呀学语的柔和细碎的话声的时候,其所谓特殊情调的感觉也未必能完整。

而在这中间,马达的巨人型的身材,他那方脸、浓眉、阔嘴,他那叉开了两腿,石像似的站着的姿势,他那老是爱用轩动眉毛来代替笑的表情,而最后,斜插在嘴角的他那支硕大无比的烟斗,便是整个特殊中尤其突出的典型。

不曾听说马达有爱人,也没有谁发见过马达在找爱人:他是"东山教员"集团内少数光棍中间最为典型的光棍。他的"住宅"就说明了他这一典型,他的"住宅"代表了他的个性。没有参观过马达的"住宅",就不会对于"东山教员住宅区"的各个"住宅"的个性了解得十分完整。

门前两旁,留存的黄土层被他削成方方整整下广上锐的台阶形,给你扑面就来一股坚实朴质的气氛,当斜阳的余晖从对面山顶淡淡地抹在这边山冈的时候,我们的马达如果高高地坐在这台阶的最上一层,谁要说这不是达·芬奇的雕像,那他便是没眼睛。白木的门框,白木的门;上半截的方格眼蒙着白纱。门楣上刻着两个字:马达。阳文,涂黑，雄浑而严肃，犹似他的人。

但是门以内的情调可不是这般单纯了。土质的斗型的工作桌子，庄重而凝定，然而桌面的二十五度的倾斜，又多添了流动的气韵。后半室是高起二尺许的土台，床在中心，四面离空，几块玲珑多孔的巨石作了床架，床下地面繁星一般铺了些小小的石卵，其中有些是会闪闪耀着金属的光辉。一床薄被，一张猩红的毯子，都叠成方块，斜放在床角。这一切，给你的感觉是凝定之中有流动，端庄之中有婀娜，突兀之中却又有平易。特别还有海洋的气氛，你觉得他那床仿佛是个岛，又仿佛是粗阔的波涛上的一叶扁舟。

然而这还没有说尽了马达这"屋子"的个性。为防洞塌，室内支有木架，这是粗线条的玩意。可是不知他从哪里去弄来了一枝野藤（也许不是藤，总之是这一类的东西），沿着木架，盘绕在床前头顶，小小的尖圆的绿叶，缨络倒垂。近根处的木柱上，一把小小的铜剑斜入木半寸，好像这是从哪里飞来的，铿然斜砍在柱上以后，就不曾拔去。

朝外的土壁上，标本似的钉着一枝连叶带穗的苗壮的小米。斗型的工作台上摆着全副的木刻刀，排队一般，似乎在告诉你：他们是随时准备出动的。两边土壁上参差地有些小洞，这是壁橱，一只小巧的表挂在左边。一句话，所有的小物件都占有了恰当的位置，整个儿构成了媚柔幽娴的调子。

巨人型的马达，就住了这么一个"屋子"。一切都是他亲手布置，一切都染有他的个性。他在这里工作，阔嘴角斜叼着他那硕大无比的烟斗。他沉默，然而这像是沉默的海似的沉默。他不大笑，轩动着他的浓重的眉毛就是他代替了笑的。

二　马达的烟斗和小提琴

认识马达的人，先认识他的大烟斗。

马达的大烟斗，是他亲手制造的。

"这有几斤重罢？"人们开玩笑对他说。

于是马达的浓眉毛轩动了，他那严肃的方脸上掠过了天真的波动似的笑影。他郑重地从嘴角上取下他的烟斗，放在眼前看了一眼，似乎在对烟斗说："吓！你这家伙！"

他可以让人家欣赏他的烟斗。像父母将怀抱中的爱子递给人家抱一抱似的，他将他的烟斗交在人家手里。

那"斗"是什么硬木的老根做的，浑圆的一段，直径足有一寸五分。差不多跟鼓槌一样的硬术枝（但自然比真正的鼓槌小些），便作成了"杆"，插在那浑圆的一段内。

欣赏者擎起这家伙，作着敲的姿势，赞叹道："呵，这简直是个木榔头（槌子）呢！"他仰脸看着马达，想要问一句道，"是不是你觉得非这么大这么重，就嫌不称手？"可是马达的眉毛又轩动了，他从对方的眼光中已经读到了对方心里的话语，他只轻声说了七个字："相当的材料没有。"

"这杆子里的孔，用什么工具钻的？"

"木刻刀。"回答也只有三个字。

这三个字的回答使得欣赏者大为惊异，比看着这大烟斗本身还要惊异些，凭常情推断，也可以想象到，一把木刻刀要在这长约四寸的硬木枝中穿一道孔，该不是怎样容易的。马达的浓眉毛又轩动了，他从欣赏者脸上的表情明白了他心里的意思；但这回他只天真地轩动眉毛而已，说明是不必要的，也是像他这样的人所想不到的。

可不是，原始人凭一双空手还创造了个世界呢，何况他还有一把木刻刀！

市上卖的不是没有烟斗。这是外边来的粗糙的工业制造品，五毛钱可以买到一支。虽说是粗糙的工业制造品，但在一般人看来，还不是比马达手制的大家伙精致些。鄙视工业制造品的心理，马达是没有的，即使是粗糙的东西。然而这五毛钱的家伙可小巧得出奇。要是让马达叼在嘴角，那简直像是一只大海碗的边上挂着一支小小的寸把长的瓷质的中国式汤匙。

"你也买过现成的烟斗么？"欣赏者又贸贸然问了。

"买过。"马达俯首看着欣赏者的脸，轻声说。于是他慢慢地抬起头来，看着遥远的空际，他那富于强劲的筋肉的方脸上又隐约浮过了柔和而天真的波纹，似乎他在遥远的空际望到了遥远的然而又近在目前的过去，"买过的，"他又轻声说，"比这一支小些！"

他从欣赏者手里接过了他的爱人一般的大烟斗。又开了两腿，他石像似的站着，从烟斗里一缕一缕的青烟袅绕上升，在他那方脸上掠过，好像高冈上的一朵横云。刹那间云烟散了，一对柔和的眼睛沉静地看着你，看着周围的一切，看着这世界宇宙。于是你会唤起了什么的回忆：那是海，平静的海，阔大，而且和易，海鸥们在它面上扑着翼子，追逐游戏，但是在这平静和易之下，深深的，几十尺以下，深深的蛟龙潜伏在那里，而且，当高空疾风震雷闪电突然际会的时候，这平静的海又将如何，谁又能知道呢？

一天，夕阳西下，东山教员住宅区前那一片广场上照例喧腾着笑声、歌声、谈话的时候，人们忽然觉得缺少了什么东西。

又开了两腿，叼着大烟斗，石像似的站着，只用轩动眉毛来代替笑的马达，不在这里。当他照例那样站着和人们在一处的时候，人们不一定时时想着："哦！马达在这里！"但当这巨人型的马达忽然不在的时候，人们就很尖锐地感到缺少了一件不能缺少的东西。

"马达正在向他的爱人进攻呢！"和马达作紧邻的人笑了说，"马达是会用水磨功夫的！"

这一句不辨真假的话，可能立刻成为一个主题；戏剧家、小说家、诗人、漫画家、作曲家，甚至也还有理论家，一时会纷纷议论，感到极大的兴趣。女同志们睁大了眼睛听，同时也发表了她们的观察和分析。

不错，马达是正在用水磨功夫，对付——但不是人，而是一块薄薄的木板子。

当好奇者在马达"住宅"的门前发现了他的时候，这巨人正躬着腰，轻轻而又使劲地，按住一块薄薄的木板子，在一块砂石上作水磨，那种谨慎而又敏捷的姿势，好像十七八岁的小儿女在幽闺中刺绣。

谁要是看了这样专心致意而又兴趣盎然，还会贸然冲上去问一句："喂，马达同志，你这是干么的？"——那他真是十足的冒失鬼。

蹲在一旁，好奇者孜孜地看着：他渐渐忘记了马达，马达也似乎始终不曾见到他。

大烟斗里袅起青烟的当儿，马达轩动着眉毛，探身从土台的最高一级拿下个古怪的东西，给好奇者看。

"哦！"好奇者恍然大悟了。这是个小提琴的肚子，长颈子还没装上；这也是薄薄的木板——该说是木片，已经被弯成吕字形，中间十字式的木架撑住，麻绳扎着；这是极合规则的小提琴的肚子，但前后壁却还缺如。

"哦，"好奇者指着马达正作着水磨功夫的一块说，"这是装在那肚子上的罢？"

马达点头，又轩动着眉毛，满脸的笑意。

被水磨的那块板并不是怎样坚硬细致的木料，马达总希望将它弄到尽可能地光滑，他找不到砂皮，所以想出了水磨的法子。但是，已经被磨成吕字形的长条的薄木片，光滑固然未必十足，全体厚薄之匀称却是惊人的。

"呵！这样长而且薄的木板，你从那里去弄来的？"好奇者吃惊地问。

"买来的，"马达静静地回答，柔和的眼光忽然闪动了，像是兴奋，又像是害羞。"新市场里买的。"

"哦！"好奇者仰脸注视着马达的面孔，"了不起！"这当儿，他的赞叹已经从木板移到人，他觉得别的且不说，刚是能够"找到"这样的薄薄的木板，也就是"了不起"的事情。

马达完全理会得这个意思，他庄重地说道："买这容易。这是本地老百姓做蒸笼的框子用的！"

于是谈论移到了制造一个小提琴所必需的其他材料了。马达以为弦线最成问题。

"胡琴用的弦线，勉强也可以。"马达静静地说，从嘴角取下他那大烟斗。

躬着腰，他又专心一意兴趣盎然去对付那块木板了。好奇者默默地在一旁看，从那大烟斗想到未来的小提琴，相信它一定会被制成的。

隔了好几天，傍晚广场上照例的小堆小堆的人们中间，又照例的有叉开了两腿、叼着大烟斗的马达了。他的小提琴制成了罢？没有人问他，照例他不会先对人家提到这话儿。然而大家都知道，制成是没有疑问的。当好奇者问他："那弦线怎样？成么？"

"木料也不成！"马达庄重地回答。

只是这么一句话。

青烟从大烟斗中袅袅升起，烟丝在烟斗里吱吱地叫。马达轩起了他那浓眉，举起柔和的眼光，望着对面山顶的斜阳，斜阳中款款摇摆着的狗尾巴草似的庄稼，驮着斜阳慢慢走下山冈来的牛羊。

（原载《艺文志》月刊第 2 期，1945 年 3 月出版）

记 Y 君①

一

　　船名叫作"醒狮"，这小小一组的旅客一共是五位，开船的那一天不迟不早是阳历元旦。

　　预先打听过，这条"醒狮"要走这么十天才能到埠。但没有办法，十天就十天罢。"沙基惨案"以后，"香港"交通还没恢复常态，而且五位之中那个常常自吹他有"阔本家"的"准小开"不知从哪里听来了无稽之谈，像一匹鼓起了肚子不怕吹垮的癞蛤蟆，一口咬定要是在香港过身，准会惹起麻烦。就这样，买票等等手续都由"准小开"一手包办。

　　轮船公司也是抓住机会打算在这一条航线上插一脚，急急忙忙把货船改了装，据说一共才只走了三班，这就可想而知，这条"醒狮"的设备不会高明到哪里去的。然而"准小开"单凭"捎客"一面之词，只知道这是一条"新船"，且又一定的是"官舱"，一幅美丽而舒适的近海旅行的图画在定妥舱位的时候便装进他脑子里了；因此，三十一日上午，为了周到起见，他亲自上船一看，好容易揪住一个茶房带路，从船长室抄过一排虽不怎样富丽堂皇但也还精致干净的房间，而后到了船尾，当那带路的茶房指着一个长方形的黑洞，说"官舱就在下边"的时候，"准小开"简直是弄昏了。他看看黑洞右首是雏鸭棚，左首是厕所，突然伸手捏住了鼻子，转身便走，不发一言。

　　那天午后，"准小开"的同行者接到电话：交涉办妥了，船上人让出了一间房，有六个铺位，你们赶快上船，迟了也许又有变卦，到船上找西崽头目就得了。

　　四点钟左右，Y君和两个同伴挤在那船上人让出来的房间里，三个人站成一排，侧着头我看你，你看我；三层的铺架挡在他们面前，稍稍一个不小心，就会碰鼻子，而他们的背脊却已贴着了板壁；三位之中衣服穿的最厚的刘，几乎连转个身也怪费力。

"不对，不对，一定弄错了！"刘大声嚷着，他那凹面孔上亮晶晶地冒出一层油汗，平时的三分傻气七分少爷派，此时掉过头来足有七分的傻气了。

"怎么会弄错？"靠在门框上那西崽说，"头目是交代得清清楚楚的。"

"那么，你去叫头目来！"刘很神气地喊，面对着那三层铺架。

"头目上岸去了，你有话同我说！"

"那——那——"刘用臂推着 Y 君，表示要他让出路来，"那我就找你船上的买办。"

按照这间房的极端经济的布置，Y 君亦只能用臂推着那身在门外而又靠在门框上的西崽要他先让开，但是 Y 君并不这么办；他攀住了最上一层铺架的木板，身子一缩，居然很顺利地塞在中间一层的一个铺位里了，好像他早就有过训练。

"错是不会错的，"身子折成两半似的"坐"定了以后，Y 君慢吞吞地说。他把头伸在上层的铺板之外，悠悠然笑了笑，又说道："我们的准小开到底有点手腕，找到了这样特别的房间！"

那西崽也笑了。"当真，这条船上就数这一间房是呱呱叫的，"他斜起半只眼看着刘说，"你瞧，亮爽，空气好，那边是船长室，这对面，就是大餐间。"

刘不作声，扁着他那臃肿的身子慢慢地挨到门边，自言自语道："也罢，等小开来了再说。"他抬头朝前看，这才发见那三层的铺架是紧靠着一排玻璃窗把窗做死了的，窗外就是水和天，要不是上下层的铺位距离太小，莫说挺腰而坐绝对不成，就连上去下来都得横着身体平塞进去，那他是没有理由还觉得不能满意的。他轻轻叹口气，也想学 Y 君的样，怎生设法在最下层一个铺位上坐下来，可是耸着屁股作势蹲了两下以后，终于知难而罢，只转过身，把背梁靠住了铺架。

"定规了罢？"西崽看见刘也驯顺得多了，便想把使命完成，"头目交代过，请你们把房间钱付清；收过定洋二十五块，还差一百……"

"怎么！"刘大声叫了起来，"我们是打了票的呢！"

"那不相干，船票是船票，归公司，这是我们的小伙，我们自家住的房间让给你们的。"

刘当然不肯让步，并且忘记了自己本来就不打算要这间房，抖擞精神，据"理"和那西崽争论，刘是学法律准备做大律师的，眼前既然有这演习的机会，当然要拿出他的看家本领。然而不幸，刘的"普通话"土音太重，本来就难懂；他的上海话呢，一开口就叫人头痛，现在他又兴奋过甚，更加口齿不清，何况还夹着那么多的法律术语！那西崽弄得莫名其妙，只好光着眼看刘一个人在那里演说。

可是还没开过口的 S 却打断了刘的好兴致。S 不耐烦地叫道："等小开来办就得了，何必跟他多说废话！"

刚才他们三人进这房来，S 是第一位，现在如果要出去，他得等待到最后；他一进来就有这样的感觉：这间房好比一个狭长的口袋，而他是被装在袋底了。他根本看不见那西崽的面孔，可是光听他头目长、头目短的，就觉得这是个奴才嘴脸十足的人，从心底里厌恶起来，而他之所以插这么一句，倒不是想戳破刘的气泡，而是要撵走那西崽。

果然，反应马上就来，第二次又听到"小开"二字，那西崽似乎恍然大悟，立即把客人口里的"小开"和他自己脑子里的"头目"并排一比，当下就得出结论来：

"好，好，你们等你们的小开，我等我的头目，让他们自家当面谈罢。"

这可把刘气坏了。他哼了一声，转眼朝 S 看，S 不理会，凝眸正望着这"狭长口袋"的一角。那西崽也已走了。刘叹一口气，忽然有了寂寞之感。

房间的右上角，靠近门口，有一具硕大无朋的电铃，S 惘然望着的，正是这个，他想象十天航程之中，这具电铃不知要响多少次呢！他又猜想这电铃是通到船长室的呢还是什么大餐间？他又想到，要是在深更半夜，这伟大的电铃忽然叫个不停，那他和他的同伴们该怎么办：相应置之不理呢，还是到处去找那班鬼知道躲在哪一角的西崽？

这当儿，房外老是有几个人来回地踱着，而且在门口站住了朝房里看，闷在这"袋底"的Ｓ当然不会看见，可是他听得Ｙ君的慢吞吞的口音十分正经地在说："要进来看看么？今天换了人了。今天是我们在这里了。没有什么好看的，也没有咖啡、牛奶、芥哩鸡、蛋炒饭。"

这样说的时候，Ｙ君的缓慢而冷静的音调以及他那事务式的表情，往往会给人异常强烈的幽默感。门外的窥视者笑着走了。刘也笑了，笑声中带点儿愤懑。Ｙ君自己却毫无笑容，他从那夹板似的铺位里脱身出来，解开了他那有名的灰布大衫，露出里面的棉袄，棉袄的两只口袋都装得满满的，这里有日记本、信札、当天的报、新出版的刊物。他脱下大衫，郑重其事地折好，放在一边，就拣出一份刊物，靠在铺位上读起来。

曾经有人说过一句笑话：灰布大衫就是Ｙ君的商标。"五四"时代在武昌听过Ｙ君第一次讲演的青年们，后来在上海某大学的讲坛上又看到Ｙ君时，首先感到亲切的，便是这件灰布大衫。这一件朴素的衣服已经成为他整个人格的一部分，这从不变换的服装又象征了他对革命事业的始终如一的坚贞和苦干。将来的革命历史博物馆要是可能，Ｙ君这件灰布大衫是应当用尽方法找了来的。

现在且说他正在看书，而且摸出钢笔，按住书角打算记下一点感想，旁边的刘蓦地喊了一声，接着又连声招呼道："小开，小开，我们都在这里！"

一张女型的面孔随即在门口出现，皱着眉头，眼光扫了一下，便抱怨道："这样一间房么，怎么住得！"

"这不是你找的？"刘立即反诘。

"准小开"并不回答，靠在门框上，却诉苦道："打了半天电话，嘴唇也说破了，结果是这么一间！"

Ｙ君一面在写，一面却轻轻提了一句："恐怕还有别的问题呢！"

"那倒不会，"这是"准小开"的非常有把握的回答，但又马上转了口气道，"刘，我们一同去办交涉去，这一间是不能住的！"

以后的发展并不怎样复杂。当Ｙ君索性爬在那中间一层的铺位上，从看书做札记而发展为写一篇短文的时候，他的同行者来搬行李了；"准小开"终于另外物色到一间，这回是水手们"情让"的，这回既无电话可打，当然是亲眼察看过了，房间未必干净，滑机油和其他什么油类的气味相当浓重，但最大的好处是可以挺直腰板坐了，而尤有特点，房内还有一只两尺见方的简陋的小桌子，"准小开"得意地说："碰和不够大，打打圈的温是刚好的。"然而还有个小问题：已经打好的官舱票怎么办呢？"准小开"一口咬定"能退"，他还觉得刘不够大方，只肯先付五元定洋，而且再三说明，要是退不了票，成议作废。他们本来是定得有官舱的房间的，可不是？

然而到此为止，最热心于挑选房间的两位，却始终不肯到预定的官舱去看一看。那个长方形的黑洞以及雄崎两旁的鸡鸭棚和厕所，竟也把那还有三分傻气的刘吓得退避三舍，待到 S 发见了这梦魔似的所谓官舱并不和它的进口处同样的肮脏而黑暗，那已是他们在水手房里过了一夜而且"准小开"办退票不甚得手的时候。于是在"准小开"垂头无话，刘却自夸他幸而考虑周到，只付了五元定洋，而且和水手们言明在先的喜悦中，他们终于进了那命定的官舱。

船起锚前十分钟，他们同行者的最后一人也赶到了。这一位"马路英雄"根本不知道刘和"准小开"曾经怎样奋斗——为了大概十天工夫的住所。他只听得 Y 君慢吞吞在说："做西崽不成，做水手也不成，到头儿还是做官来了。"

臂上搭着他那件灰布大衫，Y 君接着又说：还是他去住六号罢。六号里的另一铺位上，是个素不相识的旅客。

二

将来的传记家或许要把这十天的航程作为 Y 君一生事业中的一个里程碑。革命的风暴从南而北，一年以后，在当时还是大熔炉的武汉，S 又遇见了 Y 君，态度议论，一切都照旧，只是他那件灰布大衫已经脱下了，换上了军服——也是灰布的。那时候，Y 君是那有名的军事学校的主持校务的三委员之一。

他住在学校里，他从不说起他还有一个家。当人们知道了他有家而且年老双亲都还健在的时候，便是那些和他共事多年的同志也吃惊不小。Y君向来不讲自己个人的事，他给同志们的印象就好像是《西游记》上说的"天生石猴"。人们后来又知道Y君每逢例假下午一定回家省视父母。父亲是小职员，也是不到例假便不会有闲的。好事之徒曾经统计，Y君每周的省亲之举，所费约一小时，不会多，但亦不至于少。

然而使人惊异的Y君的私生活还不止这一点。

大概是四月里的某一天罢，军校里忽然有了Y君请假一天的新纪录；显然不是因为生病，当天早上站在大门口警卫的学生明明看见他安步而出，灰布绑腿打得很整齐，清癯的脸上依然那样若有所思，冷静谦逊，而又精神饱满；当然并无紧急公事，校务委员会的秘书敢以人格担保。可是这一天从早晨他出了校门以后，人们就不曾见过他，也不知道他到哪里去了。有几个客人来拜会，秘书代见，问起了何时可以面会的时候，秘书只好把Y君留下来的话转述一遍；明天，上午八时以后，直到晚上十点。

这一天，Y君算是很彻底地留给他自己了。

第二天早上六点光景，办公室里果然又有了Y君，这是他规定的办公开始的时间。这天除了出去开会，Y君总在办公，见客，没有片刻的休息，但照旧是那样从容不迫；晚上，他又和同志们讨论问题，直到深夜。和他处得极熟的同志偶尔也问这么一句："昨天你到哪里去了？"他只淡淡地回答道："还不是在武昌呀，不过家里有点事。"

可是过不了两天，人们终于知道他这所谓"不过家里有点事"到底是怎么一回事了。说来奇怪，这消息还是那时在干教育厅的L君传出来的，而L君又得之于他的属员——本城某小学的校长，校长则是他手下的一个女教员告诉他的。原来Y君那天请假为的是结婚。新夫人也在那小学当教员，为了结婚，也曾请假一天。那位校长十分惋惜这消息他得的太迟，据说他向"各有关方面"报告甚至对Y君的新夫人当面道歉的时候，都曾冒冒失失地用了这样一句话："真该死，我实在毫不知情！"

消息传布以后，Y君的同志好友们就议论纷纷。

对于 Y 君的此种简直一个人也不"惊动"的作风，同志好友们倒也可以存而不论，问题是：他们这样多的精明强干的人儿怎么这许多年来竟会对于 Y 君的"恋爱生活"——借用那校长的话，"毫不知情"？没有人能够记得，Y 君主张过独身，但也没有人能够提出证据，Y 君有过比较亲密的女友，——更不用说爱人。"然则也是五分钟恋爱的结果么！"五分钟恋爱是当时的流行性感冒，理论根据则为细磨细琢的"谈"恋爱在紧张革命空气中实在不可能。你说这是一种非常现实的观点罢，也行。而 Y 君当然也是抱有现实观点的人。

困惑之余，同志好友们所得到的一致，就是要求见见这位新嫂夫人。

Y 君并不拒绝，可是很滑稽地拉长了脸说："她，只在星期日还有点闲工夫。"

"那么，就是后天罢，后天是星期。"同志之一立刻接口说，那态度的严肃和口气的郑重几乎等于约期商量军国大事。

"哦，后天又是星期了么？"Y 君像要瞌睡似的闷着声音回答，但又淡淡一笑道，"随你们各位的便罢！可是我不能奉陪。后天有一个会。"

看见朋友们的脸上都有惊愕之色，Y 君又闷着声音慢慢地加说道："反正她又不是囚犯，也还不曾生着什么需要隔离的传染病。"

朋友们忍不住哄然笑了。第一个提议要"见见"的那位正想好了一句俏皮话准备来个反攻，可是 Y 君已经站起来，走到电话机跟前去了。

那天午后应该是歇中觉的时候，第×号教官寝室就有一个临时的非正式的"卧"谈会。特别关心着 Y 君私人幸福的三位革命家用了"争决议"的精神互不让步，呶呶不休。问题的前半段，他们三位已经求得一致：既然 Y 君对于新婚生活那么冷淡，甚至不愿意朋友们知道有这一件事，那就可想而知，他和新夫人的感情是有点那个的？然而为什么他又要结婚呢？这问题的后半段争辩最为激烈，三位革命的理论家各有所见，而且准备坚持到"革命成功"以后。

"哎，哎，又得从头说起了，真是，糟糕イマス！"躺在靠近窗口

的一张床上的 A 君发急地捶着床板说，"这样的辩论，简直、简直是瞎扯，得不到结论的，喂，喂，C 同志，你断定他这是五分钟恋爱的一种形态，请问你根据什么下这判断？"

"得了，得了，"对面床上的 B 插口说，"倒好像你的议论比 C 同志的多些事实根据似的！"

"那么你呢？怎么你不拿面镜子照照自己呀！"C 撇开了 A 的挑战却对准了 B 当心一拳。

B 从床上坐了起来，带点夷然不屑的神气冷冷地答道："我么？我的论据，和你们是有本质上的不同的！我是从 Y 同志是一个有经验的革命者，从目前的革命形势出发……"

可是对面的床板又蓬蓬地响了，A 一边在捶，一边叫道："仁兄，老早听厌了，你这一套！浪费精神，浪费时间，干什么？好，我要宣告辩论终止了；好，我最后一次再把我的意见总结起来……"

"赞成！"C 大笑着举起他那打着绑腿的一双脚来，C 的床位正和 A 的相连，他这一双脚就在 A 的头上举将起来。"可是，我的 A 同志，"C 依然带着笑声，同时眱着眼，做鬼脸，"我来代劳罢，比你自己做总结会叫人懂得明白一点。喂，B 呀，是你在那里专念革命的妈妈经么？胡扯！而你这个同志 C，又把什么五分钟恋爱来解说咱们的校务委员 Y 的行动，那简直、简直是庸俗，平凡，市侩主义，机会主义，小布尔乔亚的不正确——意识！"

说完，C 又哈哈地笑起来了，连 A 和 B 也忍不住笑了。

片刻的沉默。然后是 A 无可奈何地叹了口气道："老是胡闹，胡闹是解决不了问题的。"

"对！咱们正正经经再讨论一下，五分钟为限。"B 摸出表来看了一眼，生怕 C 又来打岔，赶快急口再往下说，"A 同志认为这是封建意识使得 Y 扮演了这么一出戏，而 Y 之不免还有封建意识，依 A 同志的分析，就表现在他一星期一度一定要回家向父母请安，而由此 A 同志又推测，Y 为了要满足父母的抱孙子的要求，更为了不孝有三，无后为大的古训，终于在婚姻问题上违背了恋爱的原则而接受了父母之命。——A 同志，这是你的全部论据；然而，你这论据是脆弱的，你的全部的推论全是非科学的！为什么呢？因为你的出发点不站在目前的革命形势，不把Y恰如其人的身份似的作为一个有经验的革命者来看的！一个革命者在婚姻问题上有时可以违背恋爱的原则。但这决不是从封建的感情出发，而是为了服从于革命的利益，为了工作上的便利，为了在必要时取得——"

B一气说到这里好像不能不换口气了，但也许在斟酌"取得"以下的一两个字。这当儿，高翘着一条腿躺在那里的C就很正经地提醒他道："取得掩护，取得隐蔽，对不对？"

咽下了一口唾沫，B将眼一瞪，还没开口，对面的A猛拍一下床板叹道："够了，真是想入非非！"

"不然！"C蓦地跳了起来，板起脸，看着A说，"有书为证。当初列宁同志……哎，不必引证得那么远，就说那年我们在北平到什么执政府请愿，段祺瑞的卫队开了枪，那时好像有这么一位革命者赶快要找掩护，恰巧有一对赶庙会去的嫂姑，站在人家屋檐下回避那排山倒海似的下来的人马，于是我们这位革命者就隐蔽到她们的裙子底下去了。A同志，这就是一种违背了原则的——什么呢！"

C的话还没说完，B早已气得满脸通红，噗的坐在床上，发恨地嘶声说道："老是嘻皮笑脸，真不成话儿！"

A也皱起眉头，但又不禁笑了笑。看见自己的论敌受窘，当然高兴，可是C的嘻皮笑脸的战术实在也够厉害，叫人奈何它不得。在这一点上，A和B又有点同病相怜。

看来"胜利"要属于最不把问题郑重地来处理的那一位了。笃笃的声音忽然从C的床位上传来，A和B都把眼光转过去。C也在倾耳谛听。声音来自他那床位所在的板壁。不知是隔房的哪一位在向这边拍无线电。本来这是歇中觉的时间，而且房外走道中贴的标语也还有这么一条：肃静自重！A和B面对面看了一眼，吐吐舌头。

然而笃笃之声，并没停止。

"干么？"C不耐地叫了一声，也伸手在板壁上重重地拍了几下。同时又叽叽咕咕道，"人家早就闭嘴了，你还笃笃地，这可该让我来警告你了！"

然而笃笃的声音很有节奏地还在响，而且隐隐还有笑声。

C忽然省悟过来，也屈起中指叩着板壁笃笃两下，就问道："是不是S同志呢？笑什么？"

板壁那边的笑声放大了，S的洪亮的音调在说话了，一字一字清晰可辨。

"我们正在讲一只故事呢……"

"什么故事？"

"城隍庙新上了匾，三个近视眼睹匾上的字。"

"哦！"C转脸朝B使个眼色，便提高了嗓子道，"可是，我们也在讲故事，真巧！"

"什么故事？"

"我们讲的是外国的故事，出在伊索预言。"

"哦？伊索寓言？"

"不——对！是预言，不是寓言。"

"哦，怎么个预言？"

"伊索，他说，摸象的瞎子一共是四个，我正在奇怪，怎么数来数去只有三位，可妙啊，立刻又添上一个，还是应了他的预言！"

"呵！——"又听得见S在那里笑了，"瞎说！"

"不过，"C恶意匿笑着，又朝A和B睐睐眼，"寓言毕竟是预言，你自己找上来补这第四的缺！"

A和B都失声笑了，隔房也哄然笑了起来。

三

一会儿以后，ABC三位都规规矩矩坐在各自的床上，S站在他们面前。

"你们也摸够了，"S微笑着说，"我来供给一点儿新材料罢。Y有过一个女朋友——可不要误会，只是朋友。……"

"对，敬遵台命，绝不敢误会。"C说。

S却不理C这讥刺，依然微笑地说下去：

"这一位女友却把 Y 同志当作老师，是读了 Y 同志的文章然后通起信来的——这样，一方的眼中是老师，一方的眼中是朋友，直到变成了一家人！"

A 和 B 都睁大了惊异的眼睛，房中只有一只小钟的秒针跳动的声音。于是，像喷了什么出来，B 和 C 忽然仰脸大笑，一边笑，一边用手指着 A。

S 却不笑，一脸思虑很深的样子，慢慢地又说："这一位女友和 Y 的弟弟恋爱上了，成为他的弟妇，这可不是变作一家人了？"

"造谣！我才不相信！"C 忍住了笑，喘息着说，转脸望一下 A 和 B，又恶意地笑了。

"你不相信？"S 的脸色严肃起来了，"你没有见过他的弟弟和弟妇？"

"见是都见过——"B 接口说，却又摇摇头。

"岂但见过，"A 抢着说，"我和他俩还相当熟呢，去年我们有一个时期是同事。……"

"哦，那就有办法证明——"

"可是正因为我和他们同过事，我有资格证明你那个故事只是一个故事！"

"你不要下结论，"C 拦住了 A，"让我来问他一句。——可是，"C 转脸看定了 S，"刚才你说供给一点新材料，这就是么？"

S 笑了笑，并不直接回答，自顾自说："这里有两个可能。如果那位老弟不登场，那末，自称为学生的一位谁敢担保她不从门墙而入室呢？这是人情之所可能。但这一可能却以另外一个可能做前提。如果被当作老师的不曾把那已有的父母之命，媒妁之言，当一回事，那自然什么就不同了。然而这一可能刚巧碰到了人情之所难能。"

A 和 B 都不作声，只相视而笑，这笑，可以解释是"姑妄听之"的态度，但也可以解释是惊异的笑。终于是 C 又开口问道："所谓父母之命，就是现在这一位么？"

"这要老兄自己去判断了！"S 忍不住笑着回答，"我只知道，当 Y 决心献身革命的时候，曾经表示，革命尚未成功，不愿有家室之好，请废止那神圣的订约。可是对方的回答是：情愿守一辈子，你干你的革命去罢！"

"哦！"A急忙插口说，"那么他们并不是素不相识的了？"

"他们原来是表亲，从小儿就很熟的。"

房里又只有那小钟的声音了，S转眼看了那钟一眼，提起脚来正想走，忽然C大声笑着叫道：

"编得真好！不要走，再编造一点给我们听听罢！"

S站住了，也笑了笑回答道："如果编得好，那也不是我的功劳，这是萧麻子②的功劳。可惜他远在广州。不然，他会虎起麻脸质问你，凭什么就断定人家是编造？"

说完，S就走了。

这里，ABC三位好半晌都不作声。远远地吹起军号来了，近处也在应和了，终于宿舍外面院子里也很洪亮地吹出那短短的调子。午睡时间已完，又要上课了。

A穿上军衣，自言自语地说："Y真是个怪人！真有他那一套！"

"萧麻子和他是老朋友，"B也说，"他的一些事，萧麻子应当知道。"突然B双手一拍，得意地笑起来，"啊，你瞧，我简直几乎忘了：萧麻子本来也是爱那位学生的，也是因为那老弟一出场，他就退让了。这件事，萧麻子并不忌讳，自己也对朋友说过。"

"也是个怪人！"C神情不属地随口应着，同时往房外走，"当然，我不是指他这一件恋爱的故事。那倒是合情合理的。"

这天晚上，就有两句不伦不类的口号在军校里叫开来了，这两句是：Y委员奉命结婚，X小姐坚持到底。和S君所讲述的大致差不多的故事，也在到处传布，不过删除了其中关于那位"自认为学生"的一部分。争论当然也有。两个意见相持不下：Y君办这件事的动机究竟是对于封建道德的让步呢，还是由于人道主义的立场？如果两者都有一点，那么，第三个问题：这不会伤害革命家的风度，这不违反"无产阶级革命的立场"么？

可是这一切的议论纷纷，从中午就出去开会的Y君都不知道。因此，当熄灯号刚刚吹过，他回到校内，在他那简陋的卧室中正看着秘书送来的一份报告，突然发现有一张字条夹在那里，而字条上 A 的笔迹明明写着："对封建道德让步和人道主义的行为，是否符合于我们的革命立场？应当怎样解答？请您抽出几分钟来给我分析一下。"——他当真摸不着头脑。

他把这字条从头至尾再看一遍，微微笑着，就搁在一旁。同志们之喜欢辩论抽象的问题，他是向来就知道的。可是他做梦也没想到今回这个抽象问题倒是从实际问题引出来的，而且问题的主人公就是他本人啊！

看完了报告，摸出日记本来记下一些要点，他随手拿过那张字条来夹在日记本里，就睡觉了。

第二天早上，在办公厅内，在照例的和教官们作一次简单的会议以后，他望着坐在那里的 A，就想起那张字条来了。他打开日记本，取出那字条当众扬了一扬，用他那沉着而和平的声音说道：

"有一位同志提出了一个问题，一个抽象的问题。要是这位同志不反对，我愿意先听听他的意见——"他顿了一下，然后又补充道，"把这问题来个具体的说明罢！"

Y 君一边说，一边就将那字条递给座位和他最近的人。字条在人们手中传过去了。大约有一分钟的沉默。人们都知道这字条上所指的是怎么一回事。人们偷偷地看了 Y 君一眼，就又望着稍稍见得有点局促的 A。谁都以为 Y 君早已知道昨天下午以后校中的纷纷议论，因而谁都怀了极大的好奇心准备倾听 Y 君的诙谐而常尖锐，平淡而又深刻的言论。

然而 Y 君的神色是那样平静，他若无其事地翻着手边的一叠公事，嘴里轻轻发着催促 A 的一个音——"嗯？"

"这，这问题，"A 开口说话了，眼光溜到 S 那边，似乎在征求同意，打算把那"故事"和盘托出，可是突然又变了主意，笑了一笑，便接着说道，"我想，简单一点罢，例如，不在恋爱的基础上而为了父母之命去结婚，应当怎样解释呢？女同志们认为这是助长了封建势力对于青年的压迫。……"

Y 君抬起头来了，似乎他终于明白了眼前提出的问题就是他自己的问题，他笑了一笑，等候 A 说完他的话；然而看到 A 不想再往下说了，他就接口道："这要看当事人是否被压迫着去做的呢，还是出于自动。至于什么恋爱呢，在我看来，恐怕也得有个基础。要是在恋爱的基础上和反革命者结婚，恐怕也不足为训。"

忽然有人插口问道："可是人道主义如何呢？"

Y 君的脸色严肃起来了，他慢声答道："除了对付反革命，我倒也不觉得人道主义有什么不对。……"他朝在座的人们看了一眼又接着说，"而且，人道主义这名词，恐怕不好随便用的。革命，当然不是为了要讲人道主义，革命是为了消灭压迫者，息灭专制独裁，为了争得被压迫者应当享有的人的权利。我们是为了要使一切人都平等自由，都有幸福，这才来干革命的。要是只顾到什么自私的恋爱而使你的最亲近的人受到痛苦，要是连那为了你而牺牲自我的人你都不能使他幸福，那我们还干什么革命？……"

说到这里，Y 君很激动了，他那瘦而长的脸上微微泛起一点红晕。但他的声浪依然那么沉着和平。

他沉吟了一下，然后把嗓子提高些，像作结论似的加一句道："当然，前提是你那最亲近的人不是反对你的事业的，你顾到他们的幸福同时并不妨碍革命。同志们，我的意见对不对？"

没有人再发言了。会议就又转入了日常的程序。A 的面前忽然抛来了一个纸团。A 打开一看，是 S 的笔迹，铅笔写着："你相信么：人情之所难能！"A 望着 S 点一下头，提笔在那纸上无心地划着，坐在对面的 C 看见 A 信笔写的，横横直直的，只是两个字：圣人！

1945 年 7 月 7 日写毕

（原载《我的良友》上集，1946 年 1 月出版）

①Y 君即恽代英同志。

②即萧楚女同志。

不能忘记的一面之识

　　他们第一次感觉到有这么一位年青人在他们一起，是在天方破晓，山坡的小松林里勉强能够辨清人们面目的时候。朝霞掩蔽了周围的景物，人们只晓得自己是在一座小小的森林中，而这森林是在山的半腰。夜来露重，手碰到衣服上觉着冷，北风穿过森林扑在脸上，虽然是暖和的南国的冬天，人们却也禁不住打起寒战来了。

　　昨夜他们仓皇奔上这小山，只知道是到一个比较安全的地方，敌人的游骑很少可能碰到的地方；上弦月早已西沉，朦胧中不辨陵谷，他们只顾跟着向导走，仿佛觉得是在爬坡，便断定是到山里的一间土寮或草寮去。那里有这么几株亭亭如盖的大树，掩护得很周密而又巧妙，而且——就像他们在木古所经验过的住半山土寮的风味，躺在稻草堆上一觉醒来，听远处断断续续的狗叫，似在报导并无意外，撑起半身朝寮外望一眼，白茫茫中有些黑魆魆，像一幅迷漫的米芾水墨画，这也算是够"诗意"的了。他们以这样的"诗意"自期，脚下在慢慢升高，谁知到最后站住了的时候却发见这期待是落空了，没有土寮，也没有草寮，更没有亭亭如盖的大树，只有疏疏落落散布开的小树，才到一人高。然而这地方之尚属于危险区域，那时倒也不知道。现在，他们在晓风中打着寒噤，睁大了眼发愣，可突然发觉在他们周围，远远近近，有比他们多一倍的武装人员，不用说，昨夜是在森严警戒中糊里糊涂地睡了一觉。

　　不安的心情正在滋长，一位年青人，肩头挂一枝长枪，胸前吊颗手榴弹，手提着一支左轮，走近他们来了。他操着生硬的国语，几乎是一个一个单字硬拼凑起来的国语，告诉他们：已经派人下去察看情形了。一会儿就能回来，那时就可以决定行动了。

　　"敌人在什么地方？"他们之中的 G 君问。

年青人好像不曾听懂这句话，但是不，也许他听懂，他侧着头想了想，好像一个在异国的旅客临时翻检他的"普通会话手册"要找一句他一时忘记了的"外国话"；终于他找到了，长睫毛一闪，忽然比较流利地答道："等等就知道了。"

　　如果说是这句话的效力，倒不如说那是他的从容不迫的态度给人家一服定心剂，人们居然自作了结论：敌人大概已经转移方向，威胁是已经解除了。然而人心总是无厌的，他们还希望他们自作的结论得到实证。眼前既然有这么一位"语言相通"的人，怎么肯放过他？问题便像榴霰弹似的纷纷掷到他头上。他们简直不肯多费脑力估量一下对方的国语程度究竟是能够大概都听懂了呢，还是连个大概都听不懂，而只能像一位环绕地球的游客就凭他那宝贝的"会话手册"找出他所要说的那几句话。

　　但是年青人不忙不慌静听着，闪动着他的长睫毛。末了，他这才回答，还是那一句："等等就知道了。"这一句话，现在可没有刚才那样的效力了。因为提出的问题太多又太复杂，这一句回答不能概括。人们内心的不安，开始又在滋长。他们开始怀疑这位年青人能听懂也能说的国语究竟有几句了，如果他们还能够不起恐慌，那亦还是靠了这位年青人的镇静从容的态度。

　　幸而这所谓"等等"，不久就告终，"就知道"的事情也算逐一都知道了。敌人果然离这小小村落远些了，他们可以下山去，到屋里一歇了。

　　在一座堡垒式的大房子里，人们得到了一切的满足：关于"敌情"的，关于如何继续赶路的，最后，关于休息和口腹的需要。

　　因为是整夜不曾好生睡觉，他们首先被引进一间房去"休息"一会儿，这房本来也有人住，但此时却空着。招待他们的人——两位都能说国语，七手八脚把一些杂乱的东西例如衣服、碗盏之类，堆在一角，清理出一张大床来，那是十多块松板拼成，长有八九尺，宽有四五尺，足够一"班"人并排躺着的家伙；又弄来了一壶开水，于是对他们说："请休息吧，早饭得了再来请你们。"

　　这房只有一个小小的窗洞，狭而长。实在不能算是窗，只可说是通气洞。但真正的用途，却是从这里可以射击屋子外边的敌人。此时朝暾半上，房里光线黯淡，而在他们这几位弄惯了必先拉上窗幔然后始能睡觉的人看来，倒很惬意。然而他们睡不着，也许因为疲劳过度上了虚火，但也许因为肚子里空，他们闭眼躺在那些松板上，可是睡不着。

但是不久就来请吃早饭了。

吃饭的时候，招待他们的两位东道主告诉他们：今晚还得走夜路，不远，可也有三十多里，因此，白天可以畅快地睡个好觉。

他们再回那间房去，刚到门口，可就愣住了。

因为是从光线较强的地方来的，他们一时之间也看不清楚，但觉得房里闹烘烘挤满了人，嘈杂的说笑，他们全不懂。然而随即也就悟到，这是这间房的老主人们回来了，是放哨或是"摸敌人"回来了，总之，也是急迫需要休息的。

渐渐地看明白，闹烘烘的七八人原来是在解下那些挂满了一身的劳什子：灰布的作为被子用的棉衣，子弹带，面巾，像一根棒锤似的米袋，马口铁杯子，手榴弹等等，都堆在墙角的一只板桌上。看着那几位新客带笑带说，好像是表示抱歉，然后一个一个又出去了，步枪却随身带起。

房里又寂静了，他们几位新客呆了半晌，觉得十二分的过意不去；但也只好由它，且作"休息"计。他们都走到那伟大的板铺前，正打算各就"岗位"，这才看见房里原来还留得有一个人，他坐在那窗洞下，低着头，在读一本书，同时却又拿支铅笔按在膝头，在小本上写些什么。

看见他是那么专心致志，他们都不敢作声。

一会儿，他却抬起头来了，呀，原来就是早晨在山上见过的那位年青人。

只记得他是多少懂得点国语的，他们之中的C君就和他招呼，觉得分外亲切，并且对于占住了房间的事，表示歉意。

年青人闪动着长睫毛，笑了一笑。这笑，表示他至少懂得了C君的意思。可是他并不开口，凝眸望了他们一眼，收拾起书笔，站起身来打算走。

"不要紧，你就留在这里，不妨碍我们的，况且我们也不想睡。"C君很诚恳地留他。

C君的同伴们也表示了同样的意思。

他可有点惘然了。——是呀，他这时的表情，应当说是"惘然"，而不"踌躇"。长睫毛下边的澄澈而凝定的眼睛表示了他在脑子里搜索一些什么东西。终于搜索到了，乃是这么一句："我的事完了。"

他似乎还有多少意思要倾吐，然而一时找不到字句，只好笑了笑，又要走。这当儿C君看见他手里那本很厚的书就是他们一个朋友所写的《论民族民主革命》，一本高级的理论书，不禁大感兴趣，就问他道："你们在研究这本书么？"

他的长睫毛一敛，轻声答道："深得很，看不懂。"忽然他那颇为白皙的脸上红了一下，羞怯怯地又加一句："没有人教。"

"你们有学习小组没有？"

年青人想了一会儿，然后点头。

"学习小组上用什么书？不是这一本么？"

"不是。"年青人的长睫毛一动，垂眼看着手里那本书，又叹气似的说，"好深呵，好多地方不懂。"

这叹息声中，正燃烧着火焰一样的知识欲；这叹息声中，反响着理论学习的意志的坚决，而不是灰心失望。他们都深深感动了。C君于是问道：

"你是哪里人？"

"新加坡。"

"什么学校？"

"我是做工的。"年青人回答，长睫毛又闪动一下。

这一回答的出人意外，不下于发见他在自习那本厚书。C君的同伴们都加入了谈话。而且好像这极短时间的练习，已经使得那年青人的国语字汇增加了不少，谈话进行得相当热闹。

从他的不大完全的答语中，他们知道了他生长在新加坡，父母是工人，兄弟姊妹也是工人，他本人念过一年多的小学，后来就做机器工人，抗战以后回祖国投效，到这里也一年多了。

"你怎么到了这里的?"有人冒昧地问。

年青人又有点惆然了。急切之间又找不到可以表达他的意思的国语了，他笑了笑，低垂着长睫毛，又回到原来的话题，叹息着说："知识不够，时间——时间也不够呀。"

于是把那本厚书塞进衣袋，他说："我还有事，等等，时间到了，会来叫你们。"便转身走了。

房里又沉静了，一道阳光从窗洞射进来，那一条光柱中飘游着无数的微尘，真可以说一句万象缤纷。他们都躺在松板上，然而没睡意，那年青人的身世，性格——虽然只从这短促的会晤中窥见了极少的一部分，可是给他们无限兴奋。

态度沉着，一对聪明而又好作深思的眼睛，长长的睫毛，异常清秀端庄的面孔，说话带点羞涩的表情：——这样一个年青人，这样一个投身于艰苦的战斗生活的年青人，仿佛在他身上就能看出中华民族的最优秀的儿女们的面影。

（原载《时间的纪录》，1945 年 7 月
良友复兴图书印刷公司出版）

忆冼星海

　　和冼星海见面的时候，已经是在听过他的作品（抗战以后的作品）的演奏，并且是读过了他那万余言的自传（？）以后。（这篇文章发表在延安出版的一个文艺刊物上，是他到了延安以后写的。）

　　那一次我所听到的《黄河大合唱》，据说还是小规模的，然而参加合唱人数已有三百左右，朋友告诉我，曾经有过五百人以上的。那次演奏的指挥是一位青年音乐家（恕我记不得他的姓名），是星海先生担任鲁艺音乐系的短短时期内训练出来的得意弟子；朋友又告诉我，要是冼星海自任指挥，这次的演奏当更精彩些。但我得老实说，尽管"这是小规模"，而且由他的高足，代任指挥，可是那一次的演奏还是十分美满；——不，我应当承认，这开了我的眼界，这使我感动，老觉得有什么东西在心里抓，痒痒的又舒服又难受。对于音乐，我是十足的门外汉，我不能有条有理告诉你：《黄河大合唱》的好处在哪里。可是它那伟大的气魄自然而然使人鄙吝全消，发生崇高的情感，光是这一点也就叫你听过一次就像灵魂洗过澡似的。

　　从那时起，我便在想象：冼星海是怎样一个人呢？我曾经想象他该是木刻家马达（凑巧他也是广东人）那样一位魁梧奇伟、沉默寡言的人物。可是朋友们又告诉我：不是，冼星海是中等身材，喜欢说笑，话匣子一开就会滔滔不绝的。

　　我见过马达刻的一幅木刻：一人伏案，执笔沉思，大的斗篷显得他头部特小，两眼眯紧如一线。这人就是冼星海，这幅木刻就名为《冼星海作曲图》。木刻很小，当然，面部不可能如其真人，而且木刻家的用意大概也不在"写真"，而在表达冼星海作曲时的神韵。我对于这一幅木刻也颇爱好，虽然它还不能满足我的"好奇"。而这，直到我读了冼星海的自传，这才得了部分的满足。

　　从星海的生活经验，我了解了他的作品之所以能有这样大的气魄。

做过饭店堂倌，咖啡馆杂役，做过轮船上的锅炉间的火伕，浴堂的打杂，也做过乞丐——不，什么都做过的一个人，有两种可能：一是被生活所压倒，虽有抱负只成为一场梦，又一是战胜了生活，那他的抱负不但能实现，而且必将放出万丈光芒。"星海就是后一种人！"——我当时这样想，仿佛我和他已是很熟悉的了。

大约三个月以后，在西安，冼星海突然来访我。

那时我正在候车南下，而他呢，在西安已住了几个月，即将经过新疆而赴苏联。当他走进我的房间，自己通了姓名的时候，我吃了一惊，"呀，这就是冼星海么！"我心里这样说，觉得很熟识，而也感得生疏。和友人初次见面，我总是拙于言词，不知道说些什么好，而在那时，我又忙于将这坐在我对面的人和马达的木刻中的人作比较，也和我读了他的自传以后在想象中描绘出来的人作比较，我差不多连应有的寒暄也忘记了。然而星海却滔滔不绝说起来了。他说他刚出来，就知道我进去了，而在我还没到西安的时候就知道我要来了；他说起了他到苏联去的计划，问起了新疆的情形，接着就讲他的《民族交响乐》的创作。我对于音乐的常识太差，静聆他的议论（这是一边讲述他的《民族交响乐》的创作计划，一边又批评自己和人家的作品，表示他将来致力的方向），实在不能赞一词。岂但不能赞一词而已，他的话我记也记不全呢。可是，他那种气魄，却又一次使我兴奋鼓舞，和上回听到《黄河大合唱》一样。拿破仑说他的字典上没有"难"这一字，我以为冼星海的字典上也没有这一个字。他说，他以后的十年中将以全力完成他这创作计划；我深信他一定能达到。

我深信他一定能达到。因为他不但有坚强的意志和伟大的魄力，并且因为他又是那样好学深思，勇于经验生活的各种方面，勤于收集各地民歌民谣的材料。他说他已收到了他夫人托人带给他的一包陕北民歌的材料，可是他觉得还很不够，还有一部分材料（他自己收集的）却不知弄到何处去了。他说他将在新疆逗留一年半载，尽量收集各民族的歌谣，然后再去苏联。

现在我还记得的，是他这未来的《民族交响乐》的一部分的计划。他将从海陆空三方面来描写我们祖国山河的美丽、雄伟与博大。他将以狮子舞、划龙船、放风筝这三种民间的娱乐，作为他这伟大创作的此一部分的"象征"或"韵调"。（我记不清他当时用了怎样的字眼，我恐怕这两个字眼都被我用错了。当时他大概这样描写给我听：首先，是赞美祖国河山的壮丽、雄伟，然后，狮子舞来了，开始是和平欢乐的人民的娱乐，——这里要用民间狮子舞的音乐，随后是狮子吼，祖国的人民奋起反抗侵略者了。）他也将从狮子舞、划龙船、放风筝这三种民族形式的民间娱乐，来描写祖国人民的生活、理想和要求。"你预备在旅居苏联的时候写你这作品么？"我这么问他。"不！"他回答，"我去苏联是学习，吸收他们的好东西。要写，还得回中国来。"

那天我们的长谈，是我和他的第一次见面，谁又料得到这就是最后一次呵！"要写，还得回中国来！"这句话，今天还在我耳边响，谁又料得到他不能回来了！

这也就是为什么我在写这小文的时候还觉得我是在做恶梦。

我看到报上的消息时，我半晌说不出话。

这样一个人，怎么就死了！

昨晚我忽然这样想：当在国境被阻，而不得不步行万里，且经受了生活的极端的困厄，而回莫斯科去的时候，他大概还觉得这一段"悦来"的不平凡的生活经验又将使他的创作增加了绮丽的色彩和声调；要是他不死，他一定津津乐道这一番的遭遇，觉得何幸而有此罢？

现在我还是这样想：要是我再遇到他，一开头他就会讲述这一段颠沛流离的生活，而且要说，"我经过中亚细亚，步行过万里，我看见了不少不少，我得了许多题材，我作成了曲子了！"时间永远不能磨灭我们在西安的一席长谈给我的印象。

一个生龙活虎般的具有伟大气魄，抱有崇高理想的冼星海，永远坐在我对面，直到我眼不能见，耳不能听，只要我神智还没昏迷，他永远活着。

1946 年 1 月 5 日

（原载《新文学》月刊第 2 期，

1946 年 1 月 28 日出版）

悼许地山先生

茅　盾

黄昏时候，天上出现了带晕的月亮。据说已挂上八号的风球，但飓风的前哨似乎还没到达本港，忽然朋友来说，许地山先生急病死了！几乎不能相信自己的耳朵。

但不幸，这消息竟是确实的。听说他最近一周内，积劳致疾，本在延医服药，但并不严重，且已渐见痊可。今日中午饭后尚阅报，并与其女公子在客厅游戏；二时突感气喘，体力不支，乃电邀医生来视，哪知医生还没赶到，便溘然长逝。前后仅一刻钟。据说是心脏病。一个充满了生命力的人，一个对于祖国文化事业多所贡献的学者，一个五四运动新文学的老战士，就这样与世长辞，太叫人伤心，也太叫人不能相信呵！

但万分的不幸，这消息是确实的。病魔夺去了我们的好友！

半年来，有许多天南地北的朋友们的安全，常常使我们怀念焦虑，有几位身处危境的，我们以为他们决无生理，但是后来知道没有事，则惊喜之极，倒反不敢蘧然相信。地山先生平素脸色红润，体质健硕，从没听说有什么病，骤然听得这噩耗，谁也不能置信的。在听消息最初一刹那，我忽然想到不久前误传的几位朋友的死耗，以为这也是一种误传呢！

但伤心的，各方消息都证明了不是误传；心脏病猝发，活跳跳的一个人，立刻就死了，连请医生的时间都没有。

一

地山先生是"文学研究会"发起人之一，那时他尚在燕大读书。

翌年春，我接手了《小说月报》的编辑事务，北方友人竭力支持改革后的《小说月报》的，地山先生就是其中之一。他的初期的创作，短篇小说《命命鸟》等以及散文《空山灵雨》，都是发表在《小说月报》的。但是我和他的第一次会面，大概是在次年夏天，他和令兄敦谷先生（画家）于暑假中来上海小住那时候。郑振铎先生那时亦在上海了，他们在北平时是熟的，便时相过从。那时我又知道地山先生又知音律，他在文艺方面的知识而且也广博的。不过他那时作为研究目标的，却还不是文艺，而是宗教哲学。后来他留学英国；又游历印度，恐怕都是继续他这一项研究。

他之研究宗教哲学，我想，其用心大概与研究扶箕的迷信是一样的罢？在他近著《扶箕迷信的研究》一书中，我们惊叹于他考证之劬，也心折于他的诊断之正确；他是为了要证明扶箕是一种自觉的或不自觉的骗术，乃就其有关的各方面，详加考证。只看他引用书目之多，就知道他曾经花多少力气。为了这样一个问题而旁征博引，写成专书，他这做学问的精神和态度，怎能叫人不钦佩呢？他的研究方法完全是科学的！

二

《国粹与国学》一文（《大公报》七月十四日连载），也许是地山先生最后的著作（就已发表者而言）。在这一篇论文里，他正确地指出，一般的所谓"国粹"论者在理论上犯了怎样的错误；他说："我想来想去，只能假定说，一个民族在物质上、精神上与思想上对于人类，最少是本民族，有过重要的贡献，而这种贡献是继续有功用，继续在发展的，才可以被称为国粹。"从这中心的观点，他又指出现在有些人治国学的态度与方法，也颇成问题。他在检讨国学的价值与路向时，沉痛地说："自古以来，我们就没有真学术；退一步讲，只有真学术的起期，而无真学术的成就。""所谓学问，每每是因袭前人而不敢另辟新途。"他说中国古来的学问"只是治人之学，谈不到是治事之学，更谈不到是治物之学，现代学问的精神是从治物之学出发的。"这都是对于现今的迷古论乃至复古论者的当前棒喝！

他又论为学之道："学术上的问题不在新旧而在需要，需要是一切学问与发明的基础。""没有用处的学问就不算是真学问，只能说是个人趣味，与养金鱼、栽盆景，一样的无关大旨，非人生日用所必需底。"由此而推论"学术除掉民族特有的经史之外是没有国界底。民族文化与思想的渊源，固然要由本国的历史中寻觅，但我们不能保证新学术绝对可以从其中产生出来。新学术要依学术上的问题的有无，与人间的需要的缓急而产生，决不是无端从天外飞来的。"终乃认为"要知道中国现在的境遇的真相和寻求解决中国目前的种种问题，归根还是要从中国历史与其社会组织，经济制度的研究入手。"

这样的议论，在目前中国，谁能说他不是苦口婆心，对症发药？

三

地山先生年来主持香港大学的中文学院的教务。我们看上引《国粹与国学》的论点，就知道中文学院得许先生主持，对于中国国学必将有重要的贡献。现在不幸地山先生死了，我们深为香港的最高学府失此优越之学者而痛惜，更为香港学子失此导师而哀悼！

地山先生年来又极努力于文艺运动与语文运动。文协香港分会在地山先生领导之下得有更好的进展，而新语文运动在他赞助之下亦蓬勃发扬。所以地山先生的逝世，对于香港的文艺运动和一般文化运动，实在是一个严重的损失，我们对此，更不胜其。

最近，地山先生又在香港创办一个业余学校——"以业余之人教业余之人"，他手草了缘起，拟计了规章，暑假中他并未休息，就在规划这件事；今天下午五时他还约定几位对此事赞助的朋友一同谈谈具体办法，却不料在一时许，就来此惨变，谁也意料不到，这一事他未能亲自办成，想来他九泉下犹有余憾吧？而香港数十万的业余青年丧此领导，这可是使我们十分痛惜的事！

地山先生今年不过五十光景，可说正在年富力强；以他的学养和识见，以他的纯良品格与热肠，对于中国文化界一定还有更大的贡献；

现在遽尔去世，为中国文化前途想，这无疑也是一个重大的损失！

死者已矣，他的对于中国学术的一份贡献，将永远为热爱真理者所宝贵。我们还活着的在文化战线上的同人，今天哀悼地山先生，同时应觉得我们失了一位优越的同件，我们的双肩是加重了；我们更应努力，以求无惭对这位卓越的战士，——这位敬爱的良友！

八月四日闻噩耗后，香港

我们有责任使他们永远不死

今天下午三时，正在家中赶还积欠已久的文债，忽然来了《世界晨报》的一位记者，问我知不知道陶行知先生逝世的噩耗。

我怔了一下，反问她：这消息从何而来？可是她也不明白，她也是在到处打听。我将信将疑，但总希望这消息不确。星期一我还遇到陶先生，是什么怪病，才隔两天就死了呵！我很有把握地对太太说：这消息一定不确。

但是个把钟头以后买到《联合晚报》一看，希望它不确的消息居然是确实的了！苍苍青天，这是怎么一回事呵！好人偏偏要死，而且死得那样突兀。我木然久之，辨不明白心里是种什么味道。

李公朴和闻一多两先生被暗杀之后，还不到一个星期，陶先生又死了。层层的悲痛，压得人喘不过气来。李、闻之死，我的愤怒多于悲哀。不知怎的，当时我在报上看到这消息，忍不住只是狞笑。我的太太说我笑得可怕。然而三两天前我在吃中饭的时候读一篇昆明通讯，说到闻先生中弹之时，闻公子立鹤伏在他父亲身上叫："不要打他，打我罢。"我再也忍不住我的眼泪了。近两年来，看到纯洁而勇敢的年青人（像闻立鹤一样几乎可以说还是小孩子）那种不避艰险的献身的精神，总是敬之爱之，同时却又自觉又惭愧又不忍。我们这一辈，命定的要揹十字架，而我们也坚决地揹起来了，然而优秀的下一代也仍然得揹，真是太残酷了。这对于中华民族的元气实在折丧得太多了。而这也因为我们的努力还不够，连累着下一代不能正常地生活、劳动、创造。

陶先生的死，给我另一种情绪的激动。我辨不明白是悲，是怒，是惭愧，抑或是不忍。前些时候医药联谊会晚会，陶先生被请去演讲，台上设备有扩音器，然而陶先生不用它（想来是嫌它会拘束他的嬉笑唾骂的自由挥发），会场很大，陶先生讲的时间又长，我在台下看到他那样吃力，就觉得不忍。我屡次看到他那血色不好的面孔，总会起了不忍之心。而现在陶先生果然像苦战已久的战士似的流尽了最后一滴血，光荣地倒下了。呜呼！这是叫人不愿意相信的，然而又是好像早有预感似的！

陶先生的为人，陶先生在教育上的贡献，陶先生那种天马行空的理想（包括小先生制、育才学院、社会大学，各种各样），陶先生对于民主运动的伟大贡献，这都像日月经天，彰彰在人耳目，万众共仰，不用我来多说。现在陶先生死了，他的精神不死，理想不灭，他教育出来的无数"小陶行知"一定能够努力完成他的遗志。中国的民主教育运动遭受了严重的损失，中国的新时代运动受了同样严重的损失，我们在悲痛，但一定有人在高兴；陶先生是黑单上有名的，个把月来，爱陶先生的人们时时在替陶先生担心，如今陶先生因了工作紧张，疲劳过度，突然逝世（听说陶先生血压本来就高，逝世前几天竟高到二百多度，照这病情，本应休息，然而为了民主事业和教育事业，陶先生非但不能休息，工作且更加重），反动派恐怕要以手加额，说是"天从人愿"吧？然而陶先生虽然死了，反动派且不要太高兴，一个战斗中的巨人倒下决不是倒下就完了，他的倒下将发出惊天动地的震响，这震响将在千千万万人心中起回应，这震幅之广阔将遍及于中国的每一角落。陶先生是死了，然而陶先生又永远死不了！我们有责任使他们永远不死！

（原载《周报》第 48 期，1946 年 8 月 3 日出版）

忆谢六逸兄

两年前，胜利的鞭炮放过以后，紧接着就听到了一些不好的消息，而其中之一便是谢六逸兄在贵阳病故。他没有听到"胜利的鞭炮"，但不知为什么，他逝世的消息传到重庆却已在"胜利"以后。那时我住在乡下，离重庆水路三十华里，长江边的小村，有人戏尊称之曰"中国海军根据地"的唐家沱。

这是个烦嚣而又寂寞的怪地方。烦嚣——因为这小村的官名是"唐家沱新村"或"唐家沱疏建区"，坐落在江北县境内却又直隶于重庆市管辖，它的若干泥路不但拥有"民生""民权"（好像并无"民主"）"建国""复兴"乃至"四维""五权"等等美名，而且还有全国业已沦陷的各大都市的名号，它的地方的权力者不但有本地的"大爷"，也有外来的"阿拉同乡"，而且既然荣膺了"中国海军根据地"的头衔，当然不会没有"海军"，停泊在"沱"面的几条小军舰不但使这小小的"疏建区"常常出现水兵，也使得这小小的"疏建区"的南京路上出现了福建人开设的茶馆、杂货店和理发铺。真是十足的五方杂居。如果不嫌夸大，那么，耸立在江边的"亚细亚火油厂"内虽然已无滴油，却还有洋人和洋婆子，也够备"华洋杂处"的一格。

然而这样一个具备了大都市雏形的"疏建区"，却又是异常寂寞的。这不仅是我这被人家看来十二分"不近人情"的文化人有此感觉，只看当地的其他公民（包括公教人员），整日整夜只好以麻将为唯一的消遣，也就可想而知了。

在这样一个地方，而又当听过了"胜利鞭炮"忽然听出其声空虚的时候，六逸兄逝世的噩耗不但使我悲哀使我怀旧，确也引起了我的无法排遣的怅惘与寂寞。

而且我又记起最后一次和六逸遇见，匆匆数十分钟的谈话，留在我记忆中永远那么浓而至今亦未见褪色的，是这样一个感想：六逸老了，六逸衰且惫了，六逸心境空虚而且寂寞。那次的遇见是在贵阳，太平洋战争的第二年，这小小的山城正喧嚣着各式各样争名逐利的风云人物的声浪。这是六逸的家乡，抗战以后，六逸在这山城的故乡一连住了七个年头了，那时他兼着五六种职务——教书，坐办公桌，每天排定的时间，那么紧，几乎连吃饭抽烟的悠闲也被剥夺了；他够忙，然而他的心境空虚而且寂寞。

那时我忽然有了这一个感想：贵阳如果可算是缩小的中国，那么，唐家沱倒像是缩小的贵阳。于是对于六逸的空虚寂寞的心境，我自以为能够了解了——虽然和他最后遇见那一次我正从桂林去重庆，我还不知道距重庆三十华里的长江边上有一个唐家沱，更不用说它之有如贵阳的缩影了。

第一次和六逸见面，少说也有二十年了，日子记不真，总而言之也是夏天，他从日本回到了上海。地点大概是在郑振铎兄的寓所，那时铎兄还没有结婚，他和另外几个朋友同租了一所比较宽大而不是弄堂房子式的小洋房，一进门便有一种上等公寓的感觉。六逸从日本来了，便不打算回去，铎兄却正在设法留他在上海住下。在这一类事上，振铎兄的组织天才向来是朋辈所钦佩的，六逸留下来了，而且一住十多年，直到抗战为止。这十多年中，六逸在商务印书馆编译所中作过"无名英雄"，也教过书，编过刊物，最后几年则在复旦大学。当他还在"商务"的时候，我们见面的机会多，我们给他上个尊号："贵州督军"。尊号何以必称"督军"，但凡见过六逸而领略到他那沉着庄严的仪表的，总该可以索解；至于"督军"而必曰"贵州"，一则因为他是贵州人，二则我们认为六逸倘回家乡去，还不是数一数二的人物，"至少该当个把督军"。那时谁也料不到，十年后这位"督军"被日本侵略的炮火逼回了家乡，一住七年，却弄得几乎穷无立锥之地！

在上海最后一次和六逸见面（也许这不是事实上的最后一次，但在我记忆中印象最深的，这是最后一次），是在"七七"的上年，《国民周报》发刊的时候。也许现在很少人记得这刊物了，但在那时的低气压中，这"无奇不有"的刊物是适应了时代的需要的。应当记得，这刊物之出现，正在《新生》《永生》连续被禁、爱国有罪的时期，以广泛的读者阶层为对象的进步的综合性的刊物，在当时成为迫切的需要。但主编的人物颇难其选，于是在这一类事上常常表现出其卓特的组织天才的又一朋友——胡愈之兄，把沉着持重的"贵州督军"拉出来了。那一个可纪念的晚上，大概是在饭店弄堂的一家小馆子，用"无奇不有"这四个字来形象了这刊物的"以广泛读者阶层"为争取对象的，是六逸兄的隽语。那时叫了几样下酒的菜，其中一样是"海瓜子"，也是六逸点的；这使我想起了他的太太是宁波人，也曾经是他当了多年的教务主任的神州女校的学生。

后来是"七七"，"八一三"，淞沪战争，上海弃守，一连串的大事，朋友们纷纷走内地，六逸也带了他颇大的一家人取道香港回老家去了。他在香港换船那一天，我也刚刚从上海到了香港。离家二十年的游子却在这烽火漫天的时期，和太太以及大群儿女回到了家乡，该有点说不出的甜酸苦辣罢？但是那时的六逸兄和所有往内地去的朋友们一样抱着一种"理想"——也许只能说是"憧憬"，不问怎的，精神上总是昂扬的，这和七年以后，敌骑直陷独山，贵阳大恐慌，拖着一家人又不得不想到如何逃难的六逸的心境，该是如何的不同啊。而特别是：在故乡一住七年的六逸只饱尝了空虚和寂寞。

太平洋战争之第二年，我从桂林赴重庆，路过贵阳，寓"贵阳招待所"。预计在贵阳有三四天的逗留，我便计划着找几位多年不见面的朋友谈谈。第一位我就找了六逸。我知道他那时担任了文通书局的总编辑，便到"文通"去看他，哪知扑了一场空，只好留下名片和地址。从"文通"那边，我才知六逸兼职五六个之多，每天奔跑于马路上的时间少说也有三个小时。于是我就想到六逸的经济情形不见得好。六逸的个性我知道一点，他不大喜欢多兜揽；如果不是为了增加收入，他不会兼职如此之多的。那天下午，六逸到"招待所"来看我了。乍一见面，我就觉得这位老朋友"搁浅"在贵阳的六七年间实在弄得身心交疲了。丰腴尚如旧日，然而眉宇之间那股消沉抑悒之态却不时流露于不知不觉。略谈了从桂林到贵阳的路上情形以后，他有意无意地说道：

"刚才进来的时候，宪兵盘查的很认真呢!"

"想来这是例行公事。"我不经意地回答，"因为这是贵阳独一无二的贵族化的旅馆。"

"不然。一向没有宪兵。"口气表示了他很注意这一点小事。

于是我也记了起来：是有一名或两名宪兵经常徘徊于"招待所"的"新楼"的进出口，——"招待所"的房屋有新旧两部，"新楼"是完全西式的，最贵族化的房间，我就住"新楼"；但同时我也悟到何以加了宪兵的原因：

"招待所新楼里还有几位贵宾，广东省的军政大员。宪兵大概是保护他们的。"

六逸笑了，第一次用轻松而幽默的口气说："哦，这就差不多了，可是刚才我还以为是来'保护'你的呢!"

"从金城江上车后，当真发现了有人在'保护'我，不过那是不穿制服的。"我也笑着回答。

渐渐谈到了几年来各人的生活；六逸对于我的动荡多变，东南西北的生活似乎有点兴趣，却叹了口气说他自己道："在贵阳一住七年，寂寞得很；可是也没法子动呀，孩子们又多又年纪小。"突然他提出一个问题；

"你看还有几年?"

"几年么?"我知道他问的是战事，"总该快了。"

"两三年还可以拖拖，再多真有点吃不消了。"他的口气很认真而且充满了忧虑。

"各人的看法不同。譬如住在上海的人估量起来'天快亮了'，而我们在桂林的则以为这时还刚刚过了半夜，甚至于是刚刚到了半夜而已。我也是往长处看的。"

六逸叹了口气，不作声；可是我知道他也是"往长处看的"，正唯其他觉得抗战不是三五年所能了结，而物价却天天高涨，所以他有拖不下去的忧惧。

"如果仗打完了，你回不回上海？"我改变了话题。

"当然回上海！"

他这样坚决肯定的回答使我惊异。但是我立刻了解了：他虽然是贵阳人，但他在贵阳无异是作客——不，有些外乡人却比他更能适应环境。

初回贵阳的时候，六逸本有一番抱负。他并无空想，而且他在战前几乎拿定主意要老死于上海，足证他对于他的故乡了解得如何深刻，而在不得不回故乡以后终于又有一些抱负，则因他觉得到底是在抗战了，抗战应当使最顽强的冰原也起些变化。变化也终于发生了，但却是不利于真正想为国家民族——小而言之为故乡做点事的人。于是六逸不能不碰壁，不能不受猜疑，尚幸他是贵阳人，所以还能在几个学校里兼几点钟课，实是靠卖命养活了一家人。

在贵阳那一次的会见，遂成永诀，是我当时所万万想不到的。我那时觉得贵阳那种喧嚣而又寂寞的环境会把六逸闷死，便劝他迁地为良；但是我这也是白说。拖了一大堆孩子，赚一天吃一天的人，在那抗战时代，要迁地，真是谈何容易！

当六逸的不幸消息传到重庆以后，很多朋友以为他是工作太重而死了的，我却觉得工作太重只是一因，但还不是主因；厌恶那环境，又不能脱离那环境，柴米油盐之外，还有莫名其妙怄气的事天天来打扰，这样抑悒愁烦的心境才是损害他健康的最主要的原因。六逸不是喜欢自我表现的人，他不谈个人的私事，然而我的猜度敢说是绝对正确的。

六逸在上海的时候除了教书只有一样嗜好——日本古代文学。不幸而生在这翻天覆地的大时代，当一名教授养不活家，于是不得不兼职，不得不花时间精力于粉笔、黑板、办公桌，不幸而他又"书呆气"太重，在贵阳那样一个投机活跃的市场他却在喊生活无路，当他的学生们有好多已经飞黄腾达而他却有所不为——这就是他"活该"抑悒以死的全部"罪状"！

如果六逸活到今天，大概他仍然不能展颜一笑的，而他的研究日本古代文学的志愿大概也仍然为了衣食奔忙而不能达到。那么，说一句无可奈何的话，死也是安息罢？但贵阳一夕之谈，如犹在耳，我不能不为六逸愤慨。值兹两周年纪念，聊记梗概以志永念。至于他对于文学上的贡献将来有机会再为论列罢。

（原载《文讯》月刊第 7 卷第 3 期，

1947 年 9 月 15 日出版）

光明磊落、热情直爽的杜重远先生^①

认识重远先生是在抗战第二年，我寓居香港的时候。那时不过偶然见面一两次。记得其中有一次是在九龙的一家小咖啡店内，重远先生为了排解上海复社与生活书店为代售《鲁迅全集》所引起的一些争执，特地请了双方的代表（生活书店的代表是当时在香港筹备开设分店的甘君，复社代表是张君），以及另外几位朋友，大家谈一谈。这样，一向只在文学上景仰重远先生的我，算是第一次亲聆了先生的言论丰采了。我这第一次的对于重远先生的印象，简单的是八个字：光明磊落，热情直爽。一直到二十九年春，我和他在迪化分别（当时真想不到，这一别就是永别了），我终于认为我这第一印象非但正确，而且还少了一点，这一点就是"戆"！

二十七年冬，重远先生决定要到新疆去办教育，约我去教书；我觉得能和他共事，实在是人生一乐，所以就欣然从命了。重远先生当时下这决心，在他个人的事业以及生活享受上，确是绝大的牺牲（那时他所主持的瓷厂正在云南开始生产，业务在飞快地发展中，只举这一端，便可想见他之远赴新疆，其牺牲一己的精神是何等伟大），他的好友如韬奋、愈之等，都劝他不要去，可是他终于不顾，他是抱了最大的热忱，最高的光明磊落的态度，投于那"谜"也似的（现在这"谜"早经揭晓，原来是一切矛盾的集合点，是中世纪式的专制、黑暗、卑劣的典型的代表）边疆。他这崇高而伟大的精神，深深使我感动，而这，也是我欣然从命也去新疆一遭的原因。

然而谁知道祸患就在这里。在只知自私自利者看来，重远先生此种牺牲精神是不可解的；在戴惯了假面具、尧舜其貌而盗跖其心的人们看来，重远先生那种光明磊落的态度又是一定要被认为不可信的。于是而重远先生愈舍己为公，则被猜疑愈甚；重远先生愈光明磊落，则被侧目嫉妒愈深。结果，他办教育不到一年而即大祸临头！呜呼，这真是人间何世？

二十九年冬，大后方始知重远先生被捕，罪状是"勾结汪逆精卫"（这罪状在三十二年以后又变成"共产党"了），这一个奇冤震惊了全国的正义的人士，许多我所景仰的前辈先生，政治、社会、文化界的领袖们都为重远先生辩白，可是执迷顽固的黑暗势力是不会觉悟的，终于在囚禁多年，受刑惨重以后，重远先生死于非命了！

全中国的正义的人士，知道重远先生是死在什么手里的；全中国的正义人士没有一个相信重远先生与汪逆有关系，没有一人相信他是共产党，全中国正义的人士只知道他是伟大的爱国者，是自由主义者、工业家；全中国的正义人士相信重远先生一生是对得起国家，对得起民族，对得起他自己！全中国正义人士深切地相信，如果重远先生而有过失，这过失便是他太以君子之道待人，他太光明磊落、热情直爽了！全国正义的人士将永久悼念重远先生，不但因为他遭此千古奇冤，而且因为他的死是民族自由解放伟大事业中不可补救的损失，而且因为在这争取民主的斗争中我们民族是迫切地需要他！

我和重远先生相知日短，共事的时间也不久，但我景仰他的心，我为民族而哀念他的心，将永远不衰。我相信全国正义的人士一定也如此。我们没有能够把重远先生救出黑暗之手，将是终生的遗憾，但为了减轻这负疚之心，我们对于先生的遗族将如何给以慰藉——精神的和物质的，这是人同此心的罢。敢以此意呈献于重远先生的相识与不相识的一切友好。

7 月 20 日

①本篇最初发表于一九四五年七月二十四日重庆《新华日报》。

在人民的求自由解放的浪潮中，您永远地活着！①

　　韬奋先生逝世一周年了，忆念他的情绪，每因当前国际国内情势之开展与动荡而倍增其强烈。我每每这样想：要是韬奋不曾死，那么今日之下，他将怎样地欢欣鼓舞，振臂直前？——虽然同时他也一样慷慨呼号，愤激万端。

　　一年以来，世界经历了震雷骇电似的大变革。这是五十年代人民世纪正式开幕庄严雄伟的号角，这是人民的力量对于压迫的专制的丑恶势力，取得了决定性胜利的一年！自由解放的光明，从瓦尔加河，从聂伯河、多瑙河、莱茵河，照彻了整个欧洲，照彻了全世界的每一角落。专制魔王希特勒和墨索里尼已经得到他们应得的结果，亚洲法西斯的堡垒已经崩溃。东方法西斯末日也已不远。战争已迫近日本本土。沦陷区的民众，"天快亮了"，在加紧准备武装起义。敌后解放区的力量在突飞猛进，保证了伟大的民族解放战争一定能得最后的彻底的胜利，保证了新民主的新中国一定能实现而作为东亚和平世界和平的支柱。一年来，每一次看到人民的新的胜利，我欢欣鼓舞，同时也便忆念着韬奋——您，人民的坚强不屈的战士。您一生奋斗以求的那一天，终于到了，您不惜贡献了全部生命的理想和目标，终于要实现了，虽然您已经看不见，然而凡是认识您知道您的人们一定为您而欢欣鼓舞；认识您知道您的一切的人们一定也痛感到，在此人民胜利的进军中缺少您，缺少了您的力量，这损失是何等的大！

　　一年以来，在光明展开的同时，黑暗势力也在作临死以前的绝望的挣扎，法西斯细菌还在那些培养它们的"温床"里猖獗异常。在用人民的鲜血洗过的欧洲被解放的国家里，反动的黑暗势力又在企图"复辟"，拼命抢起希特勒和墨索里尼手里掉下来的鞭子，想要重整它们的"家风"。国际的反动势力拼命在挑拨离间同盟国家，配合着敌人

（日本）的和平攻势，散布着"同盟国家的合作将与战争一同结束"的空气，企图催眠一般认识不大清楚的民众，鼓励法西斯党徒的卷土重来的梦想。在我们中国，最后胜利还有一段最艰苦的路程，我们的人民的负担一年一年沉重，生活一年一年苦痛，然而贪污腐化，种种脱节，却还依然如故。这一切，使我悲愤：看到这一切，使我不能不忆念在战斗中倒下去已经一年了的韬奋。"在这时候，一万倍的需要您——人民的坚强战士！"我相信，这是认识您知道您的一切人们在揩着汗，在抚摸着创伤的时候，从心深处发出来的一致的呼声！

死亡从我们中间夺去您已经一年了。然而在斗争里的广大人民的心中，在每一挫折、每一胜利的刹那，您是永远地被忆念着；在斗争的浪潮中，每一疲劳的眼睛，闭起来休息的一刹那，您的坚强的英姿永远地永远地在闪耀着。这增加了我们的勇气，坚强了我们的信心。在人民的胜利声中您的精神是不死的，在人民的不可御的求自由解放的浪潮中，您是永远地活着！

周年纪念前七日，波茨坦会议闭幕了。

①本篇最初发表于一九四五年七月二十四日重庆《新华日报》。

海防风景

　　法国邮船公司的"小广东"号据说是来往于香港海防间第一等的船只。并不怎样大，可是走得快。

　　头等舱的"吸烟室"里，有一只大菜橱，下层权充"图书馆"，放着些法文书报，其中一二本想来最受欢迎，书角都卷了，看书名仿佛是《安南游览指南》之类，有几幅海防风景的插图。"吸烟室"壁上也挂有海防风景的照片，从照片看，海防也是美丽的呵！

　　但是上岸以后劈头遇见的"风景"却是"黑房子"。

　　事情很简单：旅客上岸以后就被指挥着进入了一座没有窗子的像是货仓的大房（后来知道这就是检查行李的地方）。人全进去了，门也随即关上，黑洞洞地沿着木板长桌布成的夹道走，接着又从旁的旅客的嚷声中知道了"命令"：把随身带的小物件放下——就是放在木板长桌上。接着又被驱着走出另一个门，门口有一个法国人和一个安南人，施行"人身检查"。我手里还有一个小小的文书皮包，安南人劈手便抢了去，可是我另一手里却拿着轮船上给的"头等舱客人有尽先验放行李的优先权"的证明纸，我将这纸向法国人一扬，于是他从安南人手里拿过我的文书皮包来还我，用英语说："你是头等舱客人。抱歉。"不过我仍旧张开文书皮包的口来，他张望了一下，就完了——算是"尊重"头等舱客人，没有搜我的身上。

　　我们在"黑房子"外面等着，看见行李一车一车来了，我们的和别人的混乱地放着，伕子们推着，在轻便铁轨上辘辘地都进那"黑房子"去了。也有在半路被提出来，随即验看了放行的——这想来就是所谓"优先权"罢？但我们的，是都进了黑房子去了。

　　这以后，像在做梦了。人们被吩咐再进"黑房"，被吩咐把自己的行李有锁的都开了锁，捆扎着的都解了索，然后又被吩咐走出那"黑房子"——是从"出口"走，就是在检验员面前走过，最后是大伙儿攒集在"出口"的门前等候认领自己的行李。

然而旅客们也有仍旧留在"黑房子"里的，这是为了要照顾自己的已经解开了的行李。我们一行有六人，分一半在外等候认领，又一半在内照顾。我是分派在内的一人。"小广东"虽小，载来的行李可不少，"黑房子"里堆得满满的、高高的，我又高高地站在行李顶上，而且是很近"出口"处——就是神圣的检验场所。

我看见了检验是怎样进行的：解开了的行李一件一件在木板长桌上杂乱而下，安南人助手很熟练地把双手在箱筐中来一个左右包抄，于是"内容"跃然而出，赫然全陈于贵目，法国人的检验员再用手在这里面一翻，倘无疑问，这就在箱面上划了白粉字，助手又很敏捷地将"内容"纳回，这时箱盖是没法闭上了，箱子就这样开着大门，满载着溢出口外而且摇摇欲坠的"内容"，Pass 过去了；站在"出口"处的伕子就这样地接了出来，放（幸而是放）在"门"外地上。这以后，是旅客们的事了，认领，整理，闭上了箱盖，上锁。

这样"科学"的而又"合理"的检验方法，不知是谁发明？人和行李分开，而一人的行李又被前后分开，要是单身客多带了几件行李，那恐怕只有仰天叫苦罢。

据说那天的检查，其实已经是少有的客气了——助手只用"左右包抄"的手术，并投有"倒提葫芦"；而且也不能不说是少有的马虎了——那么多的行李只花了四小时就"看"完了。据说这也许因为载这些行李来的，是法国邮船公司的"小广东"号。

早上八时，船靠码头，十二时许，我们飘飘然坐在人力车上，向旅馆去。马路是平整广阔的，太阳晒在身上有点烫，太阳晒在路旁的草地和成群的棕榈上，似乎那些碧绿的狭长叶子也有些发黄，太阳晒在安南人的巨大的竹笠上，窄而短的黑色绸单袍上，看去怪不协调：我是在观赏海防的"风景"了，然而我不能忘记那"黑房"。

我承认我少见多怪，我觉得安南人的服装极像二十五年前我们的时髦女郎的上衣——袖口是那么窄而长，腰身是那么小，大襟，长仅及膝，而开叉又那么高，几乎到了腋下。而和这上衣（普通是深色的）

相配，下边却又是白色的大脚管裤子，垂到脚背，上面则是庞大的笠子，遮掩了半个面孔。

在街旁看见卖槟榔的小贩——女人或小孩子，蹲在地上，身边是一只小小篾篮，剖开的鲜槟榔一瓣一瓣地摆在绿叶上，槟榔的外皮作碧绿色，内部却是灰白。篾篮里还有一只小小的马口铁罐头，内盛浓厚的白物，像是石灰浆，小贩用一根篾片搅白浆少许裹在一张槟榔叶里，像豆荚。这东西就和槟榔一同嚼。

在海防安南人聚居的所在，街道上到处可见朱红色的干迹，一朵一朵的，你会错认是苏木水，其实这些就是嚼槟榔的人们吐出来的唾液。

红头金身的大苍蝇有时会成群扑面而来——它们与槟榔同样普遍。据说晚上的蚊子也是大得可怕，而且多得没有办法的，不过当天下午四时，我们就乘车往河内去了。

〔附记〕上杂记一则，乃一九三八年尾经过海防时所记，法语既非素习，"唐话"（广东话）亦不能说，如聋如哑，印象乃真成"印象"。自知浅陋，譬如瞽者摸象，弃置行箧，本不思发表，不料万里归来，此稿仍在，而越南土地则已变色矣。乃取以附入《见闻杂记》，聊志鸿爪云尔。

（原载《见闻杂记》，1943 年 4 月出版）

新疆风土杂忆

晚清左宗棠进军新疆，沿途筑路栽树，其所植之柳，今尚有存者。那时湘人杨某（忘其名）曾有诗曰：

大将西征尚未还，湖湘子弟满天山。

新栽杨柳三千里，引得春风度玉关。

有人说，创现在新疆地主引水灌田的所谓"坎儿井"，不是左宗棠而是林则徐。但"坎儿井"之创设，也是左宗棠开始的。"坎儿井"者，横贯砂碛之一串井，每井自下凿通，成为地下之渠，水从地下行，乃得自水源处达于所欲溉灌之田。此因砂碛不宜开渠，骄阳之下，水易干涸，故创为引水自地下行之法。水源往往离田甚远，多则百里，少亦数十里。"坎儿井"隔三四丈一个，从飞机上俯瞰，但见黑点如连珠，宛如一道虚线横贯于砂碛，工程之大，不难想见；所以又听说，新省地主计财产时，往往不举田亩之数而举"坎儿井"之数，盖地广人稀，拥田多不为奇，惟拥有数百乃至数千之"坎儿井"者，则开井之费已甚可观，故足表示其富有之程度也。此犹新省之大牧畜主，所有牛羊亦不以数计，而以"山"计；何谓以"山"计？据言大"把爷"①羊群之大，难于数计，每晚放牧归来，仅驱羊群入山谷，自山顶望之，见谷已满，即便了事。所以大"把爷"计其财产时，亦不曰有牛羊若干千百头，而曰有牛羊几山。

本为鲜卑民歌，从鲜卑语译成汉文的《敕勒歌》，其词曰："敕勒川，阴山下；天如穹庐，笼盖四野；天苍苍，野茫茫；风吹草低见牛羊。"前人评此歌末句为"神来之笔"，然在习惯此种生活之游牧民族，此实为平凡之现实，不过非有此生活实感者，也道不出这一句的只字来。此种"风吹草低见牛羊"之景象，在今日南北疆之大草原中，尚往往可见。一望无际的大草原，丰茂的牧草，高及人肩，几千牛羊隐在那里啃草，远望如何能见？天风骤来，丰草偃仰，然后知道还有那么多牛羊在那里！

新疆是一块高原，但在洪荒时代，她是中央细亚的大内海的一部分。这一苍海，在地质学上的哪一纪始变为高原？正如亚洲之边缘何时断离而为南洋群岛，同样尚未有定论。今新省境内，盐碛尚所在有之。昔年自哈密乘车赴吐鲁番，途中遥见远处白光一片，似为一个很大的湖泊，很是惊异，砂碛中难道竟有这样的大湖泊？及至稍近，乃辨明此白皑皑者，实非流动之水而为固体之盐。阳光逼照，返光甚强，使人目眩。因新疆古为内海，故留此盐碛。然新省之盐，据谓缺少碘质，迪化的讲究卫生的人家都用苏联来的精盐。又盐碛之盐，与云南之岩盐不同；岩盐成块如石，而盐碛之盐则为粒状，粗细不等，曾见最粗者如棋子而形方，故食用时尚须略加磨捣。

吐鲁番地势甚低。新疆一般地形皆高出海面一二千公尺，独吐鲁番低于海面数百公尺，故自全疆地形而言，吐鲁番宛如一洞。俗谓《西游记》所写之火焰山，即今之吐鲁番，则其热可想而知。此地难分四季，只可谓尚有寒暑而已。大抵阳历正二三月，尚不甚热，白天屋内须衣薄棉，晚上还要冷些；五月以后则燥热难堪，居民于正午时都进地窖休息，仅清晨薄暮始有市集。以故吐鲁番居民家家有地窖，街上跨街搭荫棚，间亦有种瓜果葡萄盘缘棚上者，市街风景，自有一格。最热之时，亦在阳历七八月，俗谓此时壁上可以烙饼，鸡蛋可以晒熟；而公安局长蹲大水缸中办公，则我在迪化时曾闻吐鲁番来人言之，当必不虚。

然吐鲁番虽热，仍是个好地方，地宜植棉，棉质之佳，不亚于埃及棉。又多产蔬菜水果。内地艳称之哈密瓜，其实不尽产于哈密，鄯善与吐鲁番皆产之，而吐鲁番所产尤佳。石榴甚大，粒粒如红宝石。葡萄在新疆，产地不少，然以吐鲁番所产，驰名全疆。无核之一种，虽小而甜，晒为干，胜于美国所产。新疆有民谣曰："吐鲁番的葡萄，哈密瓜；库车的杨姑，一朵花。"（《新疆图志》亦载此谣）然则哈密之瓜，固有其历史地位。惟自马仲英两度焚掠而后，哈密回城已成废墟，汉城亦萧条冷落，未复旧观，或哈密之瓜亦不如昔年乎？这可难以究诘了。民谣中之"库车"，在南疆，即古龟兹国，紫羔以库车产者为最佳；"杨姑"，维族语少女也。相传谓库车妇人多美丽，故民谣中如是云尔。库车居民多维吾尔族（即元史所称畏兀儿族）。不仅库车，南疆各地皆然。

迪化自春至秋，常有南来燥热之风，云是吐鲁番吹来，故俗名"吐鲁番风"。吐鲁番风既至，人皆感不适，轻则神思倦怠，重则头目晕眩，且发烧；体虚者甚至风未到前三四日即有预感。或谓此风来源实不在吐鲁番，而在南疆塔里木盆地之大戈壁，不过经由吐鲁番，逾天山缺口之大坂城而至迪化耳。大坂城者，为自吐鲁番到迪化所过的天山一缺口，然已甚高；过大坂城则迪化已在脚下，此为自南路进迪化之一要隘。

忆《隋书》谓炀帝得龟兹乐，列为燕乐之一，此后中国燕乐，龟兹乐实居重要部分。古龟兹国，即今新疆库车县。龟兹乐何如，今日新疆维族之音乐歌舞是否与龟兹乐相似，颇难猝下断语。盖自伊斯兰教代佛教而后，天竺文物，渐灭殆尽；今日新省维吾尔民族之歌舞，与中亚各民族之歌舞想相近似。迪化每有晚会，往往有维族之歌舞节目；男女二人，载歌载舞，歌为维语，音调颇柔美，时有顶点，则喜悦之情，洋洋欲溢，舞容亦婉约而雍穆；盖在维族的民族形式歌舞中，此为最上乘者。据言，此旧为男女相悦之歌，今倚旧谱而填新词，则已变男女相悦而为政治之内容矣。以我观之，旧瓶新酒，尚无牵强之痕迹。我曾问维族人翻译哈美德："新词是谁的手笔？"他答道："也不知是谁，大概是许多人集体的作品。"

维语为复音语文，其字母借用阿拉伯文的字母。书写时，横行而自右至左，外行人视之，似甚不便，然彼人走笔如飞，形式且极美丽。文法不甚复杂，曾习他种外国语者，用功半年，即可通晓。在新疆，虽有十四民族，然维吾尔语，实为可以通行全疆之语言，此因维族人数约占全疆总人口之半，其他各少数民族大都晓维语；哈萨克族人口在全疆仅次于维族，其语文与维语大同小异，其字母，亦为阿拉伯文字母。迪化每开大会，演说时例须用三种语言，即汉、维及蒙古语，平常的集会，为节省时间，仅用汉、维两种语言，则因蒙族人在迪化者倘不解汉语，大概都能懂维语。

迪化在阳历十月初即有雪。但十月天气最佳，可说是"寒暖适中"。十二月后始入正常的寒冬，积雪不融，大地冻结，至明年四月初始解冻（有时为三月中旬）。冬季少风，南方冬季西北风怒吼之景象，以我所得短暂之经验而言，在迪化是没有的。然而冬季坐车出门，虽在无风之日，每觉寒风刺面入骨，其凛冽十倍于南方的西北风，此因户外空气太冷之故。室内因有大壁炉，且门窗严闭，窗又为双层，故融暖如春，然而门窗倘有罅缝，则近此罅缝之处，冷风如箭，触之战栗；此亦非风，而因户外空气太冷，冷故重，觅罅隙而钻入，其劲遂似风。室内铺厚毯，亦以防寒气从地板之细缝上侵。关西大汉张仲实素不怕冷，在家时洋服内仅穿毛线衫裤，无羊毛内衣，某日忽觉腿部酸痛，举步无力，此为腿部受寒之征象，然不明寒气从何来；越一日始发见寒气乃从书桌下来，盖书桌下之地毯一角上翘，露出地板之罅缝，寒气遂由此浸润。北方人常言地气冷，故下身所穿必须较上身为多，必解冻以后，乃可稍疏防范。三月中，有时白天气温颇高，往往见迪化人上身仅穿一单衫而下身仍御厚棉裤。

最冷的日子通常在阴历年关前后；白天为零下二十度，夜间则至四十余度。此为平均的气温。在此严寒的季节，人在户外半小时以上，皮帽、大衣领皮、眉毛、胡须等凡为呼吸之气所能接近之处，皆凝积有薄薄白霜，胡须上往往还挂着小小的冰珠。人多处，远望雾气蒸腾；此亦非雾，而为口气凝成，真所谓"嘘气成云"了。驴马奔驰后满身流汗，出汽如蒸笼，然而腹下毛端，则挂有冰球，累累如葡萄，此因汗水沿体而下，至腹下毛端，未及滴落，遂冻结为珠，珠复增大，遂成为冰葡萄。

地冻以后，积雪不融，一次一次雪下来，碾实冻坚，平时颇多坎坷的路面，此时就变成了平坦光滑，比任何柏油路都漂亮。所以北方赶路，以冬季为最好。在这时候，"爬犁"也就出现了。"爬犁"是土名，我们的文绉绉的名称，就是"雪橇"。迪化的"把爷"们，冬季有喜用"爬犁"者。这是无轮的车，有滑板两支代替了轮，车甚小，无篷，能容二人，仍驾以马。好马，新钉一副高的掌铁（冬季走冻结的路，马掌铁必较高，于是马也穿了高跟鞋），拖起结实的"爬犁"，在光滑的冻雪地上滑走，又快又稳，真比汽车有意思。但"爬犁"不宜在城中热闹处走，最好在郊外、在公路上。维族哈族的"把爷"们驾"爬犁"，似乎还是娱乐的意味多，等于上海人在夏天坐车兜风。我有一首歪诗记之：

　　纷飞玉屑到帘栊，大地银铺一望中；
　　初试爬犁呼女伴：阿爹新买玉花骢。

　　北方冬季少霜。如有之，则其浓厚的程度迥非南方人所能想象。迪化冬季亦常有这样的严霜。晨起，忽见马路旁的电线都变成了白绒的彩绳，简直跟耶诞节人们用以装饰屋子或圣诞树的比手指还粗些的白绒彩绳一样。尤其是所有的树枝，也都结起银白的彩来了。远望就同盛开了的银花。如果树多，而又全是落叶树，那么，银白一片，宛如繁花，秾艳的风姿，和盛开的樱花一般——而樱花尚无其洁白。此种严霜，俗名"挂枝"，不知何所取义，或者因其仅能在树枝上见之，而屋面地上反不能见，故得此名。其实霜降普遍，并非独厚于"枝"，不过因为地上屋面皆已积雪，本来是白皑皑的，故遂不觉耳。但因其"挂枝"，遂产生了神话：据说天山最高之博格达峰为神仙所居，有冰肌雪肤之仙女，为怜冬季大地萧条，百花皆隐，故时以晶莹之霜花挂到枝头。此说虽诞，然颇有风趣，因亦记以歪诗一首：

　　晓来试马出南关，万树银花照两间。
　　昨夜挂枝劳玉手，藐姑仙子下天山。

　　照气候说，新疆兼有寒带、温带以及亚热带的气候。天山北麓是寒带，南麓哈密、鄯善一路（吐鲁番因是一个洞，作为例外）是温带，而南疆则许多地方，终年只须穿夹，是亚热带的气候了。但橘、柚、香蕉等，新疆皆不产，或者是未尝试植，或者也因"亚热带"地区，空气太干燥之故，因为这些终年只须穿夹的地方，亦往往终年无雨，饮水、灌田的水，都赖天山的万年雪融化下来供给人们。除了上述数种水果外，在新疆可以吃到各种水果，而尤以瓜、苹果、葡萄、梨、桃为佳。瓜指甜瓜②，种类之多，可以写成一篇文章："哈密瓜"即甜瓜之一种，迪化人称为甜瓜，不称为哈密瓜。这是大如枕头的香瓜，惟甜脆及水分之多，非南方任何佳种香瓜所可及。此瓜产于夏初，窖藏可保存至明年春末；新疆人每谓夏秋食此瓜则内热，惟冬日食之则"清火"。苹果出产颇多，而伊犁之二台所产最佳，体大肉脆，色味极似舶来的金山苹果，而香过之。二台苹果熟时，因运输工具不够，落地面腐烂于果林中者，据云每每厚二三寸，在伊犁，大洋一元可购百枚；惟运至迪化，则最廉时亦须二三毛一个。

梨以库车及库尔勒所产最佳，虽不甚大，而甜、脆、水分多，天津梨最好者，亦不及之。梨在产地每年腐烂于树下者亦不可胜计，及运至迪化，则每元仅可得十枚左右。南疆植桑之区，桑椹大而味美，有黑色白色两种；惟此物易烂，不能运至他处。据言当地维族人民之游手好闲者，每当桑椹熟时，即不工作，盖食桑椹亦可果腹；桑椹在产地，人可随意取食，恣意饱啖，无过问者。

初到哈密，见有"定湘王"庙，规模很大，问了人，才知这就是城隍庙。但新疆的城隍何以称为"定湘王"，则未得其解。后来又知道凡汉人较多的各城市中都有"定湘王"庙，皆为左宗棠平定新疆以后，"湖湘子弟"所建；而"定湘王"者，本为湖南之城隍，左公部下既定新疆，遂把家乡的城隍也搬了来了。今日新疆汉族包含内地各省之人，湘籍者初不甚多，然"定湘王"之为新疆汉族之城隍如故。

迪化汉族，内地各省人皆有，会馆如林，亦各省都有；视会馆规模之大小，可以约略推知从前各该省籍人士在新省势力之如何。然而城隍庙则仅一个，即"定湘王庙"是也。每年中元节，各省人士追荐其远在原籍之祖先，"定湘"庙中，罗天大醮，连台对开，可亘一周间。尤为奇特者，此时之"定湘王"府又开办"邮局"，收受寄给各省籍鬼魂之包裹与信札；有特制之"邮票"乃"定湘王府"发售，庙中道士即充"邮务员",包裹信札寄递取费等差,亦模拟阳间之邮局;迷信者以为必如此然后其所焚化之包裹与信札可以稳度万里关山,毫无留难。又或焚化冥镪,则又须"定湘王府"汇兑。故在每年中元节,"定湘王府"中仅此一笔"邮汇"收入,亦颇可观。

昔在南北朝时,佛法大行于西域;唐初亦然,读三藏法师《大唐西域记》已可概见。当时大乘诸宗皆经由西域诸国之"桥梁"而入东土,其由海道南来者,似惟达摩之南宗耳。但今日之新疆,则除蒙族之喇嘛外,更无佛徒。汉人凡用和尚之事,悉以道士代之。丧事中惟有道士,两佛事所有各节目,仪式多仍其旧,惟执行者为道士而已。蒙族活佛夏礼瓦圆寂于迪化,丧仪中除有喇嘛诵经,又有道士;省政府主席李溶之丧,道士而外,亦有喇嘛数人。

伊斯兰教何时始在新疆发展而代替了从前的佛教,我没有作过考据,然而猜想起来,当在元明之交。道士又在何时代行和尚职权,那就更不可考了,猜想起来,也许是在清朝季世汉人又在新疆站定了脚跟的时候。但当时何以不干脆带了和尚去,而用道士,则殊不可解,或者是因为道士在宗教上带点"中间性"罢?于此,我又连带想起中国历史上宗教争论的一段公案。南北朝时,佛法始来东土,即与中国固有之道教发生磨擦,其间复因北朝那些君主信佛信道,时时变换,以至成为一件大事。但自顾欢、慧琳、僧绍、孟景翼等人一场无聊的争论以后,终于达到"三教"原是"一家"的结论;然而这种论调,也表示了道教在当时不能与佛教争天下,故牵强附会,合佛道为一,又拉上孔子作陪,以便和平共处;故当时释家名师都反对之。不谓千年以后,伊斯兰教在西域既逐走佛徒,和尚们遗下的那笔买卖,居然由道士如数顶承了去,思之亦堪发噱。

然道士在新疆,数目不多,迪化城内恐不满百,他处更无足论。普通人家丧事,两三个道士便已了事。此辈道士,平日几与俗家人无异。

新疆汉族商人,以天津帮为巨擘。数百万资本(抗战前货币之购买力水准)者,比比皆是。除迪化有总店,天津有分庄而外,南北疆之大城市又有分号。新疆之土产经由彼等之手而运销于内地,复经由彼等之手，内地工业品乃流入于新疆。据言此辈天津帮商人，多杨柳青人，最初至新省者，实为左宗棠西征时随军之负贩，当时称为"赶大营"。左西征之时，旷日持久，大军所过，每站必掘井，掘井得水必建屋，树立小小之市集，又察各该处之土壤，能种什么即种什么。故当时"赶大营"者，一挑之货，几次转易，利即数倍，其能直至迪化者，盖已颇有积累。其魄力巨大者，即由行商而变为坐庄。据言此为今日新疆汉族巨商之始祖。其后"回疆"既定，"赶大营"已成过去，仍有"冒险家"画依样之葫芦，不辞关山万重，远道而往，但既至镇西或迪化，往往资斧已罄，不能再贩土产归来，则佣工度日，积一二年则在本地为摊贩，幸而获利，足可再"冒险"矣，则贩新省之土产，仍以行商方式回到天津，于是换得现钱再贩货赴新省；如此每年可走一次，积十年亦可成富翁，在迪化为坐庄矣。但此为数十年前之情况，如此机会，早成过去。

抗战前，新省对外商运孔道，为经镇西而至绥边，有绥新公路，包头以东则由铁路可抵天津；此亦为新疆多天津商人之一因。抗战后，绥新公路为新省当局封锁，表面理由是巩固边防。目前新省对外商运，已经有组织地集中于官商合办之某某土产公司之手，情况又不同。

博格达山为天山之最高峰。清时初定天山南北路后，即依前朝故事，祭博格达山。据《新疆图志》，山上最古之碑为唐代武则天所立。其后每年祀典，率由地方官行之，祭文亦有定式，《新疆图志》载之。

博格达山半腰有湖（俗称海子），周围十余里，峭壁环绕，水甚清，甚冷；此处在雪线之下，故夏季尚可登临，自山麓行五十余里即到。自此再上，则万年雪封锁山道，其上复有冰川，非有特别探险装备，不能往矣。山巅又有一湖，较山腰者为大。当飞机横越天山时，半空俯瞰，此二湖历历可睹，明亮如镜。《新疆图志》谓山上积雪中有雪莲，复有雪蛆，巨如蚕，体为红色，云可合媚药。二十九年夏，有友登博格达，在山腰之湖畔过一宿，据云并不见有雪莲雪蛆，亦无其他奇卉异草、珍禽瑞兽，惟蚊虫大而且多，啮人如锥刺耳。湖边夜间甚冷，虽当盛夏，衣重裘尚齿战，乃烧起几个火堆，卧火旁，始稍得寐。又山腰近湖处有一庙，道士数人居之，不下山者已数年，山下居民每年夏季运粮资之，及秋，冰雪封山，遂不通闻问，俟来年夏季再上山探之。在全疆，恐惟此数道士为真能清苦。诗以记之：

博格达山高接天，云封雪锁自年年。
冰川寂寞群仙去，瘦骨黄冠灶断烟。（其一）
雪莲雪蛆今何在？剩有馋蚊逐队飞。
三伏月圆湖畔夜，高烧篝火御寒威。（其二）

雪莲有无，未能证实，然天山峭壁生石莲，则余曾亲见。离迪化约百余公里，有白杨沟者，亦避暑胜地，余曾往一游。所谓"白杨沟"，实两山间之夹谷耳，范围甚大，汽车翻越数山始到其地。此为哈族人游牧地，事前通知该管之"千户长"，请彼导游，兼代备宿夜处。"千户长"略能汉语，备马十余匹，请客人作竟日之游，出"白杨沟"范围，直抵焉耆境之天山北麓。途次经过一谷，两岸峭壁千仞，中一夹道长数里，山泉潺潺，萦回马足；壁上了无草木，惟生石莲。此为横生于石壁之灌木，叶大如掌，形似桐叶，白花五六瓣甚巨，粗具莲花之形态，嗅之有浓郁之味，似香不香，然亦不恶。询之"千户长"可作药用否。渠言未知可作何用，惟哈族人间或以此为催生之剂，煎浓汤服。石莲产于深谷，盖不独白杨沟有之。

夏季入山避暑，宿蒙古包，饮新鲜马乳，是新疆摩登乐事。但亦游牧民族风尚之残余。维、哈两族之"把爷"每年夏季必率全家男女老小，坐自家之大车，带蒙古包、狗，至其羊群所在之山谷，过一个夏季的野外生活。秋凉归来，狗马皆肥健，毛色光泽如镜面，孩子们晒成古铜色，肌肉结实。

马乳云可治肺病胃病；饮了一个夏季的马乳，据云身必健硕，体重增加。但此恐惟在山中避暑饮之，方有效验；盖非马乳之独擅神效，亦因野外生活之其他有益条件助成之也。维、哈族人善调制马乳，法以乳盛革囊中，摇荡多时，略置片刻，又摇之，如是数回，马乳发酵乃起沫，可食。味略酸而香洌，多饮觉微醺；不嗜酒者饮马乳辄醉。初饮马乳者，常觉不惯，然经过一时期，遂有深嗜，一日可进十数大碗，而饭量亦随之增加。然马乳新鲜者，城中不易得。马肉制之腊肠，俗名马肠子，维、哈、蒙等族所制者甚佳。据云，道地之马肠子，乃用马驹之肉，灌入肠管后挂于蒙古包圆顶开口通风之处，在风干之过程中，复赖蒙古包中每日自然之烟熏——盖包中生火有烟，必从顶上之孔外出也。马肠子佳者，蒸熟后色殷红，香腴不下于金华火腿。避暑山中者，倘能骑马爬山，饮马乳，食馕（一种大饼），佐以自制之奶皮（即牛乳蒸热后所结之奶皮）、草莓果酱、马肠子、葡萄，睡蒙古包，则空气、阳光、运动、富于养分之饮食，一切都有，对于身体的益处是不难想象的！

维族、哈族人有嗜麻烟者，犹汉族人之嗜鸦片。麻烟比鸦片更毒，故在新省亦悬为厉禁。麻烟自印度来，原状不知如何，但供人吸用者则已为粉状，可装于荷包中，随时吸食。因其简易，为害更烈。

食麻烟后，入半醉状态，即见种种幻象；平日想念而不可多得之事物，此时即纷陈前后，应接不暇。嗜钱财者即见元宝连翩飞来，平常所未曾见而但闻其名之各种珍宝，此时亦缤纷陆离，俯拾即是；好色之徒则见粉白黛绿，围绕前后，乃至素所想念之良家子亦姗姗自来，偎身俯就。人生大欲，片刻都偿，无知之辈，自当视为至乐。旁人见食麻烟者如醉如痴，手舞足蹈，以为癫疯，而不知彼方神游于极乐幻境也。既而动作停歇，则幻境已消，神经麻痹而失知觉。移时始醒，了无所异，与未吸食同。

然而多次吸食之后，即可成瘾；瘾发时之难受，甚于中鸦片毒者。同时，肺部因受毒而成喘哮之病，全身关节炎肿，毒入脊髓，伛偻不能挺立，不良于行；到这阶段，无论再食与否，总之是去死不远了。

维哈族人之嗜赌博者，以羊骨为博具，掷地视骨之正反，以定输赢。据说他们结伴贩货从甲地至乙地，在途中往往于马背上且行且赌，现金不足，则以货物作抵押，旅途未终，而已尽丧所有，则转为博进者之佣工，甚至以佣工若干年作为赌注而作最后之一掷者。

维吾尔（元史称畏兀儿）族人口占全疆总人口之半数，南疆居民，什九为维族。奉伊斯兰教。旧时阿訇（教中长老）集政教大权于一身，教长同时即为一部落或一区域之行政首长。今则阿訇惟掌教，不复能过问地方行政矣。维族人兼营商业、游牧及农业；手工业（如裁缝、木匠、泥水、织毯等）亦多彼族中人。南疆所产之绸：色彩鲜艳，图案悦目，亦多为维族工人所织造。

在文艺美术方面，维族人具有天才，土风歌舞，颇具特色，此不赘言。尝观一出由民间故事改编之短剧，幽默而意味深长，实为佳作。此种民间故事，大都嘲笑富而不仁之辈。短剧内容，写一富人路遇一穷人，穷人向彼行乞，富人不应，且骂之。既而同憩于路侧，穷人徐问富人何来，将赴何处，且进以谀词。富人大喜，乃夸其家宅之美，夸其子，夸其骆驼，终乃夸其所爱之狗。穷人随机应变，亦盛赞其房屋之美轮美奂，其子之多才多艺，其骆驼之健硕，其狗之解人意。富人大喜。穷人乃乘间复请周济。富人怫然掉头不顾。二人于是无言。富人解行囊，取馕食之，不能尽，则以所余投畀路旁一野犬，穷人至是复乞分一小块馕，富人仍不肯，谓宁投畀狗食，不与汝懒虫，荷囊而起，将行。穷人忽思得一计，遂追语之曰：你不是有一条很好的狗么？我适从你家乡来，见你的狗已死。富人大惊，问故。穷人曰：因为你的狗吃了你那匹骆驼的肝，所以死了！富人更惊，复问骆驼何故致死。穷人曰：因为你的儿子死了，你的妻杀骆驼以祭你子。富人惊极而号哭，复问子何因死。穷人曰：因为你的家中失火，你的儿子被烧死了。至是，富人大哭，捶胸抖发，如中风狂，尽弃其行囊，并自褫其衣，呼号痛哭而去。穷人大喜，乃尽取富人之行囊、衣物，坐于道旁，从行囊中取馕食之，未尽一枚，而富人已大呼而来，指穷人为偷儿，夺还各物，且将夺其手中之余馕。穷人急逃，富人追之，幕遂下。维族风俗，杀骆驼致祭，乃最郑重之典礼，又谓狗食骆驼肝必死。

维族乐器，有长颈琵琶（四弦）、鼓、箫、琴（铜丝之弦甚多，而以小竹片鼓之，广东人亦常用之，称为洋琴）等数事。所谓长颈琵琶者，实似一曼陀令，而颈特长，在三尺以上；意谓当别有名，但曾询翻译人哈美德，则云是琵琶。或者吾人今日习见之琵琶已经汉化乎。

维族人席地而坐。炕之地位占全室过半有强，或竟整个房间是一大炕，炕上铺毡，毡上更有大坐垫。有矮几，或圆或长方。维族人上炕坐时，足上仍御牛皮软底靴，实则此为袜子；下炕则加牛皮鞋，无后跟，与吾人之拖鞋相仿，出门亦御此鞋。长袍左衽，无钮扣，腰束以带。头上缠布，或戴无帽结之瓜皮小帽，帽必绣花，而甚小，仅覆头顶之一部。至于戴打乌帽，穿长统靴，则已为欧化之结果。哈族人装束相同。两族女子平日亦穿靴。

日常饮食，为牛乳、羊肉、馕、奶皮、酥油、水果、红茶，而红茶中例必加糖。菜肴中甚少菜蔬。待客，隆重者宰一羔羊，白煮，大盘捧上，刀割而食。主人倘割取羊尾肥脂以手塞客人口中，虽系大块，客人须例张口承之，不得以手接取徐徐啮食，更不得拒而不受。盖此为主人敬客之礼，不接受或不按例一口吞下者即为失礼。客人受后，例须同样回敬主人。

所谓"抓饭"者，乃以羊油蒸饭，又加羊肉丁与胡萝卜（黄色）丁子，因其非羊油炒饭，而为蒸饭，故虽似炒饭而味实不同。俄国风之"萨莫伐"在新疆颇为流行，有钱之维族人家都置一具。盖嗜饮红茶，维哈及其他各民族皆然也。

新疆十四民族，除汉族外，维族兼营农业、商业、牧畜、手工业，已如上述。蒙族及哈族则以游牧为主。哈族在北疆居近汉人众多之大城市者，亦种地，惟视为副业；种地不施肥，用休耕制，下种后即自驱羊入山，不复一顾，待秋收时再来收割，有多少算多少。据闻南疆维族人之养蚕者，亦如我们之养野蚕然，蚕置桑树上，即不复措意，蚕及时成茧，亦在树上。此因南疆气候温和又无雨，故得如此便宜省事也。蒙族多逐水草而游牧，故小学亦设蒙古包中，跟着他们一年迁徙数次。

余如柯尔柯斯、泰阑其、泰吉克、塔塔尔等族，本皆为中亚细亚民族，今在苏联中亚境内亦有诸族；然此诸族在新省者尚多在游牧阶段。锡伯、索伦二族，乃乾隆年间由满洲移往，今多居伊犁一带，人数不多，亦为农牧兼营者，仍保存其自族之语言，然能汉语及维语者甚多。人谓此族人习语言，特有天才。

据说南疆之罗布淖尔③尚有最原始之小部落在焉。此为水上居民，住罗布淖尔中，与其他人民几无往来，不知牧畜，惟恃捕取罗布淖尔之鱼介为食；人数无确计，度不过数百人而已。罗布淖尔在南疆大戈壁之一端，塔里木河注入之；此一带为其他民族所不到，故此小小部落尚能自生自息，保留其原始状态。

游牧民族多喜养狗，盖警卫羊群、管束羊群，皆有赖于狗。而庞大骆驼队中亦必有狗若干头任巡哨纠察之责。新省之游牧民族既多来自他处，来时携狗自随，是故新省之狗，种类亦甚多。大概而言，有蒙古种、西藏种、各式中亚种，及此诸种之混血种，凡此皆为帮人办事的狗。再加以汉人豢畜供玩弄之叭儿种，形形色色，不可究诘；我尝戏语，狗与甜瓜在新省种类之多，恐甲于全国。

迪化人家，几乎家家有狗。此种狗，半为供玩弄而豢养。自南梁（即南郊）至城门之一段路上，群狗竟分段而"治"。倘有他段之狗走过其"地盘"，必群起而吠逐之，直至其垂尾逃出"界线"而后已。因此，狗的行动范围，颇受限制，除非跟了主人同走。然此种无理取闹的狗们，都为叭儿种或其混血种；至于禀有"帮人办事"的天性的猎狗族类，则无此习气。

野羊又名黄羊，毛直而长，佳者可以羼入狐坎中混充狐之腹皮。黄羊跳走甚速，在无边之戈壁滩上，虽小跑车亦不能追及之。黄羊肉又甚鲜美。猎黄羊须用合围之法，侦得其群居之处，四面包围击之；若二三人出猎，往往不能有所得。盖黄羊甚为机警，目力甚好，人在二三里外，黄羊即见之。

迪化是省会，饮食娱乐之事，自然是五花八门的了。汉族人开的酒馆，大抵是混合了山东、陕西、天津各帮烹调的手法，可以"北方菜"目之，然厨子则多甘肃籍。城里有一家自称"川菜馆"的，据试过的人说，毫无川菜风味；或亦可说，仅在菜单上看得见川菜风味。至于官场大宴会，倘用中菜，还是"北方味"的馆子来承办，可异者竟有烧烤乳猪，而且做得很好。但挂炉鸭子则从未见过，简直绝对不用鸭子，有时用鹅。冷盆极多。倘是一席头等的菜，所用冷盆多至二三十个，圆桌面上排成一圈。这许多冷盆，例必杂拌而食之，故有一大盘居中，为拌菜之用。冷盆中又必有"龙须菜"一味，此为海菜。亦有海参，则为苏联货。有鱼翅。此外各种海味则因抗战后来源断绝，已不多见。乌鲁木齐河中产一种鱼，似属鲇鱼一类，尚为鲜美，此为迪化唯一可得之鲜鱼。

"汉菜"而外，有清真教门馆与俄国式西菜。

娱乐之事，除各种晚会外，惟有电影与旧戏。电影院皆为各族文化促进会所办之俱乐部所附设，苏联片为多，国产片仅抗战前的老片子偶有到者。

旧戏园有五六家，在城内。主要是秦腔，亦有不很纯粹之皮黄。故李主席寿辰，曾在省府三堂演旧戏；据说这是迪化最好的班子，最有名的角儿，所演为皮黄。但我这外行人看来，也已觉得不是那么一回事。汉族小市民喜听秦腔。城内几家专唱秦腔的戏园，长年门庭如市。据说此等旧戏园每三四十分钟为一场，票价极低，仅省票（新省从前所通用之银票，今已废）五十两（当时合国币一分二厘五），无座位，站着看，屋小，每场容一百余人即挤得不亦乐乎；隆冬屋内生火，观戏者每每汗流浃背，幸而每场只得三四十分钟，不然，恐怕谁亦受不住的。电影票价普通是五毛三毛两种，座位已颇摩登。然因所映为苏联有声片，又无翻译，一般观众自难发生兴味，基本观众为学生与公务员。

电影院戏园皆男女分座。此因新省一般民众尚重视男女有别之封建的礼仪也。但另一方面，迪化汉族小市民之妇女，实已相当"解放"；妇女上小茶馆，交男友，视为故常，《新疆日报》所登离婚启事，日有数起，法院判离婚案亦宽，可谓离婚相当自由。此等离婚事件之双方，大都为在戏园中分坐之小市民男女。这也是一个有趣的对照。归化族（即白俄来归者）之妇女尤为"解放"，浪漫行动，时有所闻，但维哈等族之妇女就不能那么自由了，因为伊斯兰教义是不许可的。然又闻人言南疆库车、库尔勒等地风气又复不同，维族女子已嫁者，固当恪守妇道，而未嫁或已寡者，则不以苟合为不德云。

（原载《旅行杂志》月刊第 16 卷第 9、10 期，
1942 年 9 月 1 日、10 月 1 日出版）

〔附记〕此篇大概写于一九四〇年冬或一九四一年初夏，后来发表于一九四二年之《旅行杂志》。我于一九四〇年五月出新疆，到延安住了几个月，于同年初冬到重庆。那时候，重庆的朋友们正担心着杜重远和赵丹等人的安全（我离

新疆时，杜已被软禁，赵等尚未出事，后来在延安，知道杜、赵等皆被监禁，罪名是勾通汪精卫，无人置信；足见盛世才实在不能从杜、赵的言行中找到其他借口，只好用这个无人相信的"莫须有"罪名来逮捕他们），纷纷向我探询新疆实况。我的回答是很率直的，我揭穿了盛世才的假面具。有一次，在重庆的外国记者多人（其中有好几位是很进步的）找我谈新疆情形，由龚澎同志介绍，并任翻译。谈完以后，有一位记者问我能不能发表。我回答，可以用背景材料的形式发表，不要用访问记的形式。为什么我这样回答？原因是，一、当时我正和沈老（钧儒）、郭老（沫若）及韬奋，一同写信给盛世才，要求释放杜、赵等七八人，如果发表了我暴露盛世才的访问记，就会影响到营救杜、赵等人的工作；二、当时盛世才的亲俄联共（中共）的假面具还戴着，盛和蒋介石还有矛盾，公开暴露盛，还不到时候。但是，另一方面，我以为盛世才的欺诈行为对后方（指那时的重庆、成都、昆明等地）青年知识分子所起的欺骗作用（特别因为两年前杜重远为盛所欺，写了两本小册子，歌颂盛世才，造成了许多青年对盛的极大幻想），有加以消解的必要。由于上述的考虑，我写了这篇《新疆风土杂忆》。但发表时，有些字句被国民党检查官或删或改，歪曲了原来面貌。此文后来收在《见闻杂记》单行本时，我又作修改，但不知何故，单行本印出来时仍然是《旅行杂志》发表时的样子。现在冷饭重炒，字句上我再作小小的修改。

此篇所述新疆的风土习俗，在今天看来，已成陈迹。但从这里也可以对照出来，解放后的新疆的工业、农业、文化教育事业的飞快发展，真是一日千里，史无前例；这是中国共产党在少数民族地区的正确政策和英明领导的实例之一。

1958 年 11 月 16 日，茅盾记于北京

①把爷：维族语，即财主。
②甜瓜：即南方所谓香瓜。
③淖尔：蒙语，即湖泊。

梯比利斯的 "地下印刷所"

梯比利斯（乔治亚共和国京城）市外，有一座小小的平房，这便是一九〇四～六年斯大林及其同志们所经营的"地下印刷所"。到梯比利斯观光的人们一定要瞻仰这革命的遗迹，"来宾题词册"上写满了各种文字的赞词。

和附近的一般民房并没有什么差别，这平房前面的院子围着半人高的木栅，进了栅门，左首是一闻很小的独立的披屋，内有一口井；正屋在右首，和披屋不相连，并排两间（每间约一方丈之大），前有走廊。正屋下层，那是一半露在地面的地窖，有小梯可达，从前这是作为厨房及堆积杂物的，现在还照当年的形式摆着炉灶和各种厨房用具。

正屋，厨房（一半在地面的地窖），有一口井的披屋，这一切都是四十年前梯比利斯的小市民住宅的标准式样，那么，当年的秘密印刷机就装在这三间屋子里么？如果是这样，那就不能不说沙皇的宪兵和警察全是瞎子和聋子了。秘密印刷机是在这房子的地下。所以这一个"地下印刷所"名副其实是在"地下"。在当年，那两间正屋都是住人的。靠左首的那一间，住着一位名叫腊却兹·蒲肖列兹的女子，她常常坐在窗前做女红，人家在木栅门外就可以望见她。右首的那一间住着屋主罗斯托玛乞维列，一位规规矩矩的市民。这两间正屋里当然一无秘密可藏，更不用说庞大的印刷机了。正屋之下就是作为厨房和杂物堆放处的地窖。那时的小市民住宅都有这样一个地窖，空空洞洞的一间，这里也藏不了什么秘密。地窖是泥地——正规的泥地，连一个老鼠洞也找不出来的。

再看披屋。这里有一口井，如果放下吊桶去，当然可以汲取水上来。这是一口规规矩矩的井。四十年前梯比利斯的小市民住宅差不多家家都有这样一口井。

然而秘密可就在这井内。

如果你用手电筒照着细细看，你会发现井的内壁并不怎样光滑，这边那边，有些极小的窝儿；如果再仔细查看，这些窝儿的位置自上而下，成为不规则形的两行，直到井底。你要是愿意试试，下了井口，用脚尖踩着那些窝儿，就像走梯子似的一步一步可以走到井底。但是一口井的内壁而有这样的梯形窝儿，也并不为奇：掘井的工人就是踏着这些窝儿这样上来下去进行他的工作的。四十年前梯比利斯的水井差不多全有这样的梯形窝儿。可是，正在这样平平常常不足为奇之中，有它的秘密。

你如果踏着那些梯形窝儿下井去，到了十七公尺的深处，就是离开水面不过三公尺的地方，你会发现井旁有一个洞，刚好可容一人蛇行而入。你如果爬进洞去，约四公尺，便可到达另一井；这实在不是井，而是一条垂直的孔道，有木梯可以爬上去，约十公尺便到顶点，此处又有一条横隧道，约长三公尺，一人伛偻可入。隧道尽处为一门，进了门，一架印刷机就跃进你的眼帘。原来这就是"地下印刷所"了。这地下室的大小和它上面的厨房差不多，一架对开的印刷机和四人用的排字架摆在那里，一点也不见拥挤。地下室的四个壁角都有向上开的通气孔，又有小铁炉，在靠近排字架的壁角，这是专为烧毁稿纸和校样用的。铁炉也有烟囱上达地面。地下室和它上边那厨房的地面相隔两公尺厚的泥土。

这就是"地下印刷所"构造的概况。当年进出这地下室只有一条路，就是上面讲过的那口井。工作的人员和印刷物都从井口进出。现在，为了参观者的方便，在正屋旁边另筑一座螺旋形的铁梯，可以直达地下室的后壁，而在此后壁上又新开一门。参观者不必下井爬行，可以舒舒服服从那道螺旋形铁梯走进地下室了。

一九〇三年，斯大林在乔治亚领导革命工作，计划建立这个地下印刷所。先由罗斯托玛乞维列出面购了这块地，并向梯比利斯市政府工务局领得营造住宅的执照。于是他们雇工先开一地穴（因为一般居民的住宅都有地窖以贮藏粮食等，造房之前先开地穴，不至于引人怀疑），然而开得太深了点，见了水，只好废止，而在其上再开一地穴，长方形，约宽五步长十步。这时候，作为业主的罗斯托玛乞维列就借口钱不凑手，停止建筑，将工人都辞去。然后同志们把印刷机拆卸，零零碎碎运入地穴，同时又在地穴的一端开凿了三公尺长的横行隧道，和十二公尺长直通地面的垂直的孔道（如上文所述）。等到这一切都完成了，就用厚木板封闭了孔道和地穴向上开的口子（约三公尺见方），又在木板上加了二公尺厚的泥土。从地面看，一点也看不出这下面还有一个地下室。此后，另招工人在这地穴上面建筑了厨房和两间正屋，又造披屋，开井，深二十公尺见水。井已完成，即辞退工人，再由同志们自己动手，在深十七公尺处开一横孔，便与地下室来的隧道沟通，于是大功告成。

这个"地下印刷所"设计的巧妙之处即在利用那口真正的水井作为进出的唯一的路。因为永井是家家有的，不至于引起人们怀疑。

一九〇四年"地下印刷所"开始工作，一切都很顺利。但为了谨慎起见，又在正屋的左首一间设置了了望岗；担任这一个职务的，就是长年坐在窗口做女红的腊却兹·蒲肖列兹。她如果看到院子外的街道上来了可疑的人或宪兵警察，就按一下隐藏在窗下的电铃，"地下印刷所"的人们听到这警铃，就把机器停止。这是因为印刷所虽在地下，但机器转动的声音地面上还是可以觉到。腊却兹·蒲肖列兹一直活到八十多岁，于一九四六年五月故世。

一九〇六年，由于斯大林的提议，乔治亚的革命组织内成立了军事组。主持其事者为男女同志各一人。军事组开会地点即在此"地下印刷所"上面的左首那一间正屋内。不料军事组内有叛徒，向沙皇警察告了密。但叛徒实不知此屋之地下尚有印刷所。警察搜查全屋，一无所获。因无所获，警察未封屋亦未捕人。但此屋显然已不能复用。业主罗斯托玛乞维列在门前贴了"召租"的纸条。可是隔了两日，大队宪兵从早到晚搜查了整整一天，仍无所得。但是一个宪兵官长在那口井上看出可疑之处来了。他看见井内壁的窝儿颇为光滑，而且井内壁的上端也颇光洁，他推想必有东西常在此井口进出，故而把内壁及开井时内壁所留的窝儿都磨光了。他用纸放在吊桶内，烧着了纸，把吊桶徐徐放下井去，发现吊桶还没有达到水面的时候，柄内的火光忽向一旁牵引。于是断定了井内必有秘密。召了消防队来下井去查看，始知井内另有隧道通别处。消防队员不敢进隧道，宪兵也不敢进入。但有一事已可断定，即此房及其院子的下面必有地下室。宪兵们根据这一个假定到处探测，结果，在厨房里找到线索，就把那"地下印刷所"发掘出来了。

根据当时的官方文书，宪兵们在此"地下印刷所"内除抄获对开印刷机一架外，又获乔治亚、阿尔美尼亚及俄罗斯三种语文的铅字一千余公斤，已印就的小册子及传单八百公斤，白报纸三百二十公斤；此外尚有炸弹、伪造的身份证，等等。当时官方呈报上级的报告写了两大厚册，现在尚保存于马恩列斯学院乔治亚分院的史料保管库内。房主罗斯托玛乞维列被捕，充军到西伯利亚。一九一七年革命成功后，罗斯托玛乞维列始得自由。"地下印刷所"被破获后，沙皇的宪警把上面的正屋和披屋都放火烧了。一九三七年，苏联政府恢复了此一革命史迹，把沙皇政府当年从这"地下印刷所"抄去的东西都找回来放在原地方。腊却兹·蒲肖列兹并亲手布置厨房内的用具，使与当年一样。

最后，关于那架对开的印刷机，还要补几句话。这架机器是德国货，本为沙皇的乔治亚市长向德国定购的。但不知为什么，机器到后又搁在仓库内了。革命组织内的工人同志从仓库内把这架机器拆卸陆续偷运出来，装在那地下室，并且使它为革命服务了两年之久。

（原载《中学生》1948 年 2 月号，2 月 1 日出版）

海南杂忆

我们到了那有名的"天涯海角"。

从前我有一个习惯：每逢游览名胜古迹，总得先找些线装书，读一读前人（当然大多数是文学家）对于这个地方的记载——题咏、游记等等。

后来从实践中我知道这不是一个好办法。

当我阅读前人的题咏或游记之时，确实很受感染，陶陶然有卧游之乐；但是一到现场，不免有点失望（即使不是大失所望），觉得前人的十分华赡的诗词游记骗了我了。例如，在游桂林的七星岩以前，我从《桂林府志》里读到好几篇诗、词以及骈四骊六的游记，可是一进了洞，才知道文人之笔之可畏——能化平凡为神奇。

这次游"天涯海角"，就没有按照老习惯，皇皇然作"思想上的准备"。

然而仍然有过主观上的想象。以为顾名思义，这个地方大概是一条陆地，突入海中，碧涛澎湃，前去无路。

但是错了。完全不是那么一回事。

所谓"天涯海角"就在公路旁边，相去二三十步。当然有海，就在岩石旁边，但未见其"角"。至于"天涯"，我想象得到千数百年前古人以此二字命名的理由，但是今天，人定胜天，这里的公路是环岛公路干线，直通那大，沿途经过的名胜，有盐场、铁矿等等：这哪里是"天涯"？

出乎我的意外，这个"海角"却有那么大块的奇拔的岩石；我们看到两座相偎相倚的高大岩石，浪打风吹，石面已颇光滑；两石之隙，大可容人，细沙铺地；数尺之外，碧浪轻轻扑打岩根。我们当时说笑话：可惜我们都老了，不然，一定要在这个石缝里坐下，谈半天情话。

然而这些怪石头，叫我想起题名为《儋耳山》的苏东坡的一首五言绝句：

突兀隘空虚，他山总不如。君看道旁石，尽是补天遗！

感慨寄托之深，直到最近五十年前，凡读此诗者，大概要同声浩叹。我翻阅过《道光琼州府志》，在"谪宦"目下，知谪宦始自唐代，凡十人，宋代亦十人；又在"流寓"目下，知道隋一人，唐十二人，宋亦十二人。明朝呢，谪宦及流寓共二十二人。这些人，不都是"补天遗"的"道旁石"么？当然，苏东坡写这首诗时，并没料到在他以后，被贬逐到这个岛上的宋代名臣，就有五个人是因为反对和议、力主抗金而获罪的，其中有大名震宇宙的李纲、赵鼎与胡铨。这些名臣，当宋南渡之际，却无缘"补天"，而被放逐到这"地陷东南"的海岛作"道旁石"。千载以下，真叫人读了苏东坡这首诗同声一叹！

经营海南岛，始于汉朝；我不敢替汉朝吹牛，乱说它曾经如何经营这颗南海的明珠。但是，即使汉朝把这个"大地有泉皆化酒，长林无树不摇钱"的宝岛只作为采珠之场，可是它到底也没有把它作为放逐罪人的地方。大概从唐朝开始，这块地方被皇帝看中了；可是，宋朝更甚于唐朝。宋太宗贬逐卢多逊至崖州的诏书，就有这样两句："特宽尽室之诛，止用投荒之典"。原来宋朝皇帝把放逐到海南岛视为仅比满门抄斩罪减一等，你看，他们把这个地方当作怎样的"险恶军州"。

只在人民掌握政权以后，海南岛才别是一番新天地。参观兴隆农场的时候，我又一次想起了历史上的这个海岛，又一次想起了苏东坡那首诗。兴隆农场是归国华侨经营的一个大农场。你如果想参观整个农场，坐汽车转一转，也得一天两天。从前这里没有的若干热带作物，如今都从千万里外来这里安家立业了。正像这里的工作人员，他们的祖辈或父辈万里投荒，为人作嫁，现在他们回到祖国的这个南海大岛，却不是"道旁石"而是真正的补天手了！

我们的车子在一边是白浪滔天的大海、一边是万顷平畴的稻田之间的公路上，扬长而过。时令是农历岁底，北中国的农民此时正在准备屠苏酒，在暖屋里计算今年的收成，筹划着明年的夺粮大战吧？不光是北中国，长江两岸的农民此时也是刚结束一个战役，准备着第二个。但是，眼前，这里，海南，我们却看见一望平畴，新秧芊芊，嫩绿迎人。这真是奇观。

还看见公路两旁，长着一丛丛的小草，绵延不断。这些小草矮而丛生，开着绒球似的小白花，枝顶聚生如盖，累累似珍珠，远看去却又像一匹白练。

我忽然想起明朝正统年间王佐所写的一首五古《鸭脚粟》了。我问陪同我们的白光同志："这些就是鸭脚粟么？"

"不是！"她回答："这叫飞机草。刚不久，路旁有鸭脚粟。"

真是新鲜，飞机草。寻根究底之后，这才知道飞机草也是到处都有，可作肥料。我问鸭脚粟今作何用，她说："喂牲畜。可是，还有比它好的饲料。"

我告诉她，明朝一个海南岛的诗人，写过一首诗歌颂这种鸭脚粟，因为那时候，老百姓把它当作粮食。这首诗说：

五谷皆养生，不可一日缺；谁知五谷外，又有养生物。茫茫大海南，落日孤凫没；岂有万亿足，垅亩生倏忽。初如凫足撑，渐见蛙眼突；又如散细珠，钗头横曲屈。

你看，描写鸭脚粟的形状，多么生动，难怪我印象很深，而且错认飞机草就是鸭脚粟了。但是诗人写诗不仅为了咏物，请看它下文的沉痛的句子：

三月方告饥，催租如雷动。小熟三月收，足以供迎送。八月又告饥，百谷青在垄。大熟八月登，恃此以不恐。琼民百万家，菜色半贫病。每到饥月来，此草司其命。闾阎饱伴饼，上下足酒浆。岂独济其暂，亦可赡其常。

照这首诗看来，小大两熟，老百姓都不能自己享用哪怕是其中的一小部分，而经常借以维持生命的，是鸭脚粟。

然而王佐还有一首五古《天南星》：

君看天南星，处处入本草。夫何生南海，而能济饥饱。八月风飕飕，闾阎菜色忧。南星就根发，累累满筐收。

这就是说，"大熟八月登"以后，老百姓所得，尽被搜括以去，不但靠鸭脚粟过活，也还靠天南星。王佐在这首诗的结尾用了下列这样"含泪微笑"式的两句：

海外此美产，中原知味不？

1963 年 5 月 13 日

（原载《人民文学》1963 年 6 月号）

答广州毛主席革命活动纪念馆①

一、我是一九二六年初到广州，出席国民党第二次全国代表大会，会后奉命暂留广州工作，受毛主席（其时主席任国民党中宣部代理部长）领导，在国民党中宣部任秘书（相当于现在各部的办公厅主任）。同时进国民党中宣部工作的，还有肖楚女。我和肖楚女同时搬到主席在东山庙前西街的寓所。这是很简陋的二层楼房，门内无院子，进门为走道，有扶梯上楼。楼下前间大些，可放两个床，一张小桌子，我和肖楚女住在这一间里。后半间比较小，作厨房用。楼上有两小间，一大间，大间亦不过一丈见方的面积，是主席的卧室，一小间是主席的会客室，很小，只能坐三四人。另一小间放些什物，杨开慧烈士经常在这一间。

二、主席当时很忙，除指导我们如何做国民党中宣部的工作而外，还办农民运动讲习所，又经常到韶关去，我不大清楚主席为何到韶关去，猜想也是搞农民运动。

至于指导我们的工作，在我留广州三个月的时间内，以国民党中宣部名义发过几次宣传大纲（根据国民党全国代表大会宣言的内容）给两广以及其他各省的地下国民党（左派）组织；编过几期《政治周报》（在我留广工作以前，《政治周报》早已出版）。这些宣传大纲都由主席指示要点，由肖楚女执笔，再请主席审核的。肖楚女做《政治周报》助理。

三、中山舰事变的第二天晚上，毛主席在家同我谈起局势，记得主席说了大体是这样的一些话：蒋介石现所掌握的实力，唯第一军，而第一军的下级军官和士兵大部分是有觉悟的。就省城而言，蒋的实力大些，但就全局（指粤桂两省及第一军以外的各军）而言，蒋的实力是小的；他此番捏造中山舰事变向我们突然进攻，一是威胁，二是试探，我方示弱，他就要得步进步，我方强硬，他就要知难而退。故我方决不能示弱妥协，要和他斗争。主席然后说：省委陈延年此时正在苏联军事顾问招待所讨论对策，陈延年倾向于妥协，我要去看看。我请随往，主席允许，乃随主席步行至招待所。主席进了里边在开会的房间，我留在室外。会议室门关闭，我只听得主席说话的声音相当高，但听不清内容。约半小时，主席出来，同我回家，主席面露沉思不豫。我问我党对策如何。主席简略地讲了他的主张，大意是：把我们当时掌握的武装力量集中在粤桂边界某地（我忘其名），同时说服国民党中委的左派撤出广州，争取第一军以外各军反蒋（他们和蒋本有矛盾），至少使其守中立，名正言顺声讨蒋背叛统一战线，破坏国共合作，以武力对武力，逼蒋下台，削去他的兵权。主席当时屈指分析当时各派政治力量及第一军以外各军的情况，谓若我方强硬，他们会受我方领导，共同反蒋；若我方退让，他们会由于蒋的利诱威胁而倒向蒋。主席最后说：我这主张一提出，陈延年和苏联顾问都犹豫不决，都说军事摊牌，没有把握；看来他们没有魄力这样干，而且中央是主张妥协的，这是养虎贻患。

四、四五天以后，毛主席已辞去代理部长，我奉命仍回上海。当轮船将开行时，刘芬赶来，以一信付我，要我面交中央。我到沪后，即到中央所在地，正值他们开会，他们已知我带有报告来，先不看报告，问我在广州目击情形。我简单说了说，彭述之就插口兑：契生卡（似是此音，记不清了，是当时苏联军事顾问团团长）幼稚，把蒋卡得太紧了，激成此变。陈独秀也骂他儿子（延年）不会做统战工作，以至逼蒋翻脸。我当时就说主席曾有一个方案，未及说出这个方案，陈独秀他们即说他们已知其大概，这是行不通的。我听了很惊骇，默不作声，心里想：主席嫌陈延年及苏顾问孱弱不决，而陈独秀、彭述之等则说他们太硬以至逼反了蒋，又说主席的方案行不通，他们一味迁就，甘作轿夫（当时党内有些青年同志愤慨地说：国共合作，国民党是坐轿的，共产党是抬轿的），前途可忧。但我当时还认识不到陈独秀他们的右倾机会主义表现此后有更甚于对付中山舰事变者。

以上回忆，甚为粗略，因事隔多年，误记之处，实在难免。但此事给我印象甚深，故我住在主席寓所中三个月，其他谈话大半记不起来，而此一事则尚记其大略也。

①本篇写于 1969 年 5 月 14 日，是答外国记者的提问。标题为编者所加。

北京话旧①

　　一九一三年秋，我到了北京，进北京大学预科第一类；第一类的本科是文、法、商科。我在北京三年，看见了当时的卖国政府的头子、所谓中华民国的大总统袁世凯承认中国人民坚决反对的日本帝国主义所提出的二十一条。这二十一条实质上是要把中国变为日本帝国主义的殖民地。也看见了袁世凯的亲信杨度等人组织筹安会，为袁世凯称帝作准备。也看见了袁世凯公然称帝，并且下令改元为洪宪。也看见了蔡锷在云南起义，声讨袁世凯，云南、贵州、广西等省纷纷宣布独立，袁世凯被迫取消帝制，但各省继续声讨袁贼。一九一六年六月六日袁世凯因讨袁声势愈大，忧愤病死。

　　但是，在这三年中，虽然政治上大事件风起云涌略如上述，而古城北京的面貌却一点也没有改变。那时没有电车，只有人力车，可是人力车夫的本领是惊人的，从万牲园（今动物园）到颐和园，只要一个多小时。那时，北京大学预科的学生宿舍，一部分在译学馆，这是两层楼的洋房，是前清末年的遗物。另一部分预科学生的宿舍在沙滩，那时沿沙滩有一条小沟，沟里还有水。

　　那时候，商业区在外城大栅栏，王府井没有什么商店。旧书铺都集中在琉璃厂，望门对字，招揽顾客，竞争激烈。但是，他们真正欢迎的，是一些老主顾——前清遗老，也贩卖古书的古董商人，附庸风雅的暴发户，等等。每逢这些人上门，掌柜亲自招待，敬烟奉茶，不等开口，便搬出许多书来，夸说这些宋、元刊本别家没有。他们对于这些老主顾的"底细"是摸透了的，知道谁是真内行，那就不敢漫天要价；谁是假内行，那就缠住了不放，非要作成买卖，图个一本万利。至于学生模样的人到这些旧书铺中，就该受白眼了。我的一个同学，浙江富阳人，姓徐，衣冠楚楚，竟然闯到一家旧书铺，买了一部光绪丁亥年上海点石斋据阮元②校勘原本缩小石印的《十三经注疏》，花了五十元，店家还再三叹气说：是"亏了本的，做个朋友，您下次多多照顾"。

那时只有颐和园还和解放初（一九四九年春）差不多。我在一九一四年游过颐和园，相隔三十五年，一九四九年春重游颐和园时，虽已日月重光，而此园风物依然如故。此外，译学馆没有了，整个北京几乎不认识了。

还记得一九四九年春，我和许多人从沈阳坐专车到了刚解放的北京，同住在北京饭店老楼，其中有沈钧儒、马叙伦等。后来张元济（菊生）③从上海到了北京，他拜访住在北京饭店的旧友（我也算是一个）。他对沈钧儒说，十多年不到北京，这次重来，真是"王侯第宅皆新主"。沈老回答说："我们现在说'新'，就是'人民'。政治协商会议本来还叫'新'政治协商会议，现在改称'人民政治协商会议'；所以，'王侯第宅'现在是都归人民，新主是人民。"沈老这番话，说得张元济抚掌大笑。张元济是来参加第一届全国人民政治协商会议的。

旧的北京永远是历史上的北京，它是皇亲国戚、达官大贾、地主、买办的北京；现在的北京，是人民的北京，将永远是人民的。

1979 年 4 月 29 日

①本篇曾发表于一九八○年一月《八小时以外》第一期。
②阮元（1764～1849）：江苏仪征人，清代学者。著有《揅经室集》等。
③张元济（1867～1959）：浙江海盐人，出版家。著有《涵芬楼烬余书录》等。

五十年前一个亡命客的回忆①

一九二八年夏至一九三〇年春，我在日本作亡命客。事隔半个世纪。当时在日本的见闻，大部分记不起来了。而且，为了维持自己在日本的生活以及仍在上海的家的开销，不能不埋首写作，投向国内的报刊，取得稿费。因此，就没有时间游览，借此了解日本的风土人情。

但是，有一二件事，在我的尘封的记忆里至今没有褪色。姑且写出来以为纪念。

我初到日本时，住在东京的一个旅馆。但在神户登陆乘火车到东京时，就有一个穿洋服的日本人（那时一般日本人都穿和服）用英语和我攀谈，天南地北，不着边际，但有一句话却使我惊异，他说："我久仰你的大名。"我到日本用的假名是方保宗，而此人却说"久仰大名"，真把我弄糊涂了。我当时不置可否，就顾左右而言它。到东京住了旅馆，刚把行李安置好，这个日本人又来拜访了，说了些客套话后，忽然说："你的真名是沈雁冰，笔名是茅盾，是个有名的革命党和作家，我个人是十分钦佩你的。"这时，我才明白在火车里第一次他来和我攀谈时说的"久仰大名"这句话的意义了。当时我猜想他也许是日本的共产党员，但也不与深谈，只谦虚几句又把话头转到一般的客套。这个日本人刚走，一个身穿和服的中国人（我那时穿的是洋服），叩门而进，一看，是熟人，陈启修，"五四"时期的北大教授，一九二七年大革命时期武汉《中央日报》的主笔，那时我是《汉口民国日报》的主笔，因是"同行"，常常来往。他本来是留学日本的，能说一口流利的日本话。他开门见山说："我也住在这旅馆，你如果有事要和旅馆老板或下女打交道，我来当翻译。"他又悄悄地说："刚才来拜访你的那个日本人是特高，专门调查流亡在日本的中国人的行动。你出去买东西、访朋友，都有人钉梢。"我这才恍然大悟，这个日本人对我如此之

"殷勤"之所以然。陈启修又说："我改名陈豹隐，特高也知道我的底细，也常来：不过，我到日本也是避难，不搞政治活动，随他们怎样调查罢。"我问他："你为什么也要避难。"我的意思是蒋介石并没通缉他，何"难"须避？他笑了笑道："在汉口时，我不是跟你说过，你们骂我是顾孟余②的走狗，然而顾孟余并没以走狗看待我。"这是指夏斗寅叛变③时，陈见顾询问局势如何，那时顾已买好到上海的轮船票，预备逃走，却对陈说，夏斗寅不堪一击，武汉安如泰山。陈慨然说："从那时起，我知道顾孟余早就不信任我，我也开始不信任顾孟余了。现在很难说，他们也许还把我当作共产党员，所以我还是要避难，安全一些。"在和陈的谈话中，知道他来日本已半年多，写了一本短篇小说集，其中一篇名曰《酱色的心》，即以为小说集的总称。他送我一本，说请"指教"。我说："真想不到你这位鼎鼎大名的北京大学法科教授，竟然也写小说。"他苦笑道："聊以消闲。《酱色的心》，指武汉时代你我都认识的某些人，也指我自己。红黑混合谓之酱色。某些人之所以为酱色是当时完全红透的人对他们的看法，我之所以为酱色，是现在全黑的人们对我的看法。好罢，我就坦然受之，作为小说的题目。"

那时东京的银座有夜市。这是道旁的地摊。就在人行道上铺一方油布或者粗布，最简陋者竟是几张报纸，摆开了各式各样的货品，地摊的主人就坐在这些货品中间，高声叫卖。货品有家用什物、儿童玩具、乃至旧书，日文的，英、法、德文的，还有中文的。这些摊位有大有小，据说要上税，按其摊位之大小，税亦多寡不一。运气好的做成几注生意；运气坏的，没有成交，那就不但白赔了数小时的声嘶力竭的叫卖，也白赔了税。我每次去逛夜市，看到冒着冷冽的夜风，坚持到午夜，以博蝇头微利的人，就想到这个资本主义发达的国家，就在这豪华的银座，一边有高贵的咖啡室、舞厅，一边却有这些可怜的摊贩，这难道不是资本主义社会矛盾的表现么？

可是资本主义社会的怪现象还不止于此。我在报上看到这样的报导：风化警察强奸了一个咖啡店的女侍者。什么叫"风化警察"呢？原来是专门维持风化的特种警察，专门在公园，在什么神社的院子里，查考有没有一对儿在作"有伤风化"的事。这恐怕是日本特有的"制度"罢？输入而且模仿西方文明的日本毕竟还有"东方"的特色。因为，在日本那时，"恋爱"是自由的，但"野合"是犯法的。风化警察看到有"野合"的一对，就要带这一对到警署，查问地址、职业，是否各有所属，或者已订婚而尚未嫁娶，或者是先行交易然后再论嫁娶。总之，麻烦得很，警官认为必要时，可以判拘押几天或罚款若干。这里所讲风化警察强奸了咖啡馆女侍者的事，出在大都市的大阪。有一位"风化"警察特别忠于职守，经常整夜到处巡逻，维持"风化"。有一次，他在午夜三点钟街头既已人静，公园、神社内连人影也没有的时候，闯进一家已经打烊的咖啡店查看有没有人在干那有伤"风化"的事。果然，皇天不负苦心人，他在咖啡店楼上发现了并头睡觉的一对儿。女的是该店的侍者，男的不知何许人。这被发现的一对儿申述了许多理由，又苦苦哀求，但"风化"警察是只认识"风化"，不知有"人情"的。他不问如何，命令这一对儿离开那咖啡店，说要带到"本署"去。可是到了半路上，这位"风化"警察改变了主意，说男的可以不去，只要女的。这样拆开了后，他自己就来扮演那已走的"男的"。当他的大嘴巴贴到女的脸上时，就挨了清脆的一掌，女的也转身跑了，"风化"警察却不肯罢休，追到一个小学的操场前，追上了，他发疯似的把女的拖进操场，就在那里强奸了她。这位"风化"警察努力要使女的"保守秘密"，但是无效，第二天，这个咖啡店女侍者告到警察署，自然也被报馆里知道了，于是"舆论"大哗。没有把强奸犯拘押起来的警署长官为了平息"舆论"，对各报记者说："M是这里的模范警察。这回的失态，也许是一时的错误，然而为纪律计，我们觉得还是罚他的好，却不必张扬其事。我们已将他解职。"

这件事，引起了我这样的感想：把一个人的职业派定为专门查问男女间的"秽亵"，事实上是引诱这个人去做"有伤风化"的事，但却美化此职业的名称曰"维持风化"，这真是对于人的本能的嘲弄，怎能怨得他不"失态"？这也是只有文明社会的统治者们才会想出来的"法律"。

大约是一九二九年春，我移居京都，火车中照例碰见那个特高，到京都住定后，也经常有特高登门拜访，不过另是一个人了。我移居京都，因为老友杨氏夫妇④及高氏兄弟等其他一些朋友都早已住在京都，熟人多，热闹些；而且也因为京都生活费用便宜。杨氏夫妇和其他朋友不住旅馆而住日本人出租的房子，这要比住旅馆便宜。是在郊外，面临小池，一排三四间，高氏兄弟住了两间，我就和他们做邻居。房东住在就近一间稍大的屋子。此地不临马路，门前池旁的小道，只有我们几个中国人出来散步。不久，一个日本人和他的年青美貌的妻子，来住了这排房子的第四间，也和我们做了邻居。男的约有四十岁，瘦瘠苍老，狭长脸，和尚头。这里环境幽静，远处有一带山峰，入夜，这山峰的最高的一座山的顶巅有像钻石装成的宝冕似的灯火。我遥望这些灯火，每每引起缥缈的想象。

这新来的一对邻居，每天一早，丈夫就出去工作了，到天黑后好久才回来。那位美貌年青的妻子每天一早扫自己门前的路，也连带扫我们门前的路。因为我们不善日语，只有含笑对她点头，表示谢意。白天，这位芳邻坐在自家门前的木板上，悄悄地望着远处沉思。我们私下议论，以为她的心境是寂寞的。而且日子稍久，更证明她的心境是寂寞的。因为每逢卖豆腐的小贩推着小车来到时，她买了豆腐后便絮絮地和他闲谈，有时长达半小时。她也乘我们在小道上散步时做手势表示她的对我们友好的情绪，可惜语言不通，彼此只能做手势。我现在想起来，这位幽娴、善良的日本少妇的面目还宛在目前。

在京都时，因为有了杨氏夫妇（杨能日语，但不甚流利）和高氏兄弟，也出去游览。我们到岚山观赏樱花，也到近郊去看红叶。春季观赏樱花，秋季看红叶，是日本人民娱乐的节日。

但是打破了我那时的幽居清静生活的，是报纸上登载的全家自杀的新闻。自杀的事，几乎每天报上都有。最多是"情杀"：恋爱的年青的一对儿为了家庭的顽固，双双把衣袂连接在一处，投水而死。这是对于顽固家庭的反抗。

但这次报上大登特登的全家自杀，却叫人听了十分难过，惋惜、同情、悲哀，种种情绪绞在一处，使人心情久久难于平静。

事情发生在东京。某甲患着肺结核病，已到晚期，他的二十八岁的妻子又是个十分歇斯底里的女人。他们有七岁的女儿和五岁的儿子。

因为觉得肺结核病没有治好的希望了，丈夫和妻便商量自杀，妻也同意。三月十七日这天，丈夫绞杀了妻和儿女，可是他自己却出门去浪游。经过了整整的四十天，他忽然从某处打电话给他的在外交部工作的哥哥，说是已经杀了妻子和儿女。那个哥哥大概不相信真有其事（因为他的弟弟并不缺钱，况且本来有职业），置之不理。直到七月二十九日，哥哥到他弟弟家里，才发现了四具腐烂的死尸。在女孩子的尸身旁，排列着许多"人形"，很正式地按照女孩们玩的"人形"祭的规矩。这是自杀的父亲对于他的女儿的最后一点慈爱之意。据说在五月二十那天，这位肺病的父亲还在他的银行存款里支取了一千五百元，因而推想他的终于自杀至早在五月二十日以后。

这位自杀的人也许认为，一个人既然不能很好地工作，不能有意义地生活，还不如死去。他可能由于这种思想而选择了自杀的道路。但自杀究竟是消极的，不能从根本上解决问题。而使我更加不能理解的是为什么连两个孩子也都绞死了呢？可能因为他俩觉得自己死后，两个孩子也活不下去，倒不如一齐死了干净。在资本主义社会中，两个孩子的命运确实会是悲惨的。

有一件小事，使我印象极深。那是出门遇雨，到任何一家小杂货店求借一把雨伞时，总是承蒙店主人慨然允诺。大都是用很蹩脚的日语说明要借一把雨伞，明天奉还不误。这件小事，说明日本人民对中国人的友好和信任，而且态度谦恭，跟我当时在上海所见到的日本浪人，完全不同。

这些五十多年的往事，使我今天回忆时，感到犹如昨日，感到我在日本作亡命客的一年多时间，曾无身居异国之感，深感日本人民对中国人民的友好情谊，这意义是重大的。

现在中日两国人民的友谊到了个新阶段了，祝愿我们两国人民世世代代友好下去！

〔附注〕因为是五十多年前的事情，我的记忆可能有错误。希望对于五十年前的日本风土人情很了解的日本朋友和中国朋友不吝赐教。

1979 年 5 月 10 日于北京

①本篇曾发表于一九八〇年《人民中国》（中文版）第一期。

②顾孟余（1888～1972）：国民党政组派重要成员。曾任国民党政府教育、铁道、交通部部长等。

③夏斗寅叛变：一九二七年"四一二"反革命政变后，五月十三日，武汉政府所辖独立十四师师长夏斗寅乘大部分部队开往河南北伐之际，率部叛变，后被叶挺所部击退。

④杨氏夫妇：杨氏，指杨贤江（1895～1931），字英父，浙江余姚人。近代教育思想家。早期中国共产党党员。曾参加上海工人武装起义。著有《新教育大纲》《新兴俄国的教育》等。下文的高氏兄弟，指高尔松、高尔柏。

我所知道的张闻天同志早年的学习和活动①

一九一七年夏季，南京开办了一个水利河海工程专门学校。这是北洋军阀时代第一个此类的学校。张闻天同志和沈泽民都是这个学校的学生。"五四"运动时，李大钊发起了少年中国学会，全国各地都有这个少年中国学会的会员。闻天同志和泽民都是在南京加入少年中国学会的。一九二一年，闻天同志和泽民都不愿再在河海工程专门学校念书了。泽民因为我劝他读完河海工程专门学校再从事革命工作，所以他在一九二一年五六月间方始离校。闻天同志可能早半年离开河海工程专门学校，在上海留法预备班读了半年书，此后就和泽民同到日本东京自学日文。在日本时，大概受了泽民的影响，他开始接近文学，并给《小说月报》投稿。那时我正在主编《小说月报》，记得他当时写过《托尔斯泰的艺术观》《波特来耳研究》，以及三篇介绍和研究泰戈尔的文章，内容和文采都是不错的。

大约在一九二二年上半年，因康白情（"五四"时期北大学生，也是少年中国学会会员）之介绍，闻天同志从日本到了美国旧金山，在华文报纸《大同日报》担任编辑。在美国的时候（一九二三年二月），闻天同志翻译了那时新得诺贝尔文学奖的西班牙最著名的戏曲家倍那文德（Jacinto Benavente）的两个剧本《热情之花》与《伪善者》，都是从英文译本转译的。刚好我在上海也把美国文学杂志《Poet Iore》上登载的倍那文德的《太子的旅行》翻译出来，所以后来（一九二五年）把这三篇戏曲合起来，题名为《倍那文德戏曲集》，在商务印书馆出版，作为《文学研究会丛书》之一。闻天同志在翻译《热情之花》及《伪善者》时，写了一篇序，对于倍那文德的评价是："一切艺术家因为感觉的锐敏，所以凡是社会上的缺点他总最先觉得，倍那文德也是不在这个例外的。他对于西班牙社会上种种旧道德与旧习惯的攻击，非常厉害。他以为过去的价值只在能应付现在与未来。过去的本身的崇拜，结果不过阻碍生命的向前发展罢了。"我以为闻天同志这时对社会发展的观点，就已经预示他将来会加入共产党，并为之而奋斗终身。

大约在一九二三年下半年，闻天同志回国，到中华书局任编辑。闻天同志进中华书局是左舜生介绍的。左舜生也是少年中国学会会员，早在中华书局当编辑了。左当时是国家主义者。少年中国学会的成员中，有许多国家主义者，他们正在筹备组党。左舜生极力拉拢闻天同志，企图把他拉进他们这个组织。此时，泽民从日本归来后，已经加入共产党，他就劝闻天同志参加中国共产党；加上那时也在中华书局当编辑的李达同志的鼓动，结果，闻天同志加入了共产党。

加入党以后，闻天同志对马列主义的学习，对当时党的政策的研究，十分努力。与此同时，他继续对文学发生兴趣，翻译了《勃兰兑斯的拜伦论》《波斯诗人 Gibran②的散文学》，还写了剧本《青春的梦》，短篇小说《逃亡者》，中篇小说《旅途》等。我相信，假如闻天同志不是因为后来走上职业革命家的道路，全身心投入了革命斗争的烈火，他很可能在中国新文学运动的历史上占一席地，充分发挥出他在文学上的才华。也就在这时候，闻天同志把他的兄弟张健尔从家乡带到上海，引导他做工人运动，后来也加入了党。闻天同志在中华书局所得工资不多，此时又要负担他兄弟的生活费用，所以他的生活是节俭的。他这朴素节俭的作风，直到他担任党的领导工作时还是不变。正由于闻天同志入党后有卓越的表现，一九二五年党送闻天同志到苏联去学习。

以上所述，时间上或许有记错，事实则是不错的。我对于闻天同志的怀念是贯穿着亲切而又钦佩的心情的。他比我小四岁，和泽民同年，如果不是"四人帮"陷害他，他能活到现在，他对于党和国家的贡献一定还要大得多。

1979 年 12 月 9 日

①本篇曾发表于一九八〇年一月十四日《人民日报》。
②Gibran（1883～1931）：译作吉布兰，黎巴嫩诗人。著有《漫游者》《先知》等。

回忆秋白烈士①

二十五年前，在瞿秋白同志逝世二十周年的时候，我写过一篇纪念文章，题目是《纪念秋白同志，学习秋白同志》。二十五年后的今天，我再拿起笔来写怀念秋白同志的文章，却是含着欣慰的眼泪，为了庆贺秋白同志的"再生"！十年的浩劫啊，对于长眠地下的秋白，也许只不过是一场冻雨，可是活着的人们却永远不会忘记这奇耻大辱！

我与秋白相识是在一九二二年，最初只是文字之交。我从他的文章，猜想他是一个博学、思想锐敏、健谈、有幽默感的白面书生。后来，在上海大学第一次见到了他，果然人如其文：高挑身材，苍白的脸，穿一件显得肥大的竹布长衫。那时，他是上海大学教务长兼社会学系主任，我是上海大学中文系的兼课教员。他与郑振铎在北京就是老相识，通过振铎，我与秋白接近也多了，又渐渐觉得，他不只具有文人的气质，而且主要是政治家。他经常深夜写文章，文思敏捷，但多半是很有煽动力的政论文，用于内部讲演，很少公开发表。间或他也翻译点文艺作品，写点文艺短评，因此，郑振铎就拉他参加了文学研究会；但那时的政治形势，不允许他发挥文学的天才。

一九二四年冬，秋白与杨之华结了婚，搬到闸北顺泰里十二号，组织了小家庭，正好住在我家的隔壁（我住在十一号），我们的往来就更频繁了。当时我是商务印书馆的党支部书记，支部会议经常在我家开，秋白代表党中央常来出席。他常与我谈论政局和党内的问题。他很尊敬陈独秀，但不满陈的独断专行。他和我一样对彭述之不满，认为彭浅薄，作风不正，并对陈独秀的信任彭述之有意见。"五卅"惨案发生后，陈独秀主张以发动三罢（罢市、罢工、罢课）来动员群众，制造舆论，压迫帝国主义让步；瞿秋白则认为应该更积极一些。他同我谈话时主张动员大批工人、学生连续到南京路上示威，看英国巡捕敢不敢再开枪。如果竟敢开枪，那就如火上加油，将在全国范围掀起更大规模的反帝爱国怒潮，也将引起全世界人民的广泛同情和声援，对本国政府施加压力。他说他这意见陈独秀不同意。

一九二七年在武汉，我和秋白又有一段交往。我那时担任《汉口民国日报》的总主编。这个报，名义上是国民党湖北省党部的机关报，实权却全部在共产党员手中，社长是董老，总经理是毛泽民，编辑部的编辑除了一个人全部是共产党员。那时董老事忙，无暇顾及这个报的编辑方针，就由中央宣传部领导，当时秋白兼管宣传部，后来彭述之（他是宣传部长）到了武汉，又由彭领导。"四·一二"事变后，陈独秀和彭述之多次对我说：《民国日报》太红了，国民党左派有意见，要少登农民运动、工人运动、妇女运动的消息。为此我请示董老，董老说不理他们。我也向秋白讲了，秋白想了想说：我们另办一张报！那时秋白的工作很忙，我除了有重大的消息要找他核实或请示，平时很少见到他。不过他对于党的喉舌——报纸，始终很关注。因为《汉口民国日报》名义上是国民党的机关报，所以国民党右派、左派都来干涉我的编辑事务，我时常向秋白诉说，因此，他早就有另办一张报纸的想法。他说：共产党的政策要通过国民党的报纸来宣传，本来就不正常，许多话只能讲一半；不如把这个报纸交给国民党左派，抽出我们的同志另办一张党报，堂堂正正地宣传共产党的政策。他主张新的党报仍由我任总编辑，另外由党中央的负责同志组成社论委员会，负责写社论。这件事，秋白很重视，积极筹备，但不久时局迅速逆转，办党报的事终于成了泡影。

一九三〇年夏，秋白和之华从莫斯科回到上海后，听说我也从日本回来了，就要找我。他们用暗号代真名写信交开明书店转我收。秋白改姓何，之华改姓林，还有住址（现在记不起来了）。我和我妻（孔德沚）按地址去访问，才知道他们夫妻是住在一个普通的楼房里，楼上卧室兼书房，楼下算是客厅兼饭堂。我们到楼上闲谈，秋白问了我在日本的生活，又向我介绍了这几年国内的革命形势，他对于我以写小说为职业表示赞同。大约过了一年多，那时王明已经上台，我风闻秋白同志受到了打击，心情不好，就与德沚又去拜访他们。我见秋白瘦了，之华说他的肺病又发作了，但精神仍旧很好。秋白见了我们很高兴，问我在写什么，我说正在写《子夜》，他很有兴趣地问了故事的大概情节。这是一九三二年夏，我刚写了《子夜》的开头几章。我就说，下次把原稿带来再谈罢。过了几天，我带了写好的几章去，从下午一时，他边看边谈，直到六时。谈得最多的是关于农民暴动的一章，写工人的部分也谈了不少。因为《子夜》中写工人罢工有盲动主义的倾向，写农民暴动没有提到土地革命，秋白告诉我，党的政策哪些是成功的，哪些是失败的，建议我据以修改《子夜》中写农民暴动和工人罢工的部分。（关于农民暴动，由于我当时连间接的材料都没有，所以没有按秋白的意见修改，而只是保留了游离于全书之外的第四章。）我们话还没有完，晚饭摆上来了，打算吃过晚饭再谈。不料晚饭刚吃完，秋白就接到通知："娘家有事，速去！"这是党的机关遭到破坏，秋白夫妇必须马上转移的暗语。可是匆促间，他们往哪里去呢？我就带了他们到了我的家里。当时我住在愚园路树德里，二房东是一个宁波商人。这幢房子是三楼三底带厢房，我住在三楼，身份是教书的。秋白夫妇来后，我对二房东说是我的亲戚，来上海治病的，过几天就回家。之华在我家住了一夜，第二天转移到别处去了，秋白则在我家住了一个多星期。在这些日子里，秋白继续同我谈《子夜》。秋白看书极为仔细。《子夜》中吴荪甫坐的轿车，我原来是"福特"牌，秋白说："福特"轿车是普通轿车，吴荪甫那样的资本家该坐"雪铁龙"。又说：大资本家到愤怒极顶而又绝望时就要破坏什么，乃至兽性发作。这两点，我都照改，照加。后来我们还议论了当时文艺界的情形，他对当时尚存在的"左"倾文艺思潮也持批评的态度。秋白还表示，他也想搞文学，写点东西。他也问到鲁迅，原来他还没有和鲁迅见过面，我答应为他们俩介绍。有一天，忽然冯雪峰闯来了，原来他们两人也不认识，我只好为之介绍。我就考虑，说不定还有什么人闯来，不如让秋白到鲁迅那里去住。鲁迅那时住在北四川路底的一座公寓楼房内，这个公寓住的全是外国人，其中有少数日本人，公寓斜对面就是日本海军陆战队的司令部。因此，一般闲人都不到那公寓里去，比我这里安全得多。我就托雪峰把秋白带到鲁迅家里去，介绍给鲁迅。秋白后来就在鲁迅寓中避难，直到之华探知原来住的地方没有出事，才搬了回去。秋白与鲁迅的交往与友谊从此开始。

这以后直到一九三三年底，秋白在上海与鲁迅一起领导了左翼文艺运动。他热心地研究和介绍马克思主义的文艺理论，他也用化名写了不少犀利的杂文直刺国民党反动派及其御用文人。我与他见面时常谈论文艺问题，有时我们也有争论，但多半我为他深湛的见解和实事求是的精神所折服。但是，谈到他自己，他总是十分谦逊。记得那时他写给我和鲁迅的短信中有一次署名"犬耕"。我们不解其意。秋白说：我搞政治，好比使犬耕田，力不胜任的。他进而解释道：这并不是说我不做共产党员，我信仰马克思主义是始终如一的，我做个中央委员，也还可以，但要我担任党的总书记诸如此类的领导全党的工作，那么，就是使犬耕田了。他这番自知之明、自我解剖的话，使我们肃然起敬。

一九三三年末，秋白奉命去中央苏区。临行，向鲁迅辞行，也向我辞行。那次，他谈了很多话，但我总觉得他的心情有点郁悒；也许这是惜别之情，也许是因为不得不离开他喜爱的文艺战线又要走上新的征程。这是我最后一次见到秋白。一年以后，我们得悉秋白被叛徒出卖了；又隔不久，传来了噩耗，得到了秋白高唱《国际歌》从容就义的消息。那一年，秋白才三十七岁！

秋白同志是中国共产党早期的杰出领袖之一，是中国早期传播马列主义的重要人物，也是中国左翼文艺运动卓越的领导人之一。在他短短的一生中，对中国革命做出了重大的贡献。我和秋白相识多年，我始终认为他是一个正直的革命者，一个坚定的共产党员，一个无私无畏的战士，一个能肝胆相照的挚友！秋白生前曾受过不公正的对待，他死后又遭到"四人帮"的诬陷。现在，被颠倒的一切终于又颠倒过来了，我真诚地祝愿秋白的灵魂得到安宁！

1980 年 1 月 30 日

①本篇曾发表于一九八〇年《红旗》第六期